U0473700

The Best of Greg Egan

三进数世界

格雷格·伊根经典科幻三重奏

[澳]格雷格·伊根 著
阿古 陈阳 译

新星出版社 NEW STAR PRESS

THE BEST OF GREG EGAN by Greg Egan

This edition arranged with Curtis Brown Group Limited of Haymarket House through Andrew Nurnberg Associates International Limited.

著作版权合同登记号：01-2022-2529

图书在版编目（CIP）数据

三进数世界 /（澳）格雷格·伊根著 ；阿古，陈阳译
. —— 北京 ：新星出版社，2023.1（2023.2 重印）
（格雷格·伊根经典科幻三重奏 ；Ⅲ）
ISBN 978-7-5133-5076-1
Ⅰ. ①三… Ⅱ. ①格… ②阿… ③陈… Ⅲ. ①幻想小说－小说集－澳大利亚－现代 Ⅳ. ① I611.45
中国版本图书馆 CIP 数据核字 (2022) 第 212077 号

光分科幻文库

三进数世界

［澳］格雷格·伊根 著；阿 古　陈 阳 译

责任编辑： 杨 猛
监　　制： 黄 艳
特约编辑： 余曦赟　田兴海　姚 雪
责任印制： 李珊珊

出版发行： 新星出版社
出 版 人： 马汝军
社　　址： 北京市西城区车公庄大街丙 3 号楼　100044
网　　址： www.newstarpress.com
电　　话： 010-88310888
传　　真： 010-65270449
法律顾问： 北京市岳成律师事务所

读者服务： 010-88310811　service@newstarpress.com
邮购地址： 北京市西城区车公庄大街丙 3 号楼　100044

印　　刷： 北京天恒嘉业印刷有限公司
开　　本： 910mm × 1230mm　1/32
印　　张： 9.5
字　　数： 238 千字
版　　次： 2023 年 1 月第一版　2023 年 2 月第二次印刷
书　　号： ISBN 978-7-5133-5076-1
定　　价： 62.00 元

他改变了科幻作家思考未来的方式

北星

在当代科幻作家中，澳大利亚科幻作家格雷格·伊根是一个独特的存在。他的大多数科幻小说都属于硬科幻范畴，而且不是一般的硬，经常涉及数学和物理学的高深知识。比如他的长篇科幻小说《修尔得的阶梯》（*Schild's Ladder*）被不少科幻迷认为是史上最硬的科幻小说，据说需要大学物理学位才读得懂。

当然，这并不是说普通读者对伊根的科幻小说需要敬而远之。实际上，伊根的小说具有曲折动人的故事和深刻的寓意，文学性、思想性和可读性都很高，深受各国科幻迷的喜爱。读者如果对伊根小说中涉及的科学知识不甚了解的话，一般来说也并不影响对故事的欣赏。而如果你对其中的科学知识多花点时间钻研，你的收获将会更大，甚至会带来某种顿悟的惊喜。

这也是为什么伊根是国际科幻大奖的常客：他曾经以长篇科幻小说《交换城市》（*Permutation City*）获得1995年坎贝尔纪念奖，以《祈祷之海》（*Oceanic*，收录于本套书第一册）获得1999年的雨果奖及轨迹奖、《阿西莫夫科幻杂志》读者选择奖。此外，他的其他科幻作品还曾八次入围雨果奖决选，六次获得日本星云赏的最佳翻译作品奖。

美国著名科幻编辑和作家、《阿西莫夫科幻杂志》前主编、多次获得雨果奖的加德纳·多佐伊斯（Gardner Dozois）曾称赞伊根的小说“改变了其他科幻作家思考未来的方式”。伊根的这套中文科幻小说选集的出版，无疑将给中国科幻迷带来了一场科幻盛宴，有助于中国科幻迷全面了解这位科幻奇才的作品。

作为硬科幻的代表人物，让我们先看看伊根小说的硬度吧。伊根在数学和物理上都有很深的造诣。他曾就学于西澳大利亚大学数学系并获得数学本科学位，不仅如此，他还参加过严肃的数学研究，与他人合作在《经典和量子引力》(*Classical and Quantum Gravity*) 杂志发表过两篇数学、物理方面的论文。在《修尔得的阶梯》里，伊根虚构的量子图论基于真实理论"圈量子引力论"，就跟他自己关于量子引力方面的研究有着密切联系。在小说的附录里，他特别感谢了他的论文合作作者John Baez教授在量子引力理论方面对自己的帮助。

本册选集里，我们先来看看《三进数世界》。这篇小说跟《比特玩家》和《实体之战》是一个系列。这个系列写的是游戏公司"烂泥网"在为付费客户创建的角色扮演游戏中，插入了不少由人类"贡献者"的思想集合形成的虚拟角色。不过，无论是游戏的创造者还是游戏玩家都不知道，其中一些虚拟角色已经有了知觉，开始记起了现实世界，并学会利用游戏程序里的漏洞穿越不同的游戏。由于担心游戏会被重启，或者担心公司会发现他们有了知觉而将他们删除，这些虚拟人物开始秘密地探索所在的虚拟世界，并计划逃到一个他们能自由生活的地方……

小说的故事惊险曲折，十分好看。如果不清楚其中的数学背景，不会对阅读体验有太大的影响。但如果读者对其中的数学背景有稍许了解的话，便会觉得这篇小说不光是精彩，简直可以说很惊艳。

原来，小说中的游戏《三进数世界》的基础是一套很深刻的数学理论，叫作"p进数理论"(p-adic number)。为了让读者能更好地欣赏这篇小说，伊根专门写了一篇关于p进数的科普文章贴在《阿西莫夫科幻杂志》作者和编辑的博客上。

在数学中，从有理数到实数的扩张依赖于数之间的距离或者长度概念。对于一般的有理数，其长度就是这个数的绝对值，比如18的长度就是|18|=18。给定一个素数p，所谓的p进数是一套与有理数类似的数字系统，这些数看起来跟有理数长得一样，有理数的18也就是p进数的18，其加减乘除等算术法则跟有理数的也是一模一样。而不同的地方在于，p进数的长度或者绝对值的定义。比如在三进数系统的数学规则里，10跟17的距离是1，10跟28的距离是1/9。

小说里的角色正是利用三进数系统这种奇怪的距离概念，找到了藏身之所。据“数学小说”（Mathematical Fiction）网站站主，数学家和科幻作家亚历克斯·凯斯曼（Alex Kasman）说，伊根的《三进数世界》应该是有史以来第一次提到p进数这个数学概念的小说。

值得一提的是，《三进数世界》的续篇《实体之战》也是一篇与数学密切相关的科幻小说。小说里的游戏公司烂泥网濒临破产，迫使游戏里的角色必须设法逃离整个游戏网络。为了达到这个目的，女主角必须化身著名女数学家艾米·诺特，和其他著名数学家比如哥德尔一边讨论令人头疼的数学问题，一边参加暗杀纳粹头领的行动。小说（游戏）中的哥德尔比较详细地讨论了哥德尔不完备定理的证明，可以算是对这个赫赫有名的定理的一次通俗科普。当然，跟《三进数世界》一样，如果你看不懂小说中哥德尔的讨论，也完全不会影响你欣赏故事。

除《三进数世界》跟数学密切相关外，基于数学的科幻小说还有另外两册收录的《闪光》《游离之境》和《暗整数》。《闪光》和《暗整数》是一个系列，这两篇的构思可谓令人大开眼界。两篇小说展现了一个很惊人的假设：当最底层的数学规律被改变，世界会是什么样子？《游离之境》则是一篇基于数学中的混沌理论的寓言，主要写的是小说主角在各种信仰形成的“空间”之间，按照混沌理论中的“不稳定轨道”的行迹，小说中大量地用到了混沌理论和动力系统的名词，比如：“吸引子”“奇异吸引子”“吸引盆地”“轨道”“不稳定轨道”等等。

除了数学和物理，伊根还很擅长人工智能题材，比如《恐怖谷》。这篇小说写的是一位著名编剧莫里斯的人工智能替身亚当为了追寻完整的自我，寻找其前身（即莫里斯）丢失的记忆的故事。小说基于日本机器人专家森政弘于1970年提出的恐怖谷（uncanny valley）理论。这是一个关于人类对机器人和非人类物体的心理感觉的假设。森政弘的假设指出，随着机器人与人类在外表和动作上相似度的增加，人类会对机器人产生正面的情感，直至达到某个特定的点。超过这个点，人类的反应便会突然变得极为负面，会对机器人产生出一种面对僵尸一样的恐怖。当机器人和人类的相似度继续上升，相当于普通人之间的相似度时，人类对他们的情感反应会再度回到正面，产生人类与人类之间的移情作用。这个由外观和动作介于“有点像人”和“完全像人”之间的、机器人所引起的厌恶反应的区域，就是恐怖谷。亚当与莫里斯的相似度使得亚当处于这样一个人类心理上的恐怖谷里，这也使得亚当对于自我的寻找也充满了变数。

综合来看，伊根的小说并非只关注数学、物理和计算机科学，涵盖的科学内容非常广泛，比如基因改造（《谷壳》），大脑改造（《亲密》《快乐的理由》《植入的公理》），传染病（《银火》），外星改造和移民（《祈祷之海》）等。不仅如此，伊根的小说还经常反映社会人文方面的思考，比如自我究竟是什么？（《学习成为我》），难民问题（《零分表现》），以及宗教和科学的思考（《银火》《祈祷之海》《游离之境》）等。

硬科幻并非伊根唯一的标签，他的部分小说也关注社会和人文，几乎接近于软科幻。比如他的雨果奖获奖中篇《祈祷之海》，写的是一个人最初信仰坚定，但在不断认识世界的过程中最终背弃信仰的故事。这篇小说涉及外星改造、外星生态、人类的演化及未来人类的风俗习惯、宗教的起源、宗教与科学的冲突，等等，可以说是对一个远未来外星移民社会的全面考察。由此可见，伊根的科幻小说不仅仅是注重科学性，其思想性和艺术性也是不容忽视的。

最后提一下，伊根与别的科幻作家还有个截然不同之处：他从不参加任何科幻会议，从不给读者签名，而且在网上也从没有出现过他的照片。关于照片，伊根专门在自己的个人网站发表了一篇四种语言的声明，宣称在网上从来就没有过他的照片，如果发现有网站上登出了格雷格·伊根的照片，那实际上不过是别的同名者的照片。

目录 Contents

The Best of Greg Egan

银火

阿古 译

停止虚伪的体谅，直面彻骨的悲痛。

Awards

所获荣誉

1996 年 提名轨迹奖最佳短中篇小说

1996 年 提名英国《中间地带》杂志读者投票奖最佳短篇小说

约翰·布莱希特从马里兰州打来电话时，我正坐在家中的工作间里，给流行病学410课程的试卷打分。冷不丁的来一个视频通话请求，实在让人措手不及。我在心中早已把布莱希特上校看作“我的前老板”，但显然还为时过早。

他开门见山道：“克莱尔，我们发现一处银火的小规模异常暴发，我想你可能会感兴趣。自相关变换方程上的一个尖峰信号持久不息。既然你正在放假——”

“我的学生们正在放假。我还有活儿要干。”

“哦，我想，哥伦比亚大学完全能找人接替你一两个星期，把这些琐碎活儿处理掉。”

我默默地盯着他，忍不住想回怼一句，也许他才该找个人替自己处理那些“琐碎活儿”。

我盯了一会儿，还是妥协了，“你到底要我干什么？”

布莱希特面露微笑，“一小簇微弱的感染痕迹，徘徊在大暴发的边缘。这正是你的专长。”一幅地图在手机屏幕上展开，他的脸缩到了屏幕一角。“感染似乎从北卡罗来纳州开始，绕过格林斯博罗市，向西移动。”地图上标记着最近出现银火病例的地点——从理论推定的最初感染日起，用不同颜色标记感染者在感染当日所处的位置。我要寻找的是感染路径，但我只能从许多局部暴发的彩色花朵中辨认出一个模糊的光谱序列：一条从红色到紫色的模糊彩虹轨迹，在田纳西州诺克斯维尔以西的某处，遁入不确定中，然后消失不见。再然后，如果我眯起眼睛，又能看到另一道彩虹轨迹，差不多同样容易辨析，以惊人的完美弧线从肯塔基州向下延伸。又过了几分钟，我辨认出类似演员格劳乔·马克斯的模糊脸庞。人类大脑真是太擅长寻找图式和模式了。要是没有严格的统计工具，我们无法得出可靠的结论。要知道，万物有灵论者能从每一口随机喷出的大麻烟气中捕捉到非凡的意义。

我问道：“数据看起来怎么样？”

“概率值位于临界处，大规模暴发的可能性较低。”布莱希特承认道，“但我觉得仍有必要核查一下。”

这条假想感染路径已标记出的部分至少跨越了十天。在接触病毒三天后，普通人要么死亡，要么进了重症监护室——而不会轻易解脱。精确的感染路径图通常看起来像是随机游走，平均自由程为五至十公里长。在最坏的情况下，即使乘飞机旅行，往往也会引发大量分散的小疫情。如果我们无意间筛查出一个无症状感染者，就尤为值得注意了。

布莱希特说道：“现在，我已经为你开通了疫情通报数据库的完整访问权限。我会提供我们的初步分析报告——但我相信，你运用原始数据可以得出更好的分析结果。”

“毫无疑问”。

“很好。那你明天就可以出发了。”

天没亮我就醒了，十分钟内行李已收拾停当。艾利克斯躺在床上，对我发出的噪音不满地嘟哝着。然后我才突然意识到，我其实还有三个小时可以打发，而我已完全无事可干，于是又爬回了床上。等我再度醒来，艾利克斯和劳拉都已经起床开始吃早餐了。

等我在劳拉对面坐下，竟开始怀疑自己是不是在做梦：一场在内心深处确知自己已经醒来的梦。我十四岁的女儿，脸上、胳膊上布满了炼金术和黄道十二宫符号的彩虹文身，红色、绿色和蓝色斑驳杂陈。她就像一个用特效软件随意拼凑渲染的动画角色，刚从某部可怕的VR迷幻电影里逃出来。

劳拉挑衅地盯着我，仿佛我在无意间流露出了不满。事实上，我只是看得目瞪口呆，都还没来得及酝酿那种平淡无奇的情绪——而当不满感渐渐从心里冒出来时，我已经闭紧了嘴巴。我了解劳拉，这些绝不是可以轻易洗掉的假文身贴纸——不过，不管是文身还是皮下植入的缓释染料线都可以用透皮酶贴片清除干净。所以我表现得很好，没有说一个字：不玩弄廉价的逆反心理学花招(“哦，这些符号还挺可爱呢。”)，也不发表任何（诚实的）抱怨——要是不在开学前清理掉这些花里胡哨的东西，学校校长肯定会找我谈话。

劳拉忍不住先开腔了：“你知不知道，艾萨克·牛顿花在炼金术上的时间，比他花在万有引力理论上的还多？”

“我知道。但你知不知道，他死的时候还是处男？榜样的力量很伟大，不是吗？”

艾利克斯侧目微瞪了我一下，但没有插嘴。劳拉继续说道：“科学发展的整部秘史都被官方审查删减过。只有当大家都能接触到其真实本源，那些隐秘的知识才会被发现。”

面对这种胡话，我简直忍不住想哀叹一声。我用和缓的语气说道：“我想，你会发现绝大多数隐秘知识其实以前就‘被发现过’。这些知识再度消失，只是因为无法引起人们的兴趣。但当然，参观一些人们已经探索过的死胡同也挺有趣的。”

劳拉同情地对我笑了笑。“死胡同！”她拣食完盘子里的面包屑，站起身，迈着轻快的步伐离开了房间，仿佛自己赢得了某种战斗似的。

我悲伤地说道：“我错过了什么？这一切都是从哪里开的头？”

艾利克斯很淡定，“我认为主要是受音乐的影响。或者更确切地说，是三个十七岁男孩，有着超自然的完美皮肤，戴着棕色美瞳，叫作炼金术士乐队……”

“是的，我知道那个乐队——但新炼金术可不光是肤浅浮夸的泡泡糖音乐，还是一种主流的邪教崇拜……”

他哈哈大笑道：“哦，得了吧！你妹妹不也狂热崇拜过某个类撒旦风格的重金属乐队主唱吗？她可没有把黑猫钉在逆十字架上啊。”

“她才没有狂热，只是想破解主唱的护发秘诀而已。”

艾利克斯坚定地说道："劳拉没事。放松点儿，随她去吧。要不，买一本《傅科摆》送给她？"

"她很可能理解不了这份礼物的讽刺意味。"

他戳了戳我的胳膊，假装很用力，隐隐透露出一股真实的怒气，"你这么说可不公平。最多……六个月，她就会把新炼金术嚼成渣，彻底吐掉。对山达基教的热情持续了多久？一个星期？"

我说道："山达基教是愚蠢的胡言乱语，一眼就能看穿。但新炼金术有五千年的文化粉饰。它非常狡猾，有悠久的传统、一整套美学……"

艾利克斯插话道："是的，在六个月内，她就会搞明白：在欣赏形式美的同时，不必接受邪教的那些胡言乱语。虽然炼金术是一条死胡同，但不代表它不再散发高雅的迷人气息……不过，再怎么高雅和迷人，其核心理念仍然是不牢靠的。"

我沉思了一会儿，然后俯身吻了吻他，"不得不承认你说得对：你总是把事情分析得那么透彻。的确可能是我保护欲太强了。她会自己解决的。"

"你知道她能行。"

我瞥了一眼手表，"糟了。你能开车送我去拉瓜迪亚机场吗？这会儿，我肯定打不到出租车了。"

在银火大流行早期，我动用了一些关系，安排一组学生近距离观察一位银火病人。抽象的路径图、曲线、数值模型和推断对战胜病毒固然重要，但把自己淹没其中，而不去亲眼看看感染者的真实症状，总让我感觉哪里不对。

我们不需要穿生化防护服——那个年轻人躺在一间用玻璃墙密封的透明房间里。他身上插满了管子，用来输送氧气、水、电解质和营养物质，以及抗生素、抗炎药、免疫抑制剂和止痛药。没有床，没有床垫。病人被放置在一种透明的聚合物凝胶中：一种可以让他漂浮其中的半固体，可以防止褥疮，并吸走他溃烂皮肤上不断流出的血液和淋巴液。

我居然一下子看哭了，眼中猛地呛出一行愤怒的热泪。这股愤怒突如其来，又凭空消失了。我心里明白，这不能怪任何人。在场一半学生都有医科学位，但他们的震惊似乎更甚于那些从未进过创伤病房或手术室的统计学家。可能是因为他们更能想象出，要不是这个人的大脑里充斥着各种镇痛剂，他会遭受何等痛苦。

这种病的官方名称是“全身纤维化病毒性硬皮病（Systemic Fibrotic Viral Scleroderma）”，缩写为SFVS——但这个缩写中没有元音字母，无法发音。当新闻主播在电视上读出这四个字母时，观众的大脑显然无法接收到任何有效信息。我和其他人一样都习惯用它的新名字，但我对这个名字的厌恶从未停止过，因为它太他妈诗意了。

当银火病毒感染皮下结缔组织中的成纤维细胞时，病毒会使成纤维细胞超速运转，制造大量胶原蛋白——这些胶原蛋白是从正常基因转录而来的变体，但组合得并不完全。这种变性蛋白质会在细胞外空间凝结成固体斑块，阻碍营养物质流向上层真皮——斑块不断增大，最终导致上层真皮整片脱落。银火会从身体内部将人剥皮。这种大量释放病毒的策略或许确实很不错——但没人知道银火病毒是何时发展出这种传播技巧的。无论是否出现症状，到现在仍没找到被亲株感染的假定中间宿主动物。

如果说从裸露的胶原蛋白斑块中渗透出的惨白淋巴液是“银”，那么，高烧、自身免疫反应以及被活活炙烤的灼烧感就是“火”。幸运的是，不管怎样，这种痛苦都不会持续太久。发达国家的标准舒减疗法包含持续的深度麻醉——而如果没有这种高科技干预，患者会迅速休克，然后死亡。

在第一次病毒暴发的两年后，病毒起源仍然未知，疫苗开发仍然很遥远——尽管患者可以靠治疗无限期存活下来，但所有通过清除体内病毒、移植人工皮肤来进行临床治愈的尝试都失败了。

全世界有四十万人感染，致死率差不多可达百分之九十。讽刺的是，在那些最贫穷的国家，由于营养不良造成患者迅速死亡，银火病毒来不及传播就完全消失了。非洲暴发的绝大多数疫情，都很快在暴发地自行平息。而在美国，不仅住院接受插管治疗的患者数量超过其他任何国家，新发病例数量也高居榜首。

一次握手，甚至在拥挤的公共汽车上坐一坐，都可能传播病毒——每次接触的感染概率很低，但累积起来，风险会不断增大。到了疫情中期，唯一有效的措施，就是隔离所有的潜在携带者——到目前为止，几乎没有感染者能长期保持无症状。如果布莱希特的计算机发现的"路径"不是一场统计数据上的虚惊，而是一次局部大暴发的前奏，那么缩短它就可能拯救几十条生命。而如果能深入了解它，则可能拯救数十条生命。

飞机降落在格林斯博罗郊区的三合一机场时，已经快中午了。一辆租来的车正等着我。我向仪表盘挥了挥手里的平板，发送了个人信息，座位和方向盘根据我的身高体型自动微调，压电制动器嗡嗡轻响了几声。当我倒车离开停车场时，车载立体声开始自动播放舒缓的即兴音乐，随之闪出一个呆板至极的标题：2008年6月11日离开机场所播音乐。

开车进城时，我大吃一惊：公路两旁散布着几十处大面积烟草地。这种再生草类正到处蔓延，甚至侵入了郊区。与曾经流行一时的苦艾酒一样，人们已不再将烟草作为成瘾消费品。但现今种植的烟草量却更甚以往，因为研究证明，烟草花叶病毒是非常方便和高效的基因片段载体。商业作物命运的大起大落是常有之事，但亲眼见证仍令人莫名感慨。这些植物叶子将会装载药物分子或疫苗抗原——在市场需求最旺盛的时候，价格可飙升至未经基因修改的普通烟叶的二十倍。

离第一场会面还有一个小时，于是我在城里开车兜圈，找寻吃午饭的地方。自从接到布莱希特的电话后，我一直非常紧张，因此很惊讶自己到达这里后居然会感觉这么良好。也许是因为我这一路南行，太阳光线角度陡然发生了轻微偏移——气候变得更温和了一点儿，人也变得懒洋洋了些。当然，格林斯博罗市中心的一切比纽约明亮多了。保存完好的历史建筑若隐若现，与色彩柔和的现代建筑出奇和谐地融合在一起。

最后，我在一家小餐馆里一边胡乱啃着三明治，一边专心致志地翻看着笔记。我已经七年没做过真正的田野调查了，必须尽快从理论家模式切换到实干者模式。

前两周，格林斯博罗又出现了四名银火感染者。世界各地的卫生部门早就放弃了对每个病例进行溯源，因为极易感染，且无法询问已深度昏迷的患者。即使花费大量人力物力，也收效甚微。最有用的策略不是往前回溯，而是将每个新病例的家人、同事和其他已知接触者隔离大约一周。在发病前，病毒携带者最多只有两三天潜伏期，很快就会发病，所以没必要费力去搜寻。布莱希特的那条彩虹轨迹，要么意味着出现了一个潜伏期超长的超级传播者……要么意味着多个陆续感染的病毒携带者接力把病毒从一个城镇传播到了另一个城镇。

格林斯博罗的人口大约有二十五万——当然，这取决于从哪里划定界限。北卡罗来纳州的人口从没在大城市里暴增。近年来，郊区的人口增长实际上已超过主要城市，微村运动在这里发展迅速——至少与西海岸地区一样兴盛。

我在平板上打开该地区的人口密度图。以人口地形而论，即使是罗利、夏洛特和格林斯博罗等城镇，在连绵不绝的微村衬托下，也只有中等海拔，只有荒无人烟的阿巴拉契亚山脉成了一道深谷。数百个新建的微小社区散布在地图上，分布在众多大城镇之间。这些微村虽不能完全自给自足，但绝对高科技、低能耗，有光伏发电装置、小规模的本地污水处理装置，以及卫星通信连接，不必依赖本地大型电信服务商。他们的绝大部分收入来自高端外包服务业：软件、设计、音乐、动画。

我打开一张疫情期间的人口流量图，叠加在人口密度图上。主要道路和高速公路闪着白光，小城镇被微弱的细线连接在一起……但所有微村都暗淡无光：每个人都在家工作。诚然，银火疫情的随机暴发本该如醉汉似的，在人口稠密地区无序乱撞、到处点火，但事实上，也并非没有可能直接沿着州际公路往下传播。

不过，我来这里的目的正是要查证所有计算机模型都无法自证的一点：算法模型所依据的前置条件是否存在严重的缺陷。

我离开餐厅，开始工作。四例病例来自四个不同的家庭，今天可有得忙了。

我要采访的所有人都已结束医学隔离，但仍未从震惊中完全恢复过来。银火就像一列飞快碾过的特快列车：还没等反应过来，原本完全健康的孩子、父母、配偶或爱人便一下子从你眼前消逝了。而此时你最不需要的，就是被一个陌生人盘问两个小时。

黄昏时，我来到最后一户人家。门前是整齐的草坪，蟋蟀在清脆地鸣叫，窗后隐约可见蕾丝窗帘。我在车里呆坐了一分钟，重归田野调查工作的新鲜感早已消失殆尽，真希望不必再去面对那一张张悲伤的脸。

黛安·克莱顿是一名高中数学教师。丈夫艾德是工程师，在当地的电力公司上夜班。他们有个十三岁的女儿谢丽尔。儿子迈克十八岁，是银火患者，正在住院。

我和他们三人坐在一起，答我话最多的是克莱顿女士。她对我非常耐心和礼貌，但过了一会儿，我发现她其实是有些呆滞。她回答每一个问题都很慢，似乎思虑重重，但我感觉，她其实一直处于恍惚状态，可能只是在随口敷衍。

迈克的父亲插不上什么话，因为经常上夜班，他的生活作息已经与家人脱节了。我试着增加和谢丽尔的目光接触，鼓励她开口说话。这很荒谬，即使她真开口了，我也会内疚——就好比我来这儿是为推销一些骗小孩儿的垃圾产品，而此刻，我正试着绕过父母亲的阻挠，直接对小孩儿下手。

"那么……周二晚上他肯定待在家里了？"我正在填写迈克·克莱顿发病前一周的活动记录，每小时逐一详细记录。这种不厌其烦的秘密警察式盘查实在太烦人了，要知道，过去的溯源调查只要求提供一份简简单单、清清爽爽的性伴侣名单。

"是的，没错。"黛安·克莱顿闭上眼睛，回忆起那晚的一切。"我和谢丽尔看了会儿电视，然后大约在十一点上床睡觉。迈克肯定一直都待在自己的房间里。他在北卡罗来纳大学格林斯博罗分校上学，回家来过暑假，晚上应该不会学习——但可能会在网上聊天，或者看看电影。"

谢丽尔犹疑地瞥了我一眼，然后害羞地说："我想他出去了。"

她母亲转过头，皱起了眉头，"周二晚上？不可能！"

我继续追问谢丽尔："你知道去了哪里吗？"

"我想是某个夜总会吧。"

"他自己说的？"

她耸耸肩，"他打扮了一番。"

"可他没说到底去哪儿？"

"没有。"

"会不会是去了别的地方？某个朋友家？聚会？"我得到的背景信息是，格林斯博罗的夜总会周二都不营业。

谢丽尔又回想了一下，“他说要去跳舞。就是这么说的。”

我又转向黛安娜·克莱顿，她显然因为被排除在讨论之外而心烦意乱。“你知道他可能和谁一起去吗？”

也许迈克正在谈女朋友，但还没有告诉她。最后，她还是提供了迈克常联系的三位校友的名字和电话，不停地为自己的“疏忽”向我道歉。

我说道：“没关系。真的。没有人能记住所有细节。”

一个小时后我离开时，她仍然显得心急如焚。她的儿子离开家却没有告知她——或者他曾告知过她，而她忘了——总之现在，不知何故，她认为正是这种疏离或是疏忽造成了整个悲剧。

这番询问勾起了她的痛苦回忆，我感觉自己也有部分责任——但有些信息我不得不掌握。医院会为她提供专业心理咨询——我的工作是尽快找到此次异常传播的原因。继续追踪下去，肯定还有更多人的痛苦回忆会被我勾起。要是我把所有责任都担起来，几天之内就会崩溃。

我设法在十一点前联络了那三个朋友——十一点过后，我就不敢再打电话叨扰任何人了——但在周二晚上，他们谁也没有和迈克在一起，也不知道他去了哪里。但他们帮我反复核对了其他一些细节。结果我坐在车里打了将近两个小时的电话。

也许有过派对，也许没有。也许迈克打扮一番出门，是去了别处。可能性无穷无尽。问卷表上有不少问题还没搞清楚。我是可以继续待在格林斯博罗，花一个月时间把问卷表都填满，然后无功而返。但如果那个假想的病毒携带者参加了这个假想的派对，(格林斯博罗四人组只有迈克去了，其他三个年轻人肯定没参加——他们在那一晚的行踪都有人证。) 我就不得不继续向前追踪。

我住进一家汽车旅馆，躺了一会儿，州际公路上汹涌的车流不断传来呼啸声。我开始想念艾利克斯和劳拉——并开始胡思乱想一些可怕的前景。

不，这种悲剧不会发生在他们身上。他们是我的亲人。我一定会保护好他们。

可怎么保护？难道搬去南极洲吗？

银火比癌症、心脏病、汽车事故更罕见。在某些城市，比枪击事件更罕见。但除了完全的物理隔离之外，根本无法避免感染。

因为没能把十八岁的儿子在暑假期间关在家里，黛安·克莱顿不停地责备自己。她一遍又一遍地责问：我做错了什么？为什么会这样？我为什么要受这种惩罚？

我本该把她拉到一边，直视着她的眼睛，告诉她：“这不是你的错！你根本就没办法阻止这种意外！”

我本该对她说，事情就这么自然而然发生了。人们会无缘无故地遭受痛苦。你儿子感染病毒这件事并无任何道理可言。这件事本身不包含任何意义，只是无数分子在做无序的随机运动。

我很早就醒了，没吃早饭。七点半时，我已上了四十号州际公路，正向西行驶。我径直驶过温斯顿–塞勒姆，那里最近有几个人被感染，但还不足以纳入我的追踪计划。

睡眠减缓了我的悲观情绪。清晨凉爽而晴朗，乡间景色美不胜收——至少，这里没有漫山遍野的基因编辑作物农场，也没有更糟糕的大片高尔夫球场。

至少和以前相比，一些事情确实变得更好了。二十多年前，我驾车行驶在四十号州际公路，第一次听到有位电台布道者在宣扬八十年代的“仇恨福音”：艾滋病是上帝的工具，HIV是从天堂送来的正义病毒，用来打击通奸者、瘾君子和同性恋。(那时我还是个头脑容易发热的年轻人。我立刻在下一个出口下了高速，将车停在路边，给电台打了电话。某个可怜的前台接线员被我臭骂了一顿。)但是，自打从一个肯尼亚妓女的骨髓中提取出不死细胞，并证明其能治疗全能上帝的“秘密武器”后，那种新神学的支持者就莫名其妙地沉默了。即使宗教激进主义并没有完全消亡，它的权力基础肯定已经衰落，所依赖的那种无知和褊狭已被信息浪潮冲刷得七零八落。

现在，包括福音布道在内的所有本地电台早已迁徙到了互联网，原先的电台频率全都静默了。互联网上充斥着两万多个网络电台和播客频道。此刻行驶在山区，我超出了基站信号的覆盖范围，但车里有卫星信号接收器。我打开平板，希望能获得些小小的安慰。

我已经给信息挖掘助手阿里阿德涅设定了定期任务，扫描所有可用的媒体渠道，寻找与银火有关的信息。也许我这么做纯粹是在找罪受，但瘟疫大暴发在媒体空间投射出的扭曲阴影，到处都充斥着谣言、误报、恐慌、阴谋论，却又散发着一些怪异的迷人色彩。

小报报道的角度一如既往地毫无意义，一些声称银火是来自外太空的疾病，一些断言是自来水加氟导致的必然结果，另一些认为六个名人从公众视线中消失就是因为银火。关于传播方式的新谣传，今天有三种：卫生棉条、墨西哥橙汁和（再次上榜的）蚊子。还有几位年轻人感染前后对比鲜明的照片，家人们对着镜头哭得肝肠寸断。新千禧年的末世，老掉牙的险恶谎言。

然而，阿里阿德涅最新捕捉到的奇怪信息并非来自传统小报，而是一档名为《终端聊天秀》(格林尼治标准时间周四23时在英国第四频道开播)的节目，其中有段对加拿大学者詹姆斯·施普林格的采访，此人正在英国（亲自）宣传他全新的超文本著作《赛博经》。

施普林格是个秃顶的中年大叔。据称他是麦吉尔大学教理论的副教授。显然，只有无可救药的还原论者才会追问：“教什么理论?”他的专业领域被描述为“计算机和灵性”——出于某种我无法理解的原因，采访者询问了他对银火病毒的意见。

“最关键的一点，”他温和而坚定地说道，“银火是信息化时代的第一场瘟疫。艾滋病无疑是后工业和后现代主义时期的，但它起源于真正的信息化时代的文化感知浪潮前。在我看来，艾滋病是西方唯物主义在面对世纪末不可避免的信任危机时，展现出的一种消极的时代精神——而就银火而言，我认为我们能从这种所谓的‘疾病’中发现许多更为积极的隐喻。”

采访者小心翼翼地问道：“那么……你希望银火受害者不会像艾滋病患者那样，被污名化或被大众恐惧吗？”

施普林格愉快地点了点头，“当然！我们在文化分析方面已经取得巨大的进步！我想，如果巴勒斯的《红夜之城》一出版，书中的意象就能充分渗透进西方社会的集体潜意识中，那么艾滋病蔓延的整个历程可能会完全不同——这是‘乌托时’研究中的一个热门议题，我的一个博士生目前正在研究。但毫无疑问，信息化时代独有的文化形态已经为我们迎接银火做好了充分准备。当我看到全球的技术型无政府主义者纵情狂欢，交换漫画文身卡片，用平价设备在桌面投影出宗教领袖的立体形象……我就很清楚，作为一段RNA序列的银火已经迎来了它的时代。要是它再不出现，我们就得亲手合成！”

我的下一站是一座叫斯泰茨维尔的小镇。本·沃克和丽莎·沃克是一对兄妹，大约十七八岁。两兄妹和丽莎的男友保罗·斯科特都感染了银火，正住在温斯顿-塞勒姆市的某个医院。他们的家人刚结束隔离回到家。

丽莎、本与单亲父亲和九岁的弟弟住在一起。丽莎曾在当地一家商店工作，店里的店主一直没出现任何症状。本在一家疫苗提取厂工作。保罗·斯科特正在待业，和母亲住在一起。丽莎似乎是三个人中最有可能首先被感染的。理论上，只需在递送信用卡时，手指相互触碰一下就有可能感染——虽然感染率只有百分之一。在大城市里，一些负责公共接待的人员已经戴上了手套。而一些比较偏执的地铁乘客，即使在盛夏的闷热中也穿着长袖上衣和长裤，把自己包裹得严严实实。但被感染的绝对风险很小，类似的防护策略几乎还没流行起来。

我尽可能温和地详细盘问了沃克先生。在那一周的大部分时间里，他的孩子们就像钟表一样准时活动。在那段感染窗口期，他们要么上班，要么待在家，唯一一次外出是在周四晚上。两人都出去了，直到凌晨才回家。丽莎去看望保罗，本则去看望他的女朋友玛莎·阿莫斯。沃克先生不确定这对情侣是出了门，还是待在家里——但在工作日晚上，当地的娱乐活动极少，他们也没提过要开车出城。

我给玛莎·阿莫斯打了电话。她告诉我，她和本待在她家没出门，直到两点。因为玛莎没有被感染，所以本应该是之后才被他妹妹感染的——而那一晚，不是丽莎感染了保罗，就是保罗感染了丽莎。

据保罗的母亲斯科特女士回忆，他这一周几乎没离开过家，所以不太可能是在外面受到感染，传入了病毒。斯泰茨维尔似乎正是感染现场：周四下午，某个路过的外地顾客进入商店，感染了丽莎。周四晚上，丽莎感染了保罗。周五早上，丽莎感染了本。接下来，我得去拜访一下店主，问问他那天店里有没有来过什么外地顾客。

但斯科特女士接着说："周四晚上，保罗在沃克家待到很晚。那应该是他唯一一次外出。"

"他出门去看望丽莎？她没来这儿吗？"

"没有。大约八点半，他就出门去沃克家了。"

"他俩就这么一直待在屋里吗？有没有什么特别的去处？"

"要知道，保罗没什么钱。他们没法经常出去玩——这对他们来说可不太容易。" 她用一种轻松、确信的语气说着——仿佛感染病毒只是暂时分开了这对好事多磨的年轻恋人。我真希望过几天噩耗传来时，能有人陪在她身边。

接着，我去了玛莎·阿莫斯家。打电话给她时，我没听出她有什么异样。但见面一瞧，她的身体状况似乎不太好。

我问她："本有没有告诉过你，周四晚上他妹妹和保罗·斯科特去哪儿了？"

她面无表情地盯着我。

"对不起，我知道这么问很鲁莽——但其他人似乎都不知情。要是你能记起他说过的什么话，说不定能帮上大忙。"

玛莎回应："他说如果有人问起，就说他整晚都跟我待在一起。我总是替他打掩护。他父亲不会同意他……"

"等等。你是说，周四晚上本并没有和你待在一起？"

"我和他一起去过几次。但那地方我不太喜欢。人倒是挺不错，不过音乐太烂了。"

"去了哪里？是某个酒吧吗？"

"不是！去了村里。周四晚上，本、保罗和丽莎去了村里。"她突然抬头紧盯着我的脸，仿佛我刚来到这儿。我想她终于意识到，我刚才一直在费劲琢磨她的话语，"他们在一起搞的'活动'。其实只是跳跳舞罢了，没什么大不了的。但本的父亲会以为他们是聚在一起吸毒。其实并没有。"她双手掩面，"但他们就是在那儿感染了银火，对吧？"

"我不知道。"

她浑身颤抖起来。我伸出手去，抚了抚她的胳膊。她抬头看着我，疲倦地说："你知道我最伤心的是什么吗？"

"什么？"

"我没有和他们一起去。我一直在想：如果我去了，一切都会好起来的。他们就不会感染病毒。我会保证他们的安全。"

她审视着我的脸——仿佛在寻找什么提示，指点她当时应该做点儿什么。我在追踪银火的传播轨迹，不是吗？我应该能明明白白地告诉她，怎样做才能摆脱内心的自责：当时的她应该施什么魔法，做出什么牺牲。

这种表情我已经看过无数遍，可还是不知道该说些什么安慰话。我反而觉得，此刻更应该停止虚伪的体谅，去直面彻骨的悲痛：生活并不是一场道德剧。疾病就是疾病，并不附带任何隐藏含义。我们不需要去安抚某个神灵的怒火，更没必要跟某个精灵讨价还价。每一个理智的成年人都知道这一点——但这么说，还是有点儿肤浅。根源在于，我们始终无法完全接受这个最来之不易的真理：宇宙冷漠无情。

玛莎双手抱肩，身体轻轻前后摇晃着，喃喃地说："我知道那样想很疯狂。但我心里还是很难过。"

那天剩下的时间里，我在街上到处转悠，想找个知情者打听一下周四晚上的那场"活动"。比如，"活动"地点究竟在哪儿。要知道，二十公里半径内至少分布着四个微村。不过，我运气可不太好。微村文化似乎只是一种边缘爱好，斯泰茨维尔仅有的三个热情参与者现在都在医学隔离中。镇民们说起微村时并没怎么提到毒品，他们似乎认为那些微村居民只是些无聊的技术宅，且音乐品位很糟糕。

夜幕再次降临，我再次住进某个汽车旅馆。过去那种东奔西走、疲于奔命的节奏又回来了。

迈克·克莱顿周二晚上去某个地方跳舞了。是去了某个微村？也许迈克并没有走太远，而是某个陌生人——也许是某个游客——两场活动都参加了：周二晚上在格林斯博罗附近，周四晚上在斯泰茨维尔附近。如果真是如此，将大大缩小追踪范围——我就不必再一一追查那些偶尔路过镇子的匆匆过客。

我仔细研究了一会儿路线图，看哪个微村比较靠近州际公路，能加塞到第二天的行程中。我用"微村夜生活"作关键词在网上搜索了一番，但一无所获。毫无疑问，活动信息早已通过更私密的电子订阅渠道传递给所有真正感兴趣的人——无论我去哪个村庄，肯定都有六七个村民知道所有活动的举办时间和地址。

午夜时分，我爬上床，但又拿起平板，想看看阿里阿德涅搜罗到了什么新线索，居然发现有一部以银火为主题的视频小说。而全美广播公司的热门科幻剧《N维空间的破碎神使》的最新一集也涉及银火。

我听说过这部剧，但从未看过，于是我快速浏览了试播集。“你难道不知道太空航行第一定律吗？让电脑去解十七维几何方程……它那执着于确定性的顽固的线性思维，会像钻石掉进黑洞一样被碾个粉碎！只有那对有心灵感应超能力的佛教圣尼双胞胎，她们不但是空手道黑带七段高手，还拥有能砍断自己双腿的顽强意志，只有这样的人才有足够强大的直觉力去驾驭N维空间中危险的量子涨落，拯救受困的舰队！”

“我的天，船长，您说得对——可是我们该上哪儿去找……”

《N维空间的破碎神使》故事设定在二十二世纪——但银火病毒在剧中出现并不是笨拙的时代错误。在跨星系跃迁时，我们这两位女主人公出了个小小的差错（在念诵重要咒语时误读了送气音），最终穿越到了现在的旧金山。在旧金山城中，一个小男孩和他的狗正遭到黑手党杀手的追杀。圣尼们在一处高层建筑工地的脚手架上，完全不动双腿，只用一套精妙拳术就轻易击退了杀手。她们救下了小男孩，而小男孩则帮助她们修复了密宗能量源的关键组件。之后，她们找到了男孩的母亲，发现她感染了银火。

从这里开始，镜头角度变得不自然。仅有的几个展露真实肌肤的镜头都经过粉饰处理：散发出淡黄色光泽，光滑而干燥。

男孩一看到母亲就哭了（最近被杀的担任黑帮会计的父亲向他隐瞒了母亲的病情）。但这时，圣尼来了段富含哲理的说教：

“这些好心的医生和护士会告诉你，你母亲遭遇了厄运——但在将来，所有人都会了解真相。在这个世界上，银火是最接近死亡之狂喜的极致体验。你只看得到她僵住的躯壳……但在空性之中，一场伟大而奇妙的变形正在发生。”

“真的吗？”

“真的。”

男孩擦干眼泪，主题音乐响起，狗跳起来舔每个人的脸。众人响起一阵发自肺腑的欢笑声。

（当然，那位僵卧的母亲毫无笑意。）

第二天，我在高速公路旁的两座小镇都约了人。第一名患者是个四十五岁的离异男子，是家纺织厂的技术员。他的兄弟和同事都给不了我什么信息。据他们所知，在那段时间里，他每天晚上都可能开车去不同的城镇（或微村）。

在第二座小镇，一对三十五岁左右的夫妇和他们八岁的女儿都因感染病毒而过世。三人几乎同时发病，而且病情恶化得比通常更猛烈，他们根本没来得及打电话求助。

女方的姐姐毫不犹豫地告诉我：“周五晚上，他们会去那些微村。经常去。”

“他们会带女儿一起去吗？”

她张嘴想回答，但又僵住了，只是很窘迫地盯着我——仿佛我在责怪她妹妹毫无顾忌地把孩子暴露在某种无法形容的危险之中。她身后的壁炉架上有他们三人的照片。正是她发现了他们一家的尸体。

我柔声说道：“其实病毒来袭时，所有地方都不安全。我们根本不知道该避开哪些地方。在任何地方，他们都有可能感染银火——我只是想在事件发生后追踪感染路径。”

她缓缓地点了点头，“他们总是带菲比一起去。我妹妹爱那些微村。她在大多数微村里都有朋友。”

“那天晚上，他们到底去了哪个微村呢？”

“我想是希罗多德。”

回到车里，我在地图上找到了那个微村。希罗多德离高速公路的距离并不比我之前图方便选择的微村远多少。也许我可以顺路去一下希罗多德微村，并在夜深之前赶到下一个汽车旅馆。

我点击一个小点，信息窗口跳了出来：希罗多德微村，位于卡托巴县。人口106人。2004年建立。

我问：“还有更多信息吗？”。

地图上跳出一个新窗口：“没有。”

太阳能电池板、双卫星天线、菜园、储水箱、预制方形水泥建筑……在所有大型的农村房屋中，这些组件并不罕见。但把它们全都凑在一起，在乡村旷野中搭建出一个自给自足的完整住屋，确实不免令人赞叹。希罗多德微村一点儿都不像二十世纪幻想插画家所描绘的画面：一群星际拓荒者在某个类地星球上建立的定居点。

不过，停车场是个例外。停车场被小心翼翼地藏在一排巨大的光伏电池板后面。场地里有一百多个车位，但只停着一辆公共汽车和两辆小轿车。显然，希罗多德微村欢迎任何来访者。这里可以随便停车，完全不存在什么停车计时器。

尽管都是预制房屋，但微村的布局并不像军营。这些预制建筑遵循着某种我无法一眼看透的对称性，围绕着中心广场向四周铺展开——但肯定不会像半圆拱形活动屋那样一排排整齐排放。我走进广场，一侧球场上激战正酣，一群十几岁的孩子们正在打篮球，一堆十岁以下的小孩子则在观战。这是唯一明显的生命迹象。我走过去——虽然此处是这个微村的主街道，是公共空间，但总感觉自己有点儿像入侵者。

我站在其他观众旁，看了会儿比赛。没有一个孩子跟我说话，但我并不觉得自己被冷落了。这两支球队男女混合，比赛很激烈，但气氛很友好。这些孩子有白人、非裔、亚裔。我听过一些传言，说某些村庄实施了“有效隔离”，不管那是什么意思，看来只是宣传而已。

微村运动最初的确引发了一些争议，但这种生活方式并不属于激进主义。大约一百多人（本就在城镇或城市的家中承接小型外包业务，远程办公）集中大家的资源，在偏僻的乡野买下一些廉价地块，并利用一些最先进的技术来弥补基础设施不足。居民可能是股票经纪人，也可能是艺术家或音乐家——尽管任何描述都注定有所偏颇，但绝大多数微村更像是雅皮士避难所，而非无政府主义公社。

我本人不太可能接受这种物理隔离，就算有再多的网络带宽也无法补偿。但如果微村的居民在这里感觉愉快，他们就该有在此居住的自由。五十年后，微村文化很可能大行其道，而住在皇后区等市中心的城居人士反倒会沦为被人指摘的异类。

一个六七岁的小女孩拍了拍我的胳膊。我朝她微微一笑，“你好。”

她问道：“你是来追寻幸福之路的吗？”

我还没来得及问她是什么意思，就听到有人大喊：“喂，你好！”

我转过头，是个二十五岁左右的女人，右手正搭在额头上挡着阳光。她微笑着走近，向我伸出手。

“我是萨莉·格兰特。”

我握了握她的手，“克莱尔·布斯”。

“你来早了。活动要到晚上九点半才开始。”

“我——”

“如果你想在我家吃顿饭，我很欢迎。”

我犹豫了一下，“你真是太好了。”

“收你十块钱可以吗？如果自助餐厅开门营业，我也是收这个价钱，但今晚没人订餐，我就懒得去开门了。”

我点了点头。

“好，七点钟来我家。我住在二十三号。”

“谢谢。非常感谢。”

我坐在村子广场上的一张长凳上，听着篮球场传来的喊叫声，广场西面的一座大厅为我遮挡了落日余晖。我知道应该向格兰特女士坦陈我来此的目的；亮出身份，问几个可以问的问题，然后转身离开。但是，如果我留下来，偷偷摸摸地参与那个神秘活动，是否能获得更多线索？不做问卷调查，只是与村民和其他当地人闲聊，对他们进行近距离观察，可能也会有所帮助——虽然病毒携带者早已离开这里，但也许我能侧写出其大致特征。

我忐忑不安地做了决定。没理由不留下来参加派对，也没必要告诉村民我来此的目的，那样只会引起他们的焦虑和戒备。

从内部看，格兰特家的房子更像一套宽敞的现代公寓，而不是由大卡车运到荒野里的方形预制水泥屋。我原以为看到的将是杂乱的活动房屋，每立方米都塞满家具和设备，堵得让人喘不过气来，但完全没料到他们的预制屋有这么大。

萨莉的丈夫奥利弗是一名建筑师。萨莉白天编辑旅游指南，经营自助餐厅是副业。他们是第一批居民，从罗利搬来。这个微村仍在发展中，今后还会有几家人陆续搬来。他们解释说，希罗多德村在主食（素食为主）方面是自给自足的，但所有微村都会定期从外部补给一定量的生活物资。他们偶尔会去格林斯博罗，或开上州际公路去别的城市出差，但他们的日常工作完全靠网络远程办公。

“你不度假的时候做些什么工作呢，克莱尔？”

“我是哥伦比亚大学的教员。”

“那一定很有趣。”事实证明，留下来深入探访是个不错的选择。他们很快就聊起了家常。

我问萨莉：“是什么让你们决定搬家的？罗利又不是美国的犯罪之

都。”我才不相信是高房价把他们赶出了城市。

她毫不犹豫地回答：“精神追求，克莱尔。”

我眨了眨眼睛。

奥利弗开心地大笑起来，“别担心，你没来错地方！”他转向妻子，“你看到她的表情了吗？不知道的还以为她不留神闯进了某个摩门教或浸信会的飞地呢！”

萨莉抱歉地解释道：“当然，我指的是最广义的精神追求：我们需要去重新感受周围世界的道德意义。”

我一点也没听明白，但她显然是在期待我的赞同。我试探性地说道：“那么你认为……生活在这样一个与世隔绝的小社区里，你的公民责任会更清晰、更明确？”

现在轮到萨莉面露困惑了，“嗯……是的，我想是的。但公民责任只是政治责任，对吧？那不是精神层面的。我的意思是——”她举起双手，微笑地看着我，“我是说，我所追寻的，正是你来这里的原因！我们为了追寻它，花了一辈子的时间才来到希罗多德微村，而你自己一个人只花了几个小时就找到了这里！”

我和萨莉坐在客厅里喝咖啡，听到陆续有汽车开进村子。奥利弗中途告退，去和东京的一位建筑经理开紧急视频会议。我和萨莉有一搭没一搭地闲聊，聊起艾利克斯和劳拉，聊起我在纽约经历过的最糟糕的恐怖故事——其中一些的确发生过。我没有向萨莉问起那场活动，倒不是已经丧失了兴趣，只是不想让她发现：我并不知道自己来这里是为了追寻什么。期间，她起身离开了一分钟，但我并没有从椅子上站起来，只是扭头扫视了一下房间，想看看这里到底有什么东西让她追寻了一辈子。屋里的陈设都很简朴，我的时间只够观察一个可旋转的大CD架，上面展露出一些五颜六色的CD封面。绝大多数似乎都是现代音乐唱片或视频，都是些我从未听说过的乐队。不过，倒是有一个熟悉的标题：《赛博经》有声书，詹姆斯·施普林格著。

我们三人穿过广场，走向微村的活动大厅——那是个谷仓似的建筑，看起来就像非常大的集装箱——我紧张极了。广场上有三四十个人，大部分是十几岁或二十出头的年轻人，穿着各式各样的休闲服，这类服饰在全国任何一家夜总会门口都能看到。我到底在怕什么呢？就因为本·沃克不愿告诉他父亲，迈克·克莱顿不愿告诉他母亲，就意味着我将步入恐怖片《双峰》的南方版翻拍现场吗？也许这些无聊的孩子只是溜进微村，在舞会上嗑嗑迷幻药罢了——我自己的青春岁月从我眼前一闪而过，不过我那时候的药物更安全，灯光也更出彩。

走近大厅时，一小群人正通过一扇自动门鱼贯而入，震耳的音乐声从隙开的门中倾泻而出，我瞥见了旋转射灯闪烁下影影绰绰的身体轮廓。看来我的担心是完全多余的。萨莉和奥利弗只不过是喜欢嗑迷幻药——这两位希罗多德微村的创始人显然决定要创造一个适宜的氛围，来好好享用迷幻药。我付了六十美元入场费，微微一笑，如释重负。

室内的墙壁和天花板上闪烁着错综复杂的图案：线条柔和的多色调分形图，随着音乐节拍不断变幻，仿佛一股汹涌的彩色编码模拟湍流，正以五倍音速从巨大的琴弦上倾泻而下。混乱的光线照射下，跳舞的人都没有影子。四壁都是高功率超大屏幕，不是简单的投影。分辨率高得惊人——而且价格必定贵得离谱。

萨莉把一个散发粉色荧光的胶囊塞进我手里。“和谐”或“安宁”之类的吧，我早已跟不上迷幻药界的时尚了。我说了声谢谢，并搪塞了一句“留着以后再吃”——但音乐声淹没了所有声响，我们只好冲着对方傻笑一番。大厅的隔音效果非常好（对其他在家酣睡的村民来说真是福音），我根本没料到进门后，脑子会被音乐轰得嗡嗡响。

萨莉和奥利弗消失在人群中。我决定在这里逗留半个小时左右，然后溜出去，开车找个汽车旅馆。我站在角落，观察着跳舞的人群。

尽管灯光令人目眩，我还是努力保持着头脑清醒……我开始严重怀疑，待在这里对我那本已举步维艰的追踪计划能有什么帮助。到目前为止，我只能初步推测：那个病毒携带者可能二十五岁以下，身边没有带小孩。萨莉给了我一份非常详尽的、囊括过去和未来“活动”的日程表——从此地到孟菲斯，所有地点和时间我都已掌握。虽然追踪仍然困难重重，但我至少取得了一点进展。

人群中突然响起一阵欢呼声，盖过了音乐，整个房间瞬间发生变化。我突然完全丧失了方向感——逐渐适应新的光影之后，我又花了好一阵才看明白细节。

现在，四面墙屏上显示着四个和我所在的舞厅一模一样的舞厅，里面也挤满了跳舞的人群，只有天花板继续播放着抽象动画。这些一模一样的舞厅四壁也都有墙屏，每面墙屏上也都显示着一个挤满舞者的舞厅，仿佛两面镜子之间的无限映射。

起初，我以为“其他舞厅”只是希罗多德舞厅本身实时影像的复制品。但是……天花板上的旋涡图案，与“相邻”舞厅天花板上的动画无缝衔接，组合成一个流畅统一的复杂动态图；没有重复，没有映射，没有任何非自然扭曲。跳舞的人群也不尽相同——虽然从远处观察，他们看上去确实十分相似、难以辨别。于是，我环顾四周，仔细检查离我四五米远的最近的一堵墙。屏幕“后面”的一个年轻人举手向我致意，我也下意识地回了个手势。我们无法进行丰富的眼神交流——无论把摄像机放在哪里，这都是一个很复杂的难题——但那一刹那，我几乎就要相信，将我俩隔开的只有一道薄薄的玻璃墙。

那人迷迷糊糊地笑了笑，走开了。

我浑身都起了鸡皮疙瘩。虽然这种互动屏幕技术并不新鲜，但在这里，互动技术被应用到了极限。置身于一个无限大的舞厅，这感觉简直棒极了。在四个方向上延伸出无限多的舞厅，东南西北，都不存在“最远的舞厅”(当所有舞厅都排列完毕，完全可以整列复制粘贴，无限延展下去)。贴图平面化、视角偏移时比例失调、缺乏足够景深(尤其当我试着窥视夹在四个主舞厅之间的“角落舞厅”时，虽然理论上能看到，但看到的只是模糊一片)，这三种技术限制使得四面墙屏之外的夹角空间出现怪异的扭曲，影响了视觉效果。实际上，大脑正在努力弥补，掩盖这些视觉缺陷——要是吞下了萨莉给的迷幻胶囊，我肯定不会这么吹毛求疵了。事实上，我已经笑得像一个骑旋转木马的孩子。

我看到人们面对着墙壁跳舞，隔着屏幕松散地结成一对或一组。我完全着了迷，已经忘了要尽快离开的想法。过了一会儿，我撞上了奥利弗，他正独自一人高兴地摇晃着身体。我对着他的耳朵尖叫道：“这些就是其他微村吗?”他点点头，大声回答：“东是东，西是西!”那就是说……虚拟布局遵循真实的地理分布——只是消除了阻隔在中间的距离?我想起詹姆斯·施普林格在《终端聊天秀》中说过的话：我们必须发明一种新的制图学，重新绘制这个新生的、千变万化的星球。现在，分隔已不存在，国界也不复存在。

世界就像是巨大的派对。不过，他们肯定不会把自己的生活场景和战区实时连接在一起。在九十年代，我已经瞧够了“我们跳跳舞，你们躲躲子弹”这样的“团结”。

我突然想到：如果那个病毒携带者真从一场活动赶往下一场活动，那么此刻，他或她或许正和我在“一起”。就在此刻，我的追踪目标必然是这个巨大梦幻大厅里的舞者之一。

但这既不意味着我能当场逮到他或她，也不会增添任何感染风险。银火病毒携带者并不会在黑暗中散发出荧光。但此刻仍然是这个漫长而离奇的夜晚中最怪异的时刻：我感觉自己与他或她终于“连接”在了一起，我已经“找到”了我的猎物。

当然，问题并没有得到实质性解决。

午夜刚过，新鲜感逐渐消退，我终于决定离开。突然，一些舞者又爆发出一阵欢呼。这一次，我花了更长时间才搞明白原因。人们开始转向东方，兴奋地指点着某样东西。

在一个关闭了三重墙屏的舞厅中，几个身影正在远处舞动的人群中穿行。他们可能一丝不挂，有男有女，但浑身散发出耀眼的光芒，让人无法直视，身体细节几乎全都淹没在那光亮之中。

他们发出强烈的银白色光芒，照亮了四周——这种效果并非来自从外部投射进人群的聚光灯，更像是发光气体散发的光晕。四周跳舞的人似乎完全没有注意到他们的存在——相邻舞厅里的人们也未察觉，只有希罗多德微村的人察觉并欣赏着他们壮观的出场。我完全看不出这些究竟是纯粹的动画形象（通过精准预测人群的运动趋势来计算可信的移动路径），还是叠加了动画特效的普通但真实存在的人类演员。

我的嘴里干涩发苦。我不相信这些银色身影的出现纯粹是巧合——但它们究竟意味着什么呢？希罗多德村的居民知道当地曾暴发过一系列银火感染案例吗？这并非不可能。网上可能已流传着独立的分析报告。也许这是在向感染者表达某种奇怪的“敬意”。

我又找到了奥利弗。似乎是为了应和幻影的出场，音乐柔和了很多。奥利弗的高兴劲儿也降了一点儿温。我们总算勉强进行了一番交谈。

我指了指那些身影——此刻，他们正径直穿透墙屏上的影像，这证明他们完全是虚拟的。

他喊道：“他们正沿着幸福之路行进！”

我耸了一下肩，摊开双手，表示不理解。

“为我们治愈这片土地！表达忏悔！消解血泪之路！”

血泪之路？我困惑了一会儿，然后高中历史课上的一个知识点突然浮现。“血泪之路”是指十九世纪三十年代，切罗基人从现在的佐治亚州被强行驱赶至俄克拉何马州的残酷流放。数千人在途中死亡。有些人中途逃脱，躲进了阿巴拉契亚山区。我相当肯定，希罗多德村位于北卡罗来纳州，离历史上的“血泪之路”有几百公里远——但这似乎不是重点。银色的身影在舞池里移动，他们张开双臂，仿佛是在祈福。

我喊道：“但这跟银火又有什么关系？”

“银火患者的身体被冻住了，他们的精神反而可以自由地穿越网络空间，为我们走遍幸福之路！你不知道吗？这就是银火的作用！更新一切！把幸福带给大地！赎罪！”奥利弗面露绝对真诚的微笑，温柔地看着我，散发着纯粹的善意。

我难以置信地盯着他。显然，这个人并不憎恨任何人……但他刚才说的话，只不过是用新时代的表达重述了二十年前那个电台福音布道者的胡说八道，那个布道者居然把艾滋病泛滥当作证明自身精神信仰的无可辩驳的铁证。

我气愤地喊道：“银火是一种无情的、令人痛苦的——”

奥利弗向后一仰头，哈哈大笑起来，并无一丝恶意——仿佛我是在讲鬼故事。

我转身走开了。

幸福之路的行进者们穿过毗邻我们东边的大厅，分成了两列。一半往北走，一半往南走，仿佛他们正“绕过”希罗多德村。他们不可能真的从我们中间穿行而过——但不得不说，这种视觉欺骗处理得几乎天衣无缝。

如果我嗑了那颗迷幻药呢？如果我接受了幸福之路的整个神话，并且来此朝圣，希望能亲眼见证呢？一夜狂欢之后，我会不会真的开始相信，银火病人的幽灵已从我身旁掠过？

把他们闪闪发光的祝福赐予了人们？

那是某种近乎触手可及的无上赐福？

我朝着经过伪装的出口走去。屋外，凉爽的空气和寂静的夜色显得那么不现实。我觉得自己比以往任何时候都更虚脱、更迷离。我摇摇晃晃地走向停车场，挥动着平板，启动了那辆租来的车。

快开上高速公路时，我的头脑总算清醒了。我决定连夜驾车前行。我的情绪太激动，即使躺下也睡不着。反正我可以在早上找一家汽车旅馆，洗个澡，在下一次约见前打个盹。

我仍然不太理解这场“活动”的意义——村民们那些关于赛博空间与现实空间融合的邪教式疯言疯语，与病毒携带者究竟有什么实在的联系呢？如果只是一种巧合的话，那就荒诞得有点儿讽刺了；但如果不是巧合，又能是什么呢？是某个追寻幸福之路的“朝圣者”在故意传播病毒？这不太可能发生——不仅仅因为这种恶意行为极端可憎、令人无法想象。只有在出现明显症状时，病毒携带者才会知道自己被感染了……可一旦出现明显症状，病人很快就会陷入垂死阶段。如果真的存在一个超级感染者，长期处于轻度感染状态，其症状就很难与流感区分了。一旦银火病毒发展到足以影响皮肤表层的程度，在乡间旅行的唯一选择都是躺进救护车。

凌晨三点半左右，我打开了平板。我不是很困，想听些新消息让自己保持清醒。

阿里阿德涅又搜罗到了很多小道消息。

首先，在校际创意网络的真人秀节目上，有一场激烈的辩论。来自西雅图的业余动物学家安德鲁·菲尔德声称：银火病毒的出现“毋庸置疑地证明了”他那“充满争议且反传统的”S-力量生命理论。该理论“集爱因斯坦和希德瑞克的超前智慧于一身，融汇玛雅预言的非凡洞见与超弦理论的最新成果，创立了一种珍视生命的新式生物学，以替代毫无灵魂且机械的西方科学。”

来自加州大学洛杉矶分校的病毒学家玛格丽特·奥尔特加详细解释了为何菲尔德的新理论是多余的：它未能虑及——甚至直接违背——许多业已被观察到的生物现象。比起其他不仰赖于神明恩典的理论学说，其“机械”程度并没有丝毫增减。她还大胆放言，大多数人都有足够的能力在珍视生命的同时，尊重所有的人类知识。

菲尔德是一个毫无逻辑的白痴，他大概是根据孩提时代列的愿望清单来开展科学研究的。奥尔特加把他驳斥得体无完肤。

但当全国学生听众投完票，菲尔德以2比1的比分宣告获胜。

下一则新闻：在位于汉堡的马克斯·普朗克研究所医学研究实验室门前，一群抗议者聚集起来要求停止银火病毒研究。安全并不是核心问题。此次抗议的组织者基德·兰山姆，号称“广受赞誉的文化煽动者”，现场举办了一场临时新闻发布会：

“我们必须从心胸狭窄的悲观科学家手中夺回银火，并学会利用它的神秘力量之源造福全人类！这些想要解释一切的技术官僚好比在艺术画廊里横冲乱撞的破坏者，在所有美丽的艺术品上涂抹方程式！”

“但是，如果不进行研究，人类怎么可能找到治疗这种疾病的方法呢？”

“根本没有什么疾病！这只是变形！”

另外还有四则新闻报道揭露了银火背后的“秘密真相”或“不可言说的诡秘”。当然，这些秘密依然相互矛盾，而且单独来看，每一条所谓的真相都不过是一个恶心至极的可悲笑话。黎明的曦光把北面黑山的山脊染成了紫灰色，周围乡村的景致一点点被勾勒出来——突然，我开始慢慢明白了。这已不再是我的世界。希罗多德微村、西雅图、汉堡、蒙特利尔、伦敦，都已不是我的世界。甚至连纽约，也不再是我的世界。

在我的世界里，没有林间仙女和水中仙女。没有神灵，没有鬼魂，没有祖灵。除了我们的文化、法律和激情，没有任何东西能够惩罚或安慰我们，也没有任何东西能够界定我们的爱或恨。

我的父母一代完全理解这一点——但他们的父母，我的祖父母，是有史以来摆脱迷信桎梏的第一代。在理解之花短暂盛开之后，我们这一代人又变得自满起来。在某种程度上，我们一定开始理所当然地认为，对现今的每一个孩子来说，宇宙的自然规律都是显而易见的……但这显然违背了人类这个物种与生俱来的秉性：人类酷爱各种稀奇古怪的理论模式，人类渴望从看到的一切事物中汲取意义和安慰。

我们以为自己正把所有重要的东西传授给孩子们：科学、历史、文学、艺术。庞大的信息库，他们一触即得。但我们还未付出足够努力去传递这个最来之不易的真相：道德只来自内心。意义只来自内心。在我们的思想之外，宇宙冷漠无情。

也许在西方，我们已经击垮了旧式的教条主义宗教，击碎了旧时代的妄想之石，但这胜利毫无意义。

因为，现在又出现了新的甜得发腻的精神毒药，取而代之。

我住进了阿什维尔微村的一家汽车旅馆。停车场里挤满了露营房车，都是前往国家公园的游客。我很幸运，住进了最后一间空房。

正洗澡时，平板响了。一份提交给疾控中心的最新数据分析报告显示，感染路径沿着四十号州际公路向西“突进”了近两百公里——距正西方的纳什维尔微村一百公里。又有五个人被感染，踏上了幸福之路。我坐下来，盯着地图看了一会儿——然后穿好衣服，重新收拾好行李，再次启程。

开车进山区的路上，我打了十个电话，取消了所有约会，不再顺路拜访从阿什维尔到田纳西州杰斐逊市的感染者家属。没必要再一丝不苟地细致收集沿途数据了。我已确信，感染一定发生在舞会活动中——不过，唯一的问题是：这是偶然感染，还是蓄意传播？

到底怎样蓄意传播的？将银火病毒装进充满成纤维细胞的小瓶里？国立卫生研究院的研究人员花了一年多时间才研究出体外培养银火病毒的办法，直到今年三月才成功。我不相信业余爱好者不到三个月就能达成同样的成就。

高速公路在大烟雾山树木繁茂的山坡间迤逦而下，绝大部分路段都傍着鸽子河。我一边开车，一边通过语音输入编了个预测模型。现在，我手里有一张舞会活动日程表，有五名患者的大致感染日期。疫情病例通报总是来得太迟。追上感染源的唯一办法就是提前推断。我只能假设病毒携带者将继续笔直地向西行驶，从不中途逗留，总是会赶往下一场微村舞会。

我在中午时分抵达诺克斯维尔微村，停下来吃了午饭，然后又继续开车前行。

预测模型显示：普林尼微村，1月14日，周六晚9时30分，病毒携带者将再次出现。我将第一次有机会在无限舞厅中搜寻病毒携带者，我们之间不再有不可逾越的墙。

我将第一次有机会亲临银火感染现场。

我抵达得很早——但还未早到能引起本地居民的注意，被请进某对与萨利和奥利弗类似的夫妇家中。我在车里待了一个小时，做出一副忙碌的样子，暗中记录着进村车辆的车牌号。普林尼微村的停车场里停着一些四驱越野车、一些拖车和几辆露营车。许多村民都喜欢骑自行车，但病毒携带者必须极其狂热而且身体非常健康，才能从格林斯博罗一路骑过来。

本场活动的流程与前一天晚上的希罗多德舞会大致相同——尽管这一场并无希罗多德居民参加。参与者也差不多：大多是年轻人，但也有一些中年人，让我不至于显得那么格格不入。我在舞厅里来回游荡，竭力记住每一张脸，并尽量不引起太多注意。难道在场这些人都相信奥利弗所说的那个关于银火的迷思吗？想想就让人害怕。唯一能给我宽慰的是，举办这种活动的微村只占该地区微村总数的二十分之一不到。微村运动本身与这种邪教式疯狂并无直接关联。

有人递给我一个粉色药丸——这次不是免费的。我付给她二十美元，把药揣进口袋，准备以后做个成分分析。这颗迷幻药胶囊不太可能含有银火病毒，即使真被人做了手脚，胃酸也会迅速杀死病毒。

行进者行列出现时，一个不到二十岁的漂亮金发男孩在我周围徘徊了一会儿。行进者行列在西方消失时，他走过来抓住我的胳膊肘，冲我说了句什么，音乐太吵，我听不太清楚，但我想我感受到了他的欲望和热情。我压根儿就不期待什么艳遇。面对他的邀请，我既不惊讶，也不觉得受宠若惊——更不用说怦然心动了——短短五秒钟，我就摆脱了他。他看上去有点儿沮丧，但没过多久，我就看到他领着一个年龄只有我一半的女人离开了大厅。

我一直待到活动的最后——当天是周六，活动一直持续到了早上五点。我摇摇晃晃地走进晨光中，心里很沮丧。我也闹不清自己究竟在期待什么结果。难道是某个手持喷雾罐，四处喷射银火病毒毒液的蓄意散播者吗？走进停车场后，我突然意识到，许多车是在我进舞厅之后才抵达的——而其中一些可能在我出舞厅之前就离开了。我赶紧把之前漏掉的车牌都拍了下来。我尽量保持低调，但三十六个小时没合眼，就算引起了注意，我也顾不得了。

从普林尼微村再往西走，最近一次活动是在周日晚上，得越过密西西比河，穿过半个阿肯色州；我估算了一下，病毒携带者应该会利用这个空当休息一晚。

周一晚上，我驱车进入欧多克索斯微村。此村于2002年建立，人口165人，距离纳什维尔微村大约一小时车程。如果有必要的话，我准备在停车场过夜。我得把每个车牌都拍下来，不然就白来了。

我并没有告诉布莱希特我在做什么。我还没有确凿证据，要是全盘说出，一定显得我有点儿过度猜疑。离开纳什维尔微村之前，我给艾利克斯打过电话，但也没跟他说多少。他喊劳拉过来接电话时，劳拉拒绝了，但这并不是什么新鲜事。这才离家几天，我居然已经开始想念他们两个了。但真的回到家，我其实完全不知道该如何面对一个放弃理性、热烈拥抱邪教文化的女儿，和一个马马虎虎的丈夫——他想当然地认为，任何一个头脑灵光的青少年都能在六个月内搞清楚人类耗时五千年的智慧探索结晶。

在十点到十一点之间，来了三十五辆车——都是我之前没见过的车——然后车流突然变少了。我浏览着平板上的娱乐频道，任何彩色画面都能让我满意。我已经受够了阿里阿德涅搜罗来的那一大堆坏消息。

一辆蓝色福特露营车恰巧在十二点之前开了进来，停在我对面的角落里。一个年轻男人和一个年轻女人下了车。他们看上去很兴奋，但又有点儿警惕——仿佛时刻提防着父母亲从暗处投来的窥探目光。

当他俩穿过停车场时，我突然发现，那个男人就是在普林尼微村和我搭话的那个金发男孩。

等了五分钟，我下车去察看他们的汽车，发现是马萨诸塞州的车牌。看来，他们正沿着幸福之路一路向西。周六晚上我漏拍了这个车牌，差一点儿就错过了这条线索，要不是那个金发男孩——

等一下！

我呆呆地站在车后，努力保持冷静，脑海里反复回放着前一晚的情景。要知道，他拉我手时，我很快就把他推开了——但他到底触碰了多长时间？

我抬头望着夜空中冷漠的群星，试着去体会其中的讽刺意味，因为讽刺的辛辣总好过恐惧的苦涩。我一直都知道此行会有风险——但别慌，我未被感染的概率仍然很大。我可以在明天早上赶去纳什维尔，在那里把自己隔离起来。反正现在无论我做什么，都已无法改变现状。

但我之前的预测模型有漏洞，必须进行反思和更正。如果他们一起从马萨诸塞州远道而来——即使是从格林斯博罗启程——其中一个早就应该感染了另一个。即使他俩是兄妹，也绝无可能对病毒具有相同的异常抵抗力。

他俩不可能都是不知情的无症状病毒携带者。所以，要么他们跟疫情暴发没有任何关系，要么他们在体外携带病毒，并且进行了非常严密的防护。

保险杠上有一张大言不惭的贴纸：最先进防盗系统！我伸出手，按在后门上。警报声并未响起。我使劲晃了晃门把手，还是什么都没有发生。即使车载防盗系统已经呼叫某个位于纳什维尔微村的外包保安公司，并已请求武装支援，我也有足够的时间做我想做的。就算是防盗系统给车主打电话，信号也不太可能穿透微村大厅的铝制外壳。

此刻的停车场只有我一个人。我回到车里，拿来工具箱。

我知道我没有权力这么干。我是可以动用一些紧急权力——但我没打算给马里兰州打电话，花费半个晚上来说服州警出动。我也知道这么做是非法搜查和侵夺财物，就算真的找出了恶意传播者，也会让检察官在起诉时处于被动。

可我完全不在乎。我宁愿一把火烧了这辆露营车，也不会再让他们把其他人送上“幸福之路”。

我把一字螺丝刀插进橡胶窗框，从门上撬下了一小块茶色窗玻璃。还是没有警报声。我伸手进去，摸索着打开了车门。

我原以为他们是受过一定专业训练的生物化学家，掌握了足够的细胞学知识，根据公开发表的论文就能掌握成纤维细胞的培养技术。

但我错了。他们是医科学生，只是掌握了部分护理技巧。

他们把自己的朋友安置在一个充满聚合物凝胶的巨大鱼缸里，为她插上了输氧管、导尿管，还有半打输液瓶。我用手电筒照射倒悬着的药瓶，检查各种药物及其浓度。我仔仔细细察看了两遍，真希望这只是个低劣的玩笑——但药和药量都符合缓解银火症状的标准处方。

透过凝胶中升起的缕缕血丝，我照见了女孩那没有皮肤的苍白脸庞。足量的鸦片镇静剂让她一动不动，一声不吭——但她仍然有意识。她的嘴唇因疼痛而扭曲得变了形。

根据药瓶上的手写给药记录，她已经发病十六天了。

我摇摇晃晃地从车里出来，心怦怦直跳，眼前一阵晕黑。我迎头撞上了那个金发男孩和那个女孩，他俩身后还跟着另外一对情侣。

我抡起拳头，向他打去，口中语无伦次地尖叫着。我完全不记得自己喊了些什么。他举起双手掩住脸，其他人拥了上来，按住我的双手，把我轻轻按在货车上，但并没有回揍我。

我哭了起来。那个女孩说道："嘘……没关系。没有人会伤害你的。"

我哭诉道："你们难道不明白吗？她很痛苦！一直以来，她都很痛苦！你们以为她在干什么？难道是在微笑吗？"

"她当然在笑。这就是她一直想要的。她让我们保证，如果她感染了银火病毒，一定要带着她走遍幸福之路。"

我把头靠在冰冷的车厢上，闭了一会儿眼睛，努力想找到说服他们的办法。

但我实在是无能为力。

当我睁开眼睛时，那个男孩正站在我面前。他的脸是我见过的最温柔、最富同情心的脸。他既不是虐待狂，也不是偏执狂，甚至也不是傻瓜。他只是全盘接受了一些美丽的谎言。

他说道："你还不明白吗？你所看到的，只是一个在痛苦中垂死挣扎的女人——但我们必须学会看到更多。是时候恢复祖先早已失传的能力了：那种能看到幻象、恶魔和天使的能力，那种能看到风灵和雨精的能力，那种能行遍幸福之路的能力。"

《银火》，首次发表于英国《中间地带》杂志第102期，1995年12月。

The Best of Greg Egan

恐怖谷

陈　阳 译

被遗忘的记忆里，藏着我们最深的秘密。

所获荣誉

2018 年 提名雨果奖最佳短中篇小说

2018 年 提名轨迹奖最佳短中篇小说

2018 年 提名英国科幻小说奖最佳短篇小说

2020 年 获得日本星云赏最佳翻译类短篇小说

1

当流转的画面暂停下来，他突然意识到自己已经做了不知多久的梦。他希望能就此停下，可是，在试想醒来后眼前的场景时，他的大脑却揪住这个问题，不停地思索。他并没走神，只是确信自己从黑暗中召唤出的答案早已不再正确。他还记得九岁前和哥哥一起睡过的高低床，一个个断裂的弹簧像灰色的小钟乳石一样挂在他的头顶。床头阅读灯的灯罩上有一圈菱形的小孔，他常把手指放在那些孔上，盯着血肉透出的红光，直到灯罩烫得他受不了。

后来，他拥有了自己的房间。他的床由很多空心的金属柱组成，柱子上的塑料盖帽很容易拆下来，他便把很多东西丢进柱子里，比如咬过的铅笔头、从新买校服的纸板包装上拆下的别针、用锤子敲歪而变形的大头钉、跑进他鞋子里的碎石子、手帕上刮下来的干鼻涕，还有几个小纸团，每张纸上都写着几个当时认为很重要的事情，它们如同切开地质层获得的岩芯样本，记录着他的生活，对于未来的考古学家来说，这些东西远比任何日记都要激动人心。

但是，他还能回忆起另一个场景：他睡眼蒙眬，在一间没有床，只有一张折叠沙发的客卧两用公寓里躺着，衣服散落在地板上。这场景似乎跟他的童年一样遥远，但一种莫名的力量促使他不断充实房间的细节。桌上有一台打字机。他能闻到色带的气味，还看到了装色带的盒子，就放在一家文具店角落的架子上，蓝底白字，但他看不清上面是什么字。他一直在寻找全黑的色带，不过大多数商店只卖黑红双色的。谁会需要用红色打字呢？

换完色带后，他在一张废纸上擦了擦沾了墨水的手指，他知道整个场景的时间都是错乱的，他想顺着这个发现往上爬，就像潜水员在追寻一抹遥远的阳光。但有什么东西压得他喘不过气来，把他钉在那间没有暖气的屋子里冰冷的木椅上，他的右边有一叠空白的纸，左边是一堆用过的纸，桌子下面有个废纸篓。他急切地想知道，为什么字母e上面的圈有时会变成实心的黑色，这激得他想把旧T恤浸满酒精，用来将打字机上的印字条都清理干净。如果现在不思考这个问题，他怕以后再也没有机会了。

2

亚当决定不顾所有人的劝告，去参加老爷子的葬礼。

老爷子曾亲自警告过他："为什么要找麻烦？"他带着那种临终时愈演愈烈、令人不安的渴望，从病床上凝视着亚当，"你越是让他们难堪，他们就越有可能找你麻烦。"

"我记得你说过他们不能这么做。"

"我只是说我已经尽力去阻止他们了。你是想保住遗产，还是想把它浪费在律师身上？没必要让自己成为众矢之的。"

但此刻站在淋浴间里，亚当沉醉地感受着洒在皮肤上的温热水流，他愈发坚定了。凭什么不敢露面？他没什么可羞愧的。

前段时间，老爷子给亚当买了几套西装，就挂在他自己衣服旁边。亚当挑了一套放在床上，然后停下来，抚摸着一件橄榄绿衬衫那磨损的袖子。他确信这衣服合身，有那么一瞬间，他想过穿上，但后来这个念头让他有些不安，于是选了件和那几套西装一起买的新衬衫。

穿衣服时，他凝视着那张没有动过的床，想给自己为什么还没离开客房编个好理由。没有人会来索要这间屋子。但他不该在这儿过得太惬意，因为可能会卖掉，然后搬到更简陋的地方去。

亚当试图叫车，却发现自己根本不知道仪式在哪儿举行。最后，他终于在老爷子的讣告下方找到具体信息，上面说葬礼对公众开放。他站在大门外等车，想再看几眼讣告，却总是晃神，“莫里斯什么什么……莫里斯什么什么，莫里斯什么什么……”

这时候，手机响了，接着大门开了，汽车驶入车道。亚当坐在副驾驶座上，望着掉头时方向盘鬼使神差的动作。他怀疑，无论律师们能取得怎样的胜利，他在短时间内都得继续支付“无人监督驾驶”的附加费。

汽车拐进赛普维达大道，眼前的景象在他看来很奇怪——半是熟悉，半是诡异——也许是最近重建过吧。他把窗户色调调低，希望能打破挥之不去的置身于一切之外的游离感。万里无云的蓝天下，人行道上的反光亮得刺眼，但他没有把玻璃调暗。

举办葬礼的场地是类似教堂的建筑，大概可供七种不同类型的集会使用。在任何情况下，这里都没有显眼的宗教标识或浮夸的励志标语。老爷子把遗体留给了一所医学院，所以他们都不用再到森林草坪公墓走一趟。亚当从车里走出来，看到老爷子的侄子莱恩正带着妻子和已成年的孩子向入口走去。老爷子极少和他们相处，但备好了大家的近照给亚当看，以免他谁都不认识。

亚当止步不前，等他们进去后才穿过前厅。他走近入口，看到讲台旁的台子上有一张老爷子的大幅肖像，明显是癌症前期照的。他开始动摇，但又鼓起勇气，继续往前走。

亚当进入大厅时，一直低垂着目光，在最前面没人坐的长椅上选了个位置，这里离过道足够远，不会有人需要从他身边挤过去。过了一分钟左右，一位老人坐到了靠过道的位置上。亚当偷偷瞥了一眼他的邻座，但看起来并不面熟。事实证明，他到场的时机很完美。如果再晚一点儿，他的出现可能会引起注意；如果再早一点儿，外面正挤满了人。但不管发生什么，没有人能指责他故意出洋相。

莱恩走上通往讲台的台阶。亚当盯着面前长椅的后背，觉得自己像被困在教堂里的孩子，可事实上，没有人强迫他来这里。

“我最后一次见到舅舅，”莱恩说道，“差不多是在十年前，去参加他丈夫卡洛斯的葬礼。在那之前，我一直以为会是卡洛斯站在这儿，做这番讲话，他比我或任何人都更适合，也更有说服力。”

亚当感觉像被货运列车撕裂胸膛一般，但眼睛始终盯着一块褪色的清漆。这本就是个坏主意，但他现在没法走出去了。

“我舅舅是罗伯特·莫里斯和索菲·莫里斯最小的孩子，”莱恩继续说道，“比他哥哥史蒂文、姐姐琼和我母亲萨拉都要长寿。虽然我和他从未亲近过，但我很高兴看到有这么多朋友和同事来此向他致意。当然了，我看过他的节目，但难道不是所有人都看过吗？我之前在想，要不要放映一些精彩片段？但知情人士告诉我，艾美奖颁奖礼上会有向他致敬的仪式，于是我决定不和那些专业的编剧机器人抢饭碗。”

这句话引起了一阵轻轻的笑声，亚当觉得有必要抬起头来微笑。这个家庭没什么可怕的人，不管他们对他有何企图。只是对他和老爷子的关系有各自的看法——在几百万美元的诱惑下，变得更加尖锐。但不论如何，他们的看法都会是这样。

莱恩简短的讲话结束后，辛西娅·纳瓦罗上台接替他的位置。亚当不得不再次盯着椅背，担心辛西娅会认出他来——老爷子曾和她共事——她诉说着当年那些趣闻轶事，声音中的温暖和悲伤极富感染力，甚至比网页弹窗广告更难以屏蔽。最后，她说起吉玛·弗里曼摔断了腿，不得不用担架抬上直升机离开片场的故事。那是一个有六百名临时演员的拍摄现场，他们花了一整晚想补救办法。她说话的时候，亚当闭上眼睛，想象着潦草修改后的剧本散落在桌上，辛西娅难以置信地注视着她的朋友愈发孤注一掷的补救措施。

“但一切都很顺利。”她总结道，“观众们都没预料到剧情转折，这把第三季提升到了全新的高度，多亏了从发电机里漏出来的浮油，它刚好出现在弗里曼女士的拖车和……”

笑声响起，打断了她的话。亚当觉得有必要再次抬头看过去，但在笑声消失之前，他的邻座凑过来，低声问道：“你还记得我吗？”

亚当转过身，半对着那个人，“我应该记得吗？”他带着一种难以定位的东海岸口音，如果有人对这口音感觉似曾相识，或许是因为广告配音和电梯里偶然听到的对话也是如此。

“我不知道。”那人答道，听起来并不像挖苦，而是被逗乐了。他说的应该是实话。亚当想找个礼貌而无关痛痒的回答，但现在观众太安静了，他如果说话，肯定会有人注意到并叫他安静，而这时邻座已经把视线转回了讲台。

在辛西娅之后上台的是老爷子的经纪人，但在黄金时代与他结识的人都早已过世。华纳兄弟、奈飞和HBO派来的代表都西装革履，他们关于老爷子的故事显然出自机器人之手，跟最新的热播节目同宗同源。仪式变得越来越呆板，亚当开始有些恐慌，担心莱恩会邀请任何想要发言的人上台，而在尴尬的沉默中，所有人都会扫视整个房间，然后将目光聚焦在他身上。

但莱恩回到讲台后，只是感谢大家到来，并祝大家归途平安。

“没有音乐吗？”亚当的邻座问道，“没有诗歌吗？我隐约记得迪伦·托马斯写过什么东西，在这种情况下也许能引发大家欢笑。”

“我想他规定过不许放音乐。”亚当回答道。

“好吧。自《大寒》之后，你能想到的任何具有幽默智慧的段子，似乎都成了内部梗。”

“对不起，我得……”大家开始离开，亚当想在别人注意到他之前走人。

他起身时，邻座拿出手机，用拇指在屏幕上微微滑了一下。亚当的手机轻轻一响，表示收到。“万一你想找个时间叙叙旧。”那人愉快地解释道。

“谢谢。”亚当答道，尴尬地点头告别，很庆幸对方没让他马上回应。

门口聚着一小群人，耽误了他离场。他走到前院时，径直走到路边叫了辆车。

“嘿，你！百分之六十先生！”

亚当转过身。一个三十多岁的男人朝他走来，满脸愤怒，柔软的脸颊都气得变红了。“我能帮你什么忙吗？”亚当温和地问道。尽管他一直害怕与人对峙，但此刻已经无可避免，他感觉自己斗志昂扬，而非战战兢兢。

“你他妈的刚才在里面干什么？”

“葬礼是对公众开放的。”

“而你不是公众的一员！”

亚当终于认出了他：是莱恩的一个儿子，先前从后面看到了亚当进入大厅。“你对遗嘱不满意吧，杰拉尔德？”

杰拉尔德走近了。他微微颤抖着，亚当不知道这是出于愤怒还是恐惧，“趁早享受吧，六十。你很快就会和垃圾一起被丢出去。”

“这个‘六十’是怎么回事？”据亚当所知，他继承了百分之百的遗产，除非杰拉尔德已经核算了所有的法律费用。

“百分之六十：你和他的相似度。”

“那你说得可就过分了。我敢保证，从某些指标看，至少有百分之七十。”

杰拉尔德得意地笑了笑，仿佛这恰好证明了他的论点，“我猜他习惯于把标准定得很低。如果你从小就相信社交网络能给你带来‘新闻’，谷歌能给你提供‘信息’，那你对品质的要求显然为零。”

“我觉得你把他那代人和你父亲那代人混为一谈了。”亚当很肯定，老爷子和他这位侄孙一样，对商界新贵不屑一顾。“百分之七十的相似度也没那么糟，制造侧载体所面临的挑战比那些江湖骗子编写网站的难度不知高出多少个数量级。”

“行吧，给你自己那些骗子专家颁发诺贝尔奖吧，只有老糊涂了才会觉得那样已经够好了。”

“他并没有老糊涂。老爷子去世前的一个月里，我们至少谈过十几次，他坚信自己已经得到了物有所值的回馈，因为他从没选择把我关掉。”亚当那时甚至不知道有这种可能，现在回想起来，他很庆幸没有人告诉过他。知道这件事可能会让那些床头聊天的气氛变得有些紧张。

“因为？……”杰拉尔德追问道。见亚当没有立即回答，杰拉尔德笑了，“还是说，他认为你物有所值，是因为你省去了他百分之三十的麻烦？”

“很可能是这样。”亚当承认道，想让那听起来像是满意的结果。影视公司的机器人只完成了目标的百分之十，却仍然取得了可观的收益，这个笑话刚到嘴边就被他咽了下去，毕竟他最不希望的，就是被老爷子的亲戚们看作愤世嫉俗的粗浅模仿。

“所以，你不知道他为什么不在乎你不知道自己究竟不知道什么？这很他妈的卡夫卡。”

“我想他会更乐意听到‘这很他妈的海勒’……但我又是谁？凭什么这么说呢？”

“即将被丢弃的垃圾，这就是你，”杰拉尔德后退了一步，显得很得意，“下周扔进废车场的废料。”

汽车在亚当身边停下来，车门滑开。“是你奶奶来接你回家了吗？”杰拉尔德嘲讽道，“还是你的某个弱智同类？”

“祝你守灵愉快。”亚当回道，拍了拍自己的脑袋，“我保证，老爷子会想你的。”

3

亚当和律师开了个电话会议。“情况怎么样?”他问道。

“家属们打算对遗嘱提出异议。”吉娜回答。

“什么理由?”

“受托人以及信托受益人误导并欺骗了莫里斯先生。”

“是说我以某种方式误导了他?”

“不,”柯宾插嘴道,“美国法律不承认你是人。你无法被起诉,但你所依赖的实体肯定能。”

“没错。”亚当也知道这些,但一直在心里做着虚假的粉饰,寄希望于精细的法律体系能支撑他独立自主的妄想。单从技术层面讲,他可以毫不费力地拿到三个账户里的钱——但是,任何股票交易算法或许也能做到,而这并不能让它们成为自己命运的主宰。“那么,到底是谁被指控欺诈?”

“我们公司。”吉娜回答,“我们为完成莫里斯先生的指示而创建的公司,还有一些职员。起诉理由是磁石公司发布虚假声明,导致莫里斯购买了公司的技术。此外,维修合同中承诺的服务涉嫌欺诈。”

“我对维修合同很满意!”亚当曾抱怨自己的一个耳垂发麻,桑德拉接到电话当天就解决了问题。

“不是这个意思。”柯宾不耐烦地说道。亚当又忘记了自己的位置:从法律上讲,他的满意度无关紧要。

“接下来会怎样?”

“距离第一次听证会还有七个月时间。”吉娜说道,“我们早就料到了,有充分的时间来准备。当然,我们会争取提前驳回起诉,但无法做出任何保证。”

“是啊。” 亚当犹豫了一下，“但他们能拿走的不仅仅是房子？爱沙尼亚的账户？”

吉娜说道：“以你的数字身份开立那些账户，可以让一些事情变得更容易，但并不能避免法院把钱拿走。”

“是啊。”

挂断电话后，亚当在办公室里踱来踱去。难道捍卫老爷子的遗嘱真有那么难吗？他甚至不确定有什么奖惩机制能对律师团队进行约束。如果他们有明显的挥霍行为，也许亚当所依赖的某一实体的董事有权力也有义务去约束他们？虽然爱沙尼亚出于某些有限的目的将他归类为“人”，但亚当不能单凭这一点就证明自己有权解雇律师团队，或是强迫他们听从他的指示。

老爷子以为自己都给他安排妥当了，但那些本应提供辅助的机制只是困住了他。如果他放弃房子，一走了之呢？他可以在法庭介入并冻结资金之前，将美元和欧元账户兑换成多种区块链货币，在没有社保号码、出生证明或护照的情况下，这样可能更容易保护和享受那些资产。但是，这些货币的波动性非常大，想借此对冲风险就好比在跳伞事故中抓住自己的脚来自救一样。

他不能通过任何合法手段离开这个国家，除非把自己的身体关掉，当作货物运走。磁石公司已经答应他可在三十九个辖区中任意选择，并为旅途提供便利。在那些地方，他可以无人陪伴地在大街上漫步，跟脚下带风的比萨机器人一样骄傲和自由。但一想到要回到公司的服务器，甚至在飞行期间进入停滞的迷失状态，他就感到无比恐惧。

现在，他似乎被困在山谷里。他所能做的，就是尽可能随机应变。

4

他们来到夜总会背后的小巷里，坐在两个倒置的木条箱上。虽然这里仍有从墙壁另一边传来的重低音音乐，但至少可以听清谈话。

卡洛斯似乎是亚当遇见的最孤独的人。他跟刚认识的所有人都会讲这么多吗？亚当宁愿相信并非如此，是自己的翩翩风度激发了这个俊美的男人向他吐露心声。

卡洛斯已经在这个国家生活了十二年，但他仍努力支持着住在萨尔瓦多的姐姐。父母去世后，姐姐抚养他长大——父亲是在卡洛斯六个月大时过世的，母亲在他五岁时。现在，姐姐有了自己的三个孩子，但孩子的父亲对她并不好。

“我爱她。”他说道，“我爱她就像爱自己的生命，我不想失去她。但孩子们总是生病，总是有东西坏了需要修理。就他妈的从没停过。”

没有人依靠亚当，没有人指望他做任何事。他自己的经济状况时好时坏，但至少在缺钱的时候，不会有其他人为此遭罪，也没人让他感觉自己辜负了对方。

“那你怎么缓解压力呢?”他问道。

卡洛斯悲伤地笑了笑，“以前靠抽烟，但花销太大了。”

“所以就戒了?”

“也就只是戒了烟。”

亚当转身对着卡洛斯，思绪如闪闪发光的线条在黑暗的小巷中漫游。他开始变得有些急躁，一种无法摆脱的紧迫感告诉他：现在就把握住，否则机会就永远消失了。亚当不需要在他们的床上逗留太久，只需浅尝那种毁灭般的欢愉，就足以代替其他所有东西。也许，那就是驱动接下来一切事情的引擎，但随之而来的东西，就好比婚车后拖拽着写满祝福的瓶瓶罐罐。

他试着抓住争吵时碰撞得咔咔作响的罐子，用手指去触摸那些琐碎的烦恼和冷落、被互相伤害的自尊心和受挫的善意，去感受它们粗糙的质感。接着，他摸到了疑虑爆发后撕裂的锯齿边缘。

但是，一些事情把那个边缘磨钝了，然后一次又一次地将其折叠，留下一条缝、一处隆起、一道疤。再后来，不管事情变得多么艰难，两人的感情基础都不容置疑。他们赢得了彼此的信任，这一点不可动摇。

他继续在黑暗中前进，想要理清思绪。无论他走到哪里，光线都会跟着，而他的任务就是在醒来之前，尽可能穿过更多小巷。

然而这一次，黑暗依然在延续。他惴惴不安地摸索着向前走。他们最终会越来越亲近——他十分清楚这一点。那么，为何他觉得自己仿佛在蓝胡子的城堡[1]里跌跌撞撞地前行呢？为何他就是不愿意召唤出明灯呢？

5

亚当在老爷子的家庭影院里待了三个星期，看了老爷子的每一档节目，以及过去十年每部热门剧集中的一两集。要是给影视公司推介新想法时，发现自己的点子和对方已经制作了六季的故事雷同，这就很尴尬了。而比这更尴尬的，是他推介的点子并非出自随便什么老节目，而恰好是亚当·莫里斯本人的剧本。

老爷子的大部分作品都让亚当感觉似曾相识，就好像他在剪辑

1. 出自法国民间故事，蓝胡子城堡里紧锁的房间内，藏着被他杀害的几任妻子。

室里看过了上百遍，但有时会突然有一整个支线情节凭空出现。会不会是制片厂事后搞了鬼，老爷子当时病重，所以无心关注？亚当在网上查过了，这种篡改会在影迷网站上被大肆宣扬，但他没查到任何消息。唯一经过重新剪辑的版本完全是以其他形成出现的。

他迫切需要写一部新剧。撇开赚钱不说，他还能怎样打发时间呢？老爷子在世的几个朋友都曾明确表示，不想跟他的侧载体有任何关系。亚当可以试着充分利用自己的可控再生能力。他的皮肤摸起来跟真的没有区别，从里到外都那么逼真。如果他愿意尝试，身上那可笑的、足以以假乱真的阳具也不会让任何人失望。但事实是，他继承了老爷子对卡洛斯的爱，这感情太深厚，他无法置之不理，假装自己重回二十岁、无牵无挂。他甚至不知道自己是想打造一个完全属于自己的身份，还是走另一条路，力求更完整地成为老爷子。他不能“背叛”死去十年的恋人，而这个恋人对他来说，到头来不过是别人故事中的一个角色——不管他把老爷子的记忆拖进自己虚拟的头骨时，究竟感受到了什么。无论如何，在没有完全确定那就是正确的记忆之前，他不会让自己轻信那一套故事。

要想知道自己是谁，唯一的办法就是去创造新的东西。他不必写出就算老爷子多活几年也不会去写的故事……只要不是他已经写完，投稿失败后扔进抽屉的就行。亚当想象着自己将每个版本的对应页放在一起，对着光，将文字对齐，判断其中的差别是太多还是太少。

6

“一个星期就要花六万？”亚当不敢相信。

吉娜平静地回答：“账单都逐项列出了。我可以向你保证，对于这么复杂的案例，我们的收费真的很低了。”

“钱是他的，他爱怎么花就怎么花。就是这样。”

“判例法不是这么说的。”吉娜开始表现出些许不安，仿佛她被困在家庭聚会里，为了迁就自己并不喜欢的侄子而被迫去玩幼稚的电子游戏。不管她在心里是否赋予了亚当人格，他都没有资格给她下达指令。她接电话的唯一原因肯定是老爷子设法把安慰亚当写进了跟公司签订的合同里。

“好吧。抱歉打扰你了。”

在挂断电话后的沉寂中，亚当想起了在纽约的一个闷热七月里，卡洛斯和老爷子为购买一台二手空调讨价还价。卡洛斯把老爷子带到一边，对他说:“你是个好人，亲爱的，所以看不出别人在骗你。”也许他说的是真心话，也许“好人”只是“不谙世事”的一种委婉说词，但如果老爷子真的这般轻信别人，那为何亚当会有相反的性格呢？难道愤世嫉俗是某种默认设定，被编入了整个侧载过程的模板中？

亚当找了个与老爷子的律师没有任何关系的审计师。他随机选了座城市，然后选择了信誉分最高的人。他可以负担得起十分钟的咨询。对方名叫莉莲·阿佳妮。

“这些公司没有股东，”她解释道，“所以在他们的公开文件中，没有那么多需要披露的内容。而且，我不能就这样去找他们，要求查看财务记录。原则上，法院可以这么做，你也许能找个律师，付钱给他尝试这么去做。但客户是谁呢？”

亚当不得不佩服，她能在以同情的神态与他对视的同时，提醒亚当：正是因为缺乏法律体系的支撑，不管他再怎么仔细研究，在行政层面，他其实并不存在。

“所以，我什么也做不了？”也许他已经开始分不清现实世界的二手记忆和自己一直在看的电视节目了。在那些影视剧里，人们只会跟着钱走。警察似乎从不需要法庭介入，就连平民百姓通常也能找到具有超自然能力的黑客为其服务。“我们能不能……雇个调查员……说服别人泄密……”迈克·厄门绍特[1]就有办法在三天内把这事办成。

阿佳妮女士责备地看着他，“我不会参与任何非法的勾当。但也许你手里已经有一些东西了，只是你还没有意识到它们对你有很大的帮助。”

“比如什么？”

“你的……前身，对电脑有多精通？”

“他会用文字处理器和网络浏览器，还有Skype。”

“你还有他的设备吗？”

亚当笑了起来，“我不知道他的手机哪儿去了，但我现在正用他的笔记本电脑和你说话。”

“好吧。不要抱太大希望。但如果他收到财务记录或法律文件，然后删除了，除非他想办法安全地删除了，否则这些文件还是可以恢复的。”

阿佳妮女士发来一个链接，让亚当下载她信任的软件来完成这项任务。亚当安装后，呆呆地盯着硬盘上显示的八万三千份“可读片段”的目录。

他开始浏览过滤选项。选择“文本”后，一些剧本开始在迷雾中浮现——有些是一眼就能认出来的，有些可能是写不下去被废弃的作品。亚当把目光移开，不想把这些或许已经深埋于潜意识的东西再次吸收一遍。他总得有个底线。

他发现了一个名为“财务”的选项，点击后生成了大量的水电费账单。于是，他添加了所有能想到的相关关键词来进一步筛选。

里面有来自律师的账单，也有来自磁石的账单。如果吉娜在耍他，那她也耍了老爷子。但是，每小时的收费并没有变。亚当开始觉得自己很愚蠢。他对自己岌岌可危的处境保持警惕固然是正确的，但

1. 美剧《绝命毒师》中的杀手。

如果让这种警惕演变成完全的偏执，那他最终只会亲手毁掉所有对自己的支持。

磁石也并没对他们的费用有所隐瞒。亚当之前并不知道自己的身体要花多少钱，但考虑到如此卓越的工程设计，这笔费用花得并不冤枉。有一项是用于购买模板的，还有一些是每次侧载进程的，按不同功能分别列出。“Squid代理缓存服务？”他困惑地喃喃自语，“什么鬼东西？”他相信老爷子并不会被这些听不懂的科技术语给蒙蔽。他支付了自己愿意支付的费用，而且在医院里，种种迹象都表明他对结果很满意。

“定向阻塞？”是指大脑中的血块吗？老爷子给他留下了登录信息，让亚当在他死后可以查看所有的医疗记录。亚当检查了一遍，并没有血栓。

他在网上关于侧载的描述中，搜寻了“定向阻塞”的定义，其中最精辟的解释是：“特定记忆或特征的选择性不转移。”

这就意味着，老爷子有意隐瞒了一些事情，是故意的。亚当是他的一个不完美的复制品，不只是因为技术不完美，也是因为他希望如此。

“你这个混蛋骗子。”直到临终前，老爷子还在喋喋不休地说他希望亚当能超过自己的成就，但从他目前的努力来看，他根本不可能接近这个目标。对新剧本的三次尝试都以失败告终。那个剥夺了他最宝贵遗产的人，并不是莱恩及其家人。

亚当坐在那里，盯着自己的手，思考着如果没有老爷子拥有的唯一技能，他有没有可能过上有意义的生活。他记得有一次跟卡洛斯开玩笑说，他俩都应该接受医生培训，然后去萨尔瓦多开一家免费诊所。“等我们有钱了。”但亚当怀疑他的原版——更别说现在这个删减版——是否真聪明到能学会清空便盆以外的事。

他关掉笔记本电脑，走进主卧。老爷子所有的衣服都还在那里，仿佛他早就料到它们会被再次使用。亚当脱下自己的衣服，开始逐一试穿，顺便数了数自己还能认出几件。他果真是杰拉尔德口中的百分之六十先生吗？还是说，更像百分之四十或三十呢？也许那些鼓励一直只是讽刺的笑话，老爷子其实暗自希望最后只有一个亚当·莫里斯，就像影视公司那些可笑的“深度学习”机器人，即使采用了世界上最好的技术，也永远无法捕获他真正的火花。

亚当光着身子坐在床上，想象着和几十个对机器人有恋物癖的患者出去狂欢一番，任由他们把自己干翻，然后肢解了带回家作纪念。他想象着那会是什么感觉。把身体拼起来并不难，而且他也想知道，公司是否有义务通过磁石的日常备份把他恢复过来。老爷子也许是想利用亚当来表达一些狂妄自大的艺术观点，但绝不会残忍到让他无法自杀。

亚当看到一张两人的合照，他们在好莱坞标志下面摆着做作的姿势。他发现自己无泪地抽泣起来，是那么悲伤。他希望卡洛斯陪在自己身边，让一切不再无法忍受，让一切恢复如常。他爱那个死去的男人的已故爱人，爱他胜过爱其他任何人。但是，与那个死去的男人相比，他做的任何事情都毫无价值。

亚当想象着卡洛斯搂着他，“嘘，事情没有你想得那么糟……从来都没有，亲爱的。我们从现有的东西开始，边做边补充。”

你真是在帮倒忙，亚当心想，闭上嘴干我吧，我只剩这点用处了。他躺在床上，手里握着生殖器。这在以前似乎并不合适，但现在他不在乎了：他并不亏欠任何人。而且，卡洛斯至少会同情他，不会介意自己免费客串。

他闭上眼睛，努力回忆胡碴蹭着大腿的感觉，但他甚至没有能力编写出自己的幻想：卡洛斯只是想聊聊。

“你还有朋友。”他坚持道，“还有人支持你。”

亚当不知道这是自己的幻想，还是很久以前某个真实对话的片段，但环境决定一切，“再也没有了，亲爱的。不是他们死了，就是他们觉得我死了。”

卡洛斯只是用怀疑的目光盯着他，仿佛他说了什么荒唐过分的话。

但这种怀疑确有道理。如果他去辛西娅家敲门，她可能会用木桩刺穿他的心脏。不过，葬礼上坐在亚当旁边的那位和蔼可亲的陌生人似乎很有兴趣跟亚当交谈。虽然他仍想不起那人是谁，但这似乎已不再是躲避对方的理由。如果对方就是记忆中被抹去的部分，那他一定知道关于他们的事情。

卡洛斯已经不在了。亚当坐起身来，仍然觉得很难过，但再怎么自怜也无法改善他的处境。

他找到了自己的手机，在“引见”一栏搜了一下。他没有删除联系人的详细信息。这人名叫帕特里克·奥斯特。亚当拨打了电话。

7

“你先来。”亚当说道，“问我任何事情都行。这样才公平。”他们坐在一家名叫“恺撒家”的老式餐厅里，是奥斯特提议在此会面的。这个地方并不热闹，与他们相邻的包间都是空的，所以没有必要小心翼翼，更没必要使用暗语。

奥斯特指了指亚当正在狼吞虎咽的巧克力奶油派，“你真能尝出来味道吗？”

“当然能。”

“和以前吃起来一样吗？”

亚当不打算用“口感与记忆不可做比较”这种模棱两可的话来搪塞他，“完全一样。”他指了指身后第三个包间的食客，“我不用偷看就能告诉你有人在吃培根。所以我想我的听力或视力明显没有任何问题，但我确实不太擅长记人脸。”

“也就是说……”

“我能看清熊皮毯上的每一根毛。”亚当确认道。

奥斯特犹豫了片刻。亚当说道：“没有提问数量的限制。如果你愿意，我们可以问答一整天。”

“你还有其他的社交往来吗？”奥斯特问道。

“跟其他的侧载体？没有。我从不认识他们，所以他们现在也没理由和我联系。”

奥斯特很惊讶，“我还以为你们会齐心协力，努力改善法律状况。”

“我们也许应该这样做。但如果真有什么永生者寻求解放的秘密阴谋，我还没被邀请进入他们的核心圈子。”

亚当等待着，奥斯特若有所思地搅着咖啡。“我问完了。”他最终说道。

“好吧。你知道，如果我在葬礼上失礼了，我很抱歉。”亚当说道，“我是在尽量保持低调，担心大家会有什么反应。”

“没事的。”

“所以，你在纽约就认识我了？”亚当不打算用第三人称，因为那会让谈话变得非常尴尬。而且，如果他来这里是为了给自己寻回失去的记忆，那他最不期望的就是与这些回忆保持距离。

“是的。”

“我们是工作上的伙伴，还是朋友？”他在网上找到的信息只说奥斯特写了几部独立电影。没有任何记录表明他俩曾经为同一个项目工作过。他们的贝肯数[1]是三，也就是说，亚当与奥斯特的关系并不比他

1. 是“六度分割理论”基础上的概念，描述了好莱坞关系网中的某个演员与美国影星凯文·贝肯产生联系所需要的中间人的数量。此处可理解为亚当与奥斯特的合作亲密度。

跟安吉丽娜·朱莉的关系更亲密。

“都是吧，我希望。”奥斯特迟疑了一下，然后气冲冲地收回了最后一句话，“不，我们就是朋友。对不起，就算不是故意的，被遗忘也很难让人释怀。”

亚当试图判断这种侮辱对奥斯特的伤害到底有多深，“我们是恋人吗？”

奥斯特差点儿被咖啡呛到，“天哪，不是！我一直都是直男，而且我们认识的时候，你已经跟卡洛斯在一起了。”他突然皱起眉头，“你没有背叛他吧？”他的语气更像是怀疑，而不是责备。

“据我所知没有。”开车去加迪纳的路上，亚当思考着老爷子是不是想要抹去自己的不忠行为。这将是一种奇异的虚荣或者虚伪，抑或是某种还未被这个世界命名的罪恶。无论如何，这都比蓄意迫害自己的继任者更容易得到原谅。

“我们大约是在2010年认识的。”奥斯特接着说道，“当时，我第一次找你商量改编《伤心地》。”

“嗯。”

“你还记得《伤心地》吧？”

“我的第二本小说。”亚当答道。一时间，他什么也没想起来，但随后他说道：“一种自杀流行病在全国蔓延，而且显然是随机暴发的，不管人口结构如何，它都影响着所有人。”

“这段介绍听起来像是评论者会讲的话。”奥斯特取笑道，“我断断续续地花了六年时间，试着把它改完。”

亚当在脑海里搜寻着这些事件的蛛丝马迹，它们可能只是因为缺乏关注而被淹没了，但他一无所获，“那我是应该感谢你，还是该向你道歉呢？我因为剧本让你为难了吗？”

“完全没有。我时不时给你看草稿，如果你有明显的意见，就会告诉我，但你没有越界。”

“这本书卖得并不好。”亚当回忆道。

奥斯特并没有反驳，“就连出版商也不再使用‘慢热型小众巨作’来推销了。不过我相信，假如它能成功推进，影视公司一定会把这句文案写进新闻稿。”

亚当犹豫了片刻，“所以，还发生了什么事？”老爷子在这十年里没有发表什么作品，只是给杂志写了几篇文章。他的书也变得销量惨淡，一直在打零工维持生计。但那时至少还有代客泊车这样绝好的赚钱机会，“我们常出来碰面吗？我会闲聊吗？”

奥斯特端详着他，“你约我出来，不仅仅是为葬礼上的失礼道歉吧？你失去了一些你认为可能很重要的东西，而你现在想充当自己的侦探。”

“是的。”亚当承认道。

奥斯特耸了耸肩。“好吧，为什么不呢？这招在《天使之心》里还挺管用。”他想了一下，“我们不讨论《伤心地》的时候，你会说你的财务问题，还会说起卡洛斯。”

“卡洛斯怎么了？”

“他也有财务问题。”

亚当笑了笑，“很遗憾，我一定是个烂到家的同伴。”

奥斯特说道：“我想，当时卡洛斯打了三四份工，拿的都是最低工资。而你打两份工，每周留出几个小时用来写作。我记得你把一篇故事卖给了《纽约客》，但你们没怎么庆祝，因为整笔稿费都花光了，马上就拿去还了债。”

“还债？”亚当不记得有那么糟糕的时候，“我试过跟你借钱吗？”

“你没那么傻，你知道我几乎身无分文。就在我们要放弃之前，我得到了两万元的改编费，花了一年的时间，试着把《伤心地》改造成圣丹斯或AMC有线台可能会收购的东西——相信我，这些钱都花在了房租和食物上。”

“那么我从中得到了什么呢？”亚当假装嫉妒地问道。

“两千元的期权。如果签约试播集，我想你应该能拿到两万，如果确认预订，还能再翻两倍。”奥斯特笑道，“现在对你来说，这听起来肯定只是一笔小钱，但在当时，这可是天壤之别——尤其是对卡洛斯的姐姐来说。”

“是啊，她可真是个难缠的女人。”亚当叹了口气。奥斯特的脸沉了下来，仿佛亚当刚刚恶意诋毁了一个别人都认为值得祝福的女人。“我说什么了吗？”

“你连这都不记得了？”

“记得什么？”

“她得了癌症快死了！你以为钱会花在哪里？你和卡洛斯又不是住豪华酒店给挥霍了，也没有注射毒品。”

“好吧。”亚当完全不记得这些了。他知道阿德琳娜在卡洛斯去世之前很久就死了，但从来没有试着回忆过细节。“这么说，卡洛斯和我每周工作八十个小时来支付她的医药费……而我却对你不停发牢骚，好像那样就能让好莱坞的魔法财富更快地落入我的腰包？”

“这话说得太刻薄了。”奥斯特回答，“你需要有宣泄的出口，而我和这件事没什么关系，不会受拖累。我可以表示同情，然后不当回事。”

亚当思索着，“你是否知道，我有没有拿卡洛斯出气？”

“你没提到过。如果发生过那种事，你们还会继续在一起吗？”

“不知道。”亚当呆呆地说道。难道这就是“阻塞”的全部意义？当他们的关系受到考验，老爷子认命了，他对自己的行为羞愧至极，想要抹去那件事的一切痕迹？不管他做了什么，卡洛斯最后一定原谅了他，但也许这只会让他在反思自己的弱点时更加痛苦。

“所以，我从来没有弃他们于不顾？”他问道，“我没有跟阿德琳娜撇清关系，叫卡洛斯滚蛋，自己付账单？”

奥斯特回答："除非你为了保住颜面骗了我。我听到的版本是，你的每一分钱都会给她，直到她死的那一天。这可能就是四万块钱能带来的差别——给她争取更多时间，甚至治愈。我不清楚医疗方面的细节，但在科尔曼的事发生后，你俩都很难受。"

亚当把半空的盘子移到一边，疲惫地问道："所以，'科尔曼的事'是怎么回事？"

奥斯特带着歉意，点了点头，"我正要说到这一点。圣丹斯之前对《伤心地》很感兴趣，但后来，他们听说一个名叫内森·科尔曼的英国人卖了个故事给奈飞，讲的是……一种自杀流行病正在全国蔓延，而且显然是随机暴发的，不管人口结构如何，它都影响着所有人。"

"我们没有把那个厚颜无耻的混蛋告到倾家荡产吗？"

奥斯特哼了一声，"'我们'有钱请律师吗？持有期权的制作公司做了成本效益分析，决定减少损失。两万两千块白白浪费掉了，但好在他们被骗走的并不是《权力的游戏》这样的大制作。而你和我所能做的，就是默默接受，当《伤心地》的粉丝在某个不知名的聊天室对此事发表尖刻的评论时，获得些许安慰。"

亚当发自内心的愤怒并未平息，但冷静思考后，他明白这个结果几乎是意料之中的。

"当然，我对因果报应的信心最终还是恢复了。"奥斯特神秘兮兮地加了一句。

"你又把我弄糊涂了。"摆脱了所有的中间人和剽窃者后，老爷子的成功无疑为之前的伤口上了一剂良药，但从奥斯特在网上留下的印迹看，他自己的第三部作品利润并不丰厚。

"在他们完成第二季的拍摄前，一个盗贼闯进了科尔曼家，用奖杯砸开了他的头骨。"

"艾美奖？"

"不，只是英国电影学院奖。"

亚当强忍着笑意，“《伤心地》泡汤后，我们有没有继续联系？”

“并没有。”奥斯特答道，“你搬过来之后，过了很久我也搬来了。我浪费了五年时间，想在百老汇干出点什么。后来我压下自尊，定下心来担任剧本医生。而那时你已经很成功了，我都不好意思去找你谋职了。”

亚当此刻真的很惭愧，“你应该来找我的。我欠你的。”

奥斯特摇摇头，“我并没有落魄到露宿街头。我在这里干得挺好。我负担不起你的那些……”他指了指亚当永不腐坏的躯体，“但是，我不确定自己是否能接受那些缺失。”

亚当叫好了车。奥斯特坚持要分摊餐费。服务车咔嗒咔嗒地开过来，开始清理桌子。奥斯特说道：“很高兴我能帮你填补空白，但这些答案或许应该附上警告。”

“还有警告？”

“科尔曼的事情。别让它影响你。”

亚当觉得很迷惑，“我为什么会受到影响？我不会为了落到他们口袋里的那一点点小钱去告他的家人。”事实上，他不能为了任何事情起诉任何人，但重要的是他是否会产生这个想法。

“好吧。”奥斯特准备就此打住，但亚当却想弄清楚。

“这件事当时对我的打击有多重？”

奥斯特比了个姿势，一根手指往太阳穴里钻，“就像一只在你脑子里的天杀的寄生虫。他窃取了你宝贵的小说，谋杀了你恋人的姐姐。他在你一无所有的时候，把你踢翻在地，夺走了你唯一的希望。”

亚当现在可以理解为什么他们没再联系了。困境时的团结是一回事，但这样喋喋不休的抱怨很快就会叫人厌烦。奥斯特已经找到了自己的目标，并决定向前走。

“那是三十多年以前的事情了。”亚当说道，“我现在跟以前完全不一样。”

“我们不都是这样吗？”

奥斯特的车先到了。亚当站在餐厅外面，目送他离开：他自信地坐在方向盘后面，虽然并不需要碰它。

8

亚当把车的目的地改到了加迪纳市中心。他在一排快餐店旁下了车，想找个公共网络亭。他一直在为不留下过于明显的付款痕迹而烦恼，但后来发现，这座城市里的公共网络设施就像公共饮水机一样，都是免费的。

娱乐圈所有的鸡毛蒜皮都能在网络上流传下来。科尔曼为了拍摄电视剧从伦敦搬到了洛杉矶，入室盗窃发生时，他住的地方就在亚当现在的家往南几英里处。但老爷子当时还在纽约。在亚当的记忆里，直到第二年他才踏上加州的土地。亚当正在琢磨的那台笔记本电脑上，有些文件可以追溯到九十年代，但它们可能是从不同设备上复制的。即使老爷子蠢到让自己的行程这么容易追踪，但这台电脑本身也不可能有那么长的机龄，可用来找回三十年前就删除的预订航班的电子邮件。

亚当背过身，避开网络亭破碎的投影屏，怕有路人在身后盯着他看。他正在失去对现实的控制。那种“阻塞”可能就是为了清除老爷子挥之不去的怨恨：他不能放下已经发生的一切——即使在科尔曼死后，即使在他有所建树后——他可能只是希望让亚当免去那些毫无意义的、陈旧腐朽的愤怒。

这是最简单的解释。要不然就是奥斯特有所隐瞒。他原本并没有怀疑是老爷子谋杀了科尔曼。而且，如果警察曾找上门来，他肯定会提到这一点的。如果没有人认为老爷子有罪，那亚当又凭什么去指控他呢？毫无依据，仅凭在他记不起来的那百分之三十中，那个缺失记忆的暗坑的形状和位置？

他又转向屏幕，想对他的假设做出更公正的判断。虽然流入侧载体的信息本身会受到隐私法的强大保护，但亚当怀疑磁石技术人员接收的指示并不受隐私权保护。这意味着，即使他在笔记本电脑上找到了证据，也不太可能是罪证。老爷子要发出指示，忘记把科尔曼打得脑浆迸裂这件事，唯一的办法就是删掉与此有关的所有无辜事件，就好比外科医生在癌症手术中选择尽可能大的牺牲范围。但他发出同样的指令，也可能只是为了尽可能忘记那黯淡的十年——好莱坞让他饱受欺侮，卡洛斯为抚养他长大的女人而悲痛，而他一直勉强支撑，在二十年代开始了新的人生。

亚当退出了网络亭。奥斯特曾警告过他，不要太执着——眼下，这个男人对他来说是最接近朋友的人了。如果这个行业里的每个人都去打烂和自己作对之人的头骨，那就没有生意可做了。

他叫了辆车，踏上回家的路。

9

在亚当的要求下，桑德拉不情不愿地将三个结实的盒子在地板上打开，露出里面的泡沫、带子和凹槽。它们让亚当想起了老爷子的摄制组用来放装备的工具箱。

“别对我发火。”她恳求道。

“我不会的。”亚当保证，“我只是想在脑海里清晰地勾画出即将发生的事情。”

“真的吗？我可不会让牙医给我看他的规划视频。”

“我相信你会比任何牙医都出色。”

“你太客气了。”她像骄傲的魔术师一样指着箱子，弯腰致谢。

亚当说道：“现在你别无选择了，解剖大师，完事之后你得给我拍张照。”

“希望你的西班牙语比刚才听起来的要好。”

“我的目标是做一个编剧，而不是成为你。”亚当还有老爷子准备做手术时的一些记忆，但他作为幸存者，事后去回顾这件事，他不确定自己是否真的明白老爷子当时到底有多害怕自己再也醒不过来。

桑德拉瞥了一眼手表，“别闹了。你需要脱下衣服，躺在床上，然后大声地重复这句暗号，重复四次。我就在外面等着。”

亚当不在乎她是否在他还清醒的时候，就看到他的裸体，但这可能会让桑德拉感到不舒服。“好。”她一走，他就停止拖延，迅速脱下衣服，开始念暗号。

“红扁豆，黄扁豆。红扁豆，黄扁豆。红扁豆，黄扁豆。”他跳过那一排箱子，瞥了一眼桑德拉的工具箱。他见过里面的东西，没有劈刀，没有砍刀，也没有电锯。只有一些磁性螺丝刀，可以在不穿透皮肤的情况下松动他体内的螺栓。亚当躺下来，盯着天花板，“红扁豆，黄扁豆。”

天花板依旧是白色的，但出现了几道阴影：一个通风格栅，还有灯具。他皮肤下床单的质地从丝质变成了珠光。亚当转过头，之前脱下的衣服已整齐叠在旁边。他迅速穿好衣服，走到套房之间的连通门前，敲了敲。

桑德拉打开门。她已经换了衣服，此刻看起来很疲惫。他的手表显示当地时间是晚上11点20分，美国时间是9点20分。

“我只想让你知道，我还在这里。”他指着自己的脑袋说。

她笑了笑，“好的，亚当。”

“谢谢你这么做。”他补充道。

“你在开玩笑吗？他们给我各种补贴和加班费，而且飞行时间也不长。只要你愿意，随时可以再来。”

他犹豫了片刻，“你并没有拍照吧？”

桑德拉毫无愧疚之情，“没有。那可能会让我被解雇，公司的规定也不都是愚蠢的。”

“好吧，快去睡吧。明早见。”

“好的。”

亚当清醒地躺了一个小时，才让自己嘟哝出进入轻度睡眠模式的暗号。如果他愿意，磁石也可以给他提供还说得过去的完整旅行模拟——当然还要粉饰将他从服务器和身体之间来回移动时的场景。即使他被拆开并被锁在三个单独的箱子里，航空公司也不认可他这类机器的任何一种“飞行模式”是安全的。他方才体验的是最老式的方式：跳切[1]，十三个小时的空白状态。

上午，桑德拉安排他参加了圣萨尔瓦多景点的旅游团。比起亚当的安全，她雇主的保险公司更关心她的安全。而且不管怎么说，让她带着工具箱跟着他到处走，对他俩来说都会很尴尬。

“保管好你的执照。”她走之前警告道，“我为了这张执照不知填了多少表格，比给无人机绕地球飞行两圈申请准飞证要填的表格都多。所以，如果你把它弄丢了，我是不会把你从废品站救出来的。”

“谁会把我丢到废品站？”亚当张开双臂，低头盯着自己的身体，“你是说我像玩偶吗？”他把一只前臂举到面前，仔细端详着，手肘周围皮肤的褶皱非常逼真。

“不是，但你讲话就像个外国人，而且又没有护照。所以……别

1. 一种剪辑手法，省略时空过程，突出重点内容。

惹麻烦。”

“好的，女士。”

老爷子只来过这座城市一次，卡洛斯就像跳跃的子弹一样，从夜总会逛到童年常去的地方，再到某个表亲的公寓。所以，他毫不费力就能给自己带路。当得知比阿特丽斯已经搬到城里的另一个地方去的时候，亚当感到很失望。一路上都没有任何能勾起他其他记忆的线索。

莱科新区离酒店有半小时的车程。街上的自动驾驶汽车比亚当记忆中的还要多，但也有不少电动摩托车穿插其中，不至于变得跟洛杉矶的交通那样诡异。

车子停在一栋新建的公寓楼外。亚当下了车，进入大厅的前厅，找到对讲机。

“比阿特丽斯，我是亚当。”

“欢迎欢迎！上来吧！”

他推开旋转门，走上楼梯，爬到四楼。这不会使他更健壮，但是旧习难改。比阿特丽斯打开公寓门时，亚当已经做好了她会退缩的准备。然而，她只是走出来，拥抱了他。也许在她出生前，加州富人看上去比实际年龄年轻就已经不足为奇了。

她把亚当领进门，一时语塞，也许是想压抑住平时的寒暄，不去问他的航行情况或身体状况。最后，她镇定下来，问道：“最近怎么样？”

她的英语比他的西班牙语好得多，所以亚当甚至没想试着说西班牙语。“挺好的。”他回答，“我在休假，所以我想应该来拜访你。”他们最后一次见面是在卡洛斯的葬礼上。

她把他领进客厅，指了指椅子，然后端来糕点和咖啡。卡洛斯一直没有勇气在姐姐阿德琳娜面前公然出柜，但比阿特丽斯早在母亲去世前就知道了舅舅的秘密。亚当不知道卡洛斯曾向她透露了老爷子的哪些生活细节，但他已经询问了所有了解老爷子一手信息的热心知情者，而她对邮件的回复是那么热忱，让他可以毫无顾忌地尝试恢复他们的联系。

“孩子们怎么样？”他问道。

比阿特丽斯转过身，骄傲地指着身后书架上的一排照片，“那是皮拉尔去年毕业时拍的，她半年前开始在医院工作。罗德里戈正在读工程专业的最后一年。”

亚当微笑道：“卡洛斯会很高兴的。”

“肯定会。”比阿特丽斯表示同意，“他开始从事演艺事业的时候，我们就经常取笑他，但他的心一直和我们在一起。和你在一起，也和我们在一起。”

亚当扫了一眼照片，发现一张三十多岁的卡洛斯穿着西装的照片，旁边是一个穿着婚纱的年轻女人。

“那是你吧？”他指了指照片。

“是的。”

“很抱歉我没能来。”他不记得卡洛斯离开去参加婚礼的事，但那一定是在他们搬到洛杉矶前一两年发生的。

比阿特丽斯咂了一咂嘴，“我们是很盼望你来的，亚当，但我知道那时你的日子有多紧。我们都知道你为我母亲做的事情。”

但还是没能让她活下来，亚当心想，但这样说就太残忍了，也毫无意义。他希望卡洛斯没有让他姐姐的孩子们听到老爷子的毒舌，说他们错过了发财的机会。

比阿特丽斯显然认为有些错误是需要纠正的，“当然，她自己并不知道。她知道有个朋友帮了他，但卡洛斯必须说得好像你很有钱，说你借了钱给他，而这钱对你来说无足轻重。他应该告诉她真相的。如果她把你视作家人，肯定不会拒绝你的帮助。”

亚当不自在地点点头，不知道老爷子到底是有多大方，竟会给一个不知道他是谁的女人打去他每个月的工资，“那是很久以前的事了。我只想见见你的孩子们，听听你们的消息。”

“啊。”比阿特丽斯抱歉地做了个鬼脸，“我得提醒你，罗德里戈要带他的男朋友来吃午饭。”

“完全没问题。”有哪个二十岁的工程师不想向人炫耀自己舅舅的恋人是位电影明星，而且他的电子版来家里做客呢？

亚当回到酒店时，已经是下午晚些时候了。他给桑德拉发了信息，桑德拉回复说她在市中心的一家酒吧里玩得很开心，欢迎他加入。亚当拒绝了，躺到床上。刚才那顿饭是他成为实体以来，经历的最正常的事情。他差一点儿就让自己相信，这里有他的一席之地。他可以以某种方式让自己融入这个家庭，仅依靠他们的感情就能生存，就仿佛这一天的热情好客和善良的好奇心可以取之不尽。

但是，借来的家庭生活逐渐褪去了光芒，过去的牵引力再次出现。他发现了一些碎片，并不断尝试把它们拼凑起来。亚当拿出笔记本电脑，在社交媒体上搜索存档的帖子，看能不能查到比阿特丽斯婚礼的日期。照片经常会胡乱贴着标签，或者被机器人抓取并重新随机使用，所以即使他看了四个不同客人单独发布的信息，也不太相信结果的真实性，于是他支付了一小笔费用来获取萨尔瓦多政府的记录。

比阿特丽斯于2018年3月4日结婚。亚当不需要打开为拼凑空白时间线而制作的电子表格，就知道与之相邻的时间段没多少注释，除了一条信息：内森·科尔曼在同年3月10日被入侵者击打致死。

卡洛斯不太可能飞过来参加婚礼后第二天就走。他的家人希望他至少能待上几周。老爷子会独自一人在纽约，没有人观察他的行踪。他甚至有时间穿越这个国家，然后乘车返回，用现金支付，把行程分成几个小段，到处搭便车，尽可能使局面模糊不清。

当然，日期证明不了什么。如果亚当是陪审员，在审判中碰到这么一个不靠谱的案子，他会把控方嘲笑到走出法庭。他得给老爷子找到符合标准的证据。

话又说回来，老爷子本可以站在证人席上，解释他费尽心思想要隐瞒的究竟是什么。

飞往洛杉矶的航班直到晚上六点才起飞，但桑德拉宿醉未醒，无法离开酒店，而亚当也没有任何计划。于是，他们坐在他的房间里看电影，从酒店厨房叫了零食。亚当终于鼓起勇气问了她那个让自己彻夜难眠的问题。

“你有没有办法弄到我的定向阻塞的具体说明？”亚当要看她怎样回答，才敢提出付钱给她。如果这个要求本就很无礼，那么提出贿赂只会错上加错。

“办不到。”她回答得若无其事，就好像他在大声询问客房服务是否包括指压按摩。“那玩意儿锁得很严。昨晚玩得太尽兴，我要花一整天的时间才能向你解释清楚什么是同态加密。所以，你只能相信我的话：没有活着的人能回答这个问题，就算想也不行。”

“但我从他的笔记本电脑里找到了关于它的账单！”亚当抗议道，“这狗屁机密也没那么保密！”

桑德拉摇了摇头，“看来他很粗心……我可能应该让负责账户生成的人重新考虑他们列出的项目……但磁石跟他说明细节时，会非常严谨的。除非他把相关内容写进个人日记，否则这些信息已经不存在了。”

亚当认为她并没骗自己。“有些事我需要知道。”他简单说道，“他一定是真心以为，我没有那些记忆会过得更好——但如果他活得够久，让我当面问他，我知道我可以改变他的想法。”

桑德拉暂停了电影，“很少有软件是完美的，尤其是对于这么复杂的东西。如果我们不能收集到想要收集的所有东西……”

“那么也无法屏蔽一切你想要屏蔽的东西。”亚当总结道，“这一点可能在他的合同细则中的某个地方提到过，但我绞尽脑汁想了几个月，也没找到一块能把筛子打穿的石子。”

“如果这些石头只是变成碎片穿了过去，但仍然可以拼凑起来呢？”

亚当试着去理解这句话，“你是要我接受压抑记忆疗法吗？”

“不是，但我可以私底下给你弄个缝纫机的测试版。”

“缝纫机？”

“这是他们以后会提供给每一个客户的新服务。”桑德拉解释道，“用目前的方法，侧载最终必然会导致一定量的隐含信息无法被轻易获取：有成千上万个从未被整合过的微小记忆片段。但如果把所有局部的景象拼凑起来，它们就可以变成详尽的描述。”

“这么说，这个软件可以把笔记本上撕烂的那一页重新拼起来，上面还保留着缺失的前一页所写的内容的印记？”

桑德拉说道：“对于一个拥有数字大脑的人来说，你听起来简直跟他们一样来自上个世纪。”

亚当放弃了和她打比方的尝试，“它能告诉我我想知道的事情吗？”

“不知道。”桑德拉直截了当地说，“在这些隐含着信息的碎片中——肯定会有成千上万个碎片——它会识别出它们之间不可预测的部分联系，让你顺着出现的新线索去寻找。不过，除了你第一天上学时你妈妈穿的那件毛衣的颜色外，我不知道你是否还能从中知道更多的事情。”

“好吧。”

桑德拉再次播放电影。“你昨晚真该和我一起去酒吧。”她说道，“我告诉他们，我有个朋友能把每个萨尔瓦多人喝趴下，他们还求着要和你打赌。”

“你真是个讨厌的女人。”亚当怼道，“也许下次吧。”

10

回到加州重新组装后，亚当花了很长时间来决定是否要做最后的尝试，用算法揭开面纱。如果事实证明老爷子是个杀人犯，知道了又有什么好处呢？亚当无意向当局“坦白”罪行，也无意在法庭最终可能给出的裁决上冒险。他并不是“人”，不能被检举或起诉，但他们可以命令磁石删除他软件的所有拷贝，并指示市政府将他的身体放进液压压实机，跟不能上路的汽车和不能上天的无人机摆在一起。

但即便不会面临任何惩罚的风险，他也不确定怎样会更好。假如科尔曼的亲属得知他们一直以来想象中的入室盗窃是错的，那其实是一场有预谋的伏击，他们真会好受一些吗？当然，不应该由他来判断对对方而言，怎样才是最好的。但事实是，他就是那个即将做出决定的人。他对这种行为本身和所造成的伤害感到害怕，同情心也不断将他推往沉默的方向。

所以，如果他这么做，只是为了他自己。为了宽慰自己，证实老爷子只是一个虚荣的神经病，一个给自己的人生留下导演剪辑版的自视为神的人……抑或，是为了和老爷子彻底断绝关系，尽可能烧掉他的遗产，开始自己的生活。

亚当约桑德拉在恺撒家餐厅吃晚饭。亚当把一小包现金塞到她的座位上，她则把一个记忆棒塞到亚当手里。

“我该怎么用这东西?”亚当问道。

“你无法在浴室的镜子里看到自己所有的端口，但这并不意味着它们不存在。”她在一张餐巾纸上写了一行字，递给亚当，看起来就像吃错药的人乱抄的胡言乱语。“念四次，这样你无须睡去，就可以把脖子的一侧拆下来。”

“这怎么可能？”

“你都不知道自己身上藏了多少彩蛋。”

“然后呢？”

“插上它，剩下的事情就交给它去做。你不会瘫痪，不会失去意识。但如果你躺在黑暗中，闭上眼睛，效果会最佳。完成后，把它拔下来就行。将皮肤面板恢复原位可能需要一到两分钟，一旦发出咔嗒的响声，防水密封性就恢复了。”她犹豫了片刻，“如果没响，试着用干净的麂皮擦拭面板和插孔的边缘。请别在任何地方涂机油，那没用。”

“我记住了。”

亚当站在浴室里念餐巾纸上的咒语，有些期待自己说出最后一个音节时，能否看到某个不怀好意的幽灵在镜子里取代自己的位置。但只听一声轻响，他脖子上的面板便弯曲松动了。他在它掉到地上之前接住了，把它放在一块干净的方巾纸上。

他很难看清开口里面的情况，也不确定自己想不想看，但仅凭触觉就轻易找到了端口。他走进卧室，从旁边的桌子上拿起记忆棒，然后躺下，把灯光调暗。亚当觉得自己有点儿像是不孝子，侵犯了老爷子的隐私，但如果他真想把自己的秘密带进坟墓，就应该把所有其他的破事也一起带走。

亚当把记忆棒插了进去。

似乎什么都没有发生。但当他闭上眼时，却看到自己在走廊尽头的房间里，跪在床边用床单捂着脸，哭得很伤心。亚当颤抖着，这就像回到了服务器里，回到了无休止的侧载梦境里。他顺着这条线走到黑暗中，很长时间里除了悲痛什么也没有。但当他转身时，突然回到了卡洛斯的葬礼，仪式上熙熙攘攘，挤满了来自纽约的头发花白的朋友和卡洛斯的十几位亲戚，喧闹的声音盖过了影视公司的代表和狗仔队同步响起的快门声。

亚当走到棺材旁，发现自己站在病床前，双手握住了那只粗糙而熟悉的手。

“没事的。”卡洛斯坚持道。他的眼睛里没有一丝恐惧，“我只希望你能保持坚强。”

“我会努力的。”

亚当退到黑暗中，来到了片场。他认为即使让一个业余演员出演这么个小角色，也还是过于冒险了。但卡洛斯发誓，就算他唯一的一次表演最终被丢弃在剪辑室的地板上，他也不会生气。他只是想要一个机会，看看是否有可能，不管结果如何。

二号侦探说道：“女士，你得跟我们走一趟。”然后，他拉住吉玛·弗里曼颤抖的胳膊，把她带走了。

在剪辑室里，亚当直截了当地找辛西娅谈话：“告诉我，我是不是在犯傻？”

“没有。”她说道，“他很有风度。虽然演不了李尔王，但如果能找到自己的定位，记住台词……”

亚当感到一阵不安，好像他们在用各种要求来试探命运。也许这样是对的，他们一起把对方推进了这个轨道，缺了谁都不可能来到这里。

两人来到这儿的那天，说服了一个完全陌生的人跨过栅栏，跟他们一起爬上李山，这样他们就可以在好莱坞标志下互相拍照。亚当可以在他的前臂闻到碎草叶汁液的味道。

“记住这个家伙。”卡洛斯自豪地对他们的同伴说道，“他将成为下一个大明星。他们已经买了他的剧本。”

“是试播。”亚当赶忙澄清，“只是试播而已。”

他爬上山头，看着白昼变成黑夜，等待记忆里那一丝似曾相识的罪证闪现，证明他曾经来过这座城市。但他脑海里浮现的记忆全都来自电影《洛杉矶机密》和《穆赫兰道》。

他向东飞去，飞过城市的灯火和黑暗的沙漠，降落在他们纽约的公寓里，蜷缩在电脑前，汗流浃背。他试着屏蔽卡洛斯和那个来买他们空调的女人讨价还价的声音，闷闷不乐地盯着屏幕，开始删除对白，尽量改写成舞台指示。

她双手握着他沾满鲜血的拳头，对他的所作所为感到震惊和恶心，但她明白……

屏幕黑了。笔记本在停电的情况下本来还能继续工作，但电池已经坏了好几个月。亚当拿起笔，开始在一张纸上写道：她明白自己在不知不觉中把他推到了那一步……但无论如何，她都应该承担部分责任。

他停了下来，把纸揉成一团。斑驳的红光在他的视线里闪烁，他觉得自己仿佛在试着跳上一列行进中的火车。但他还有什么选择呢？无法阻止，无法回头，无法纠正。他必须想办法坐上车，否则它会毁了他们。

卡洛斯叫亚当过来帮忙把空调搬下楼梯。每当在昏暗的平台上停下来休息，他们三个都会放声大笑。

女人驱车离开后，他们站在街上，等着微风吹散潮湿的空气。卡洛斯把一只手放在亚当的脖子后面，“你会没事的，对吧？”

“我们不需要那堆垃圾。”亚当回答说。

卡洛斯沉默了一会儿，然后说道：“我只是想让你好受一些。”

亚当取出记忆棒，闭合伤口，走进老爷子的房间，躺在黑暗中的床上。身下的床垫让他觉得无比熟悉，房间的灰色轮廓似乎正是它们应有的样子。他感觉自己仿佛在这里躺过一千次。从一开始，他就努力想要从这张床上醒来。

他们所做的一切，都是为了彼此。他不需要找借口来承认这一点。告发卡洛斯，把他送进死囚区，这根本不可想象。而只要老爷子这么做，法律就会判定他无罪——这让亚当更不愿去谴责他。至少老爷子表现出了足够的勇气，让自己涉险保守秘密。

他凝视着房间里的阴影，无法判断自己只是个有同理心的旁观者，正带着同情来判断老爷子的所作所为，还是说，他就是老爷子自己，在重复着演练已久的自我辩护。

他离越界还有多远?

也许，他现在已经有足够的能力和老爷子一样在黑暗的地方写作了——并且终将超越他，使他所有幻想中的抱负都成为现实。

但亚当必须成为老爷子从未希望他变成的人，必须把同一块巨石滚到无罪的顶峰，然后看着它一遍又一遍地滑向悔恨的深渊，永远没有解脱的希望。

11

亚当等着二手商店的工作人员来取他装了老爷子物品的箱子。他们走后，他把房子锁起来，把钥匙留在门上的密码保险箱里。

亚当直接去找莱恩谈话，并让对方羞愧地接受了交易，这件事让吉娜勃然大怒。莱恩一家可以拥有这栋房子，但老爷子的大部分遗产都将捐给圣萨尔瓦多的一家医院。剩下的钱只够维持亚当的生存：支付维修合同，更新他在公共场合行走的执照，把不劳而获的津贴塞进空壳公司傀儡领导的口袋里——而他们存在的唯一理由就是拥有他。

他推着一只手提箱，朝大门大步走去。远离了老爷子坟墓的庇护，他没有属于自己的身份来自我保护，但他又不是第一个试着在这个国家生活下去的非法流民。

老爷子的生活支离破碎时，他找到了一种方法，把碎片变成了对他这样的人有意义的故事。但亚当的生活是以另一种方式破碎的，这个世界需要时间来跟上他。也许在二十年后，又或许是一百年，当有足够多的同伴加入他的山谷中，他就会说一些他们已经准备好要听的事。

《恐怖谷》，首次发表于Tor.com，2017年8月。

谷 壳

阿 古译

人们想要的是食物、性和权力，这一点永远不会改变。

Awards

所获荣誉

1994 年 提名轨迹奖最佳短中篇小说

1994 年 提名英国《中间地带》杂志读者投票奖最佳短篇小说

“贼巢”——厄尔尼多·德拉德罗尼斯——位于亚马孙低地西部，占地约五万平方公里，大致呈椭圆形分布，横跨哥伦比亚和秘鲁两国边境线。虽然很难分清自然雨林与基因改造物种群落之间的界限，但可以肯定的是，贼巢系统的总生物量接近一万亿吨。那是一万亿吨的支撑结构、渗透泵、太阳能收集器、细胞化工厂、生物计算和通信资源。一切尽在设计者的掌控之中。

旧地图和旧数据库早就过时了。通过控制水文和土壤化学，影响降雨和侵蚀模式，这里的植被完全重塑了地形：普图马约河已经改道，旧日的道路淹没在沼泽中，丛林里筑起了许多隐秘堤道。这里的生物地理仍在不断变异中，所以即便有罕见的贼巢叛逃者带来最新的目击描述，也会很快失去参考价值。卫星图像同样毫无意义。森林树冠干扰了每一种频率，隐藏甚至故意伪造了地面上所有东西的光谱特征。

化学毒素和落叶剂在此地毫无益处。贼巢的植物及其共生菌可以分解绝大多数毒物——通过对自身的新陈代谢重新编码，使毒物无害或将其转化为食物。其分解速度之快，远超我们的农业战争专家系统发明新分子的速度。生物武器也被它们诱导、策反或驯化。我们之前向贼巢播撒了一种致命植物病毒，没想到三个月后，竟发现其大部分基因都被整合进一个良性载体，并为贼巢的复杂通信网络服务。刺客摇身一变成了信使。如果有人想纵火烧毁植被，会有充足的二氧化碳迅速将其扑灭。如果投放的是自氧化燃料，贼巢就会释放成分更复杂的阻燃剂。有一次，我们甚至注入了几吨含有强放射性同位素的营养物质。这些化合物在化学成分上与其天然的对应物并无二致，可即便如此，当我们用伽马射线成像仪进行追踪，还是发现贼巢已经有条不紊地将掺了同位素的分子分离出来——可能是根据有机膜上的扩散速率，将其隔离、稀释，然后泵出。

因此，当我听说秘鲁裔生物化学家吉列尔莫·拉尔戈从马里兰州的贝塞斯达城逃进了贼巢，还携带了一些高度机密的遗传学工具时，我就心想：终于有借口动用大杀器了。那些遗传学工具是拉尔戈自己的研究成果，但同时是他雇主的资产。近十年来，本公司一直主张对贼巢进行热核打击。安全理事会应该会批准的，对该地区拥有名义统治权的两个政府也应该会感到高兴。数百名贼巢居民涉嫌违反美国法律，美国总统戈利诺女士一直渴望证明：不管她私底下说什么语言，都会对南方邻国采取强硬态度。她本可以通过黄金时段的新闻向美国国民宣告，大家应该为“回归自然”行动感到自豪。那三万名躲避哥伦比亚内战而躲进贼巢避难的失地农民，将脱离恐怖分子和毒枭的压迫，获得解救，他们将向她的勇气和决心致敬。

但我一直不明白为什么现实并没按照这个剧本来演。是因为技术问题，担心在本届政府任期结束前，神圣的亚马孙河下游地区出现令人尴尬的生态变异现象，导致一些颇为上镜的濒危物种灭绝吗？还是担心某个中东军阀以此为借口，动用长期囤积的小核弹弥平麻烦不断的地区，以这种不受欢迎的方式破坏中东地区的稳定？抑或，是害怕遭到日本的贸易制裁？毕竟那些激进的反核武生态市场商已经重新得势。

此刻，展现在我眼中的，并不是地缘政治计算机模型的判定结果，而是一道命令。数据流悄然渗入凯马特超市闪烁的荧光灯中，伴随着货架上的价格信息不断更新。我左眼视网膜上额外的神经层对数据流进行了解码，一行血红大字陡然浮现，在超市过道上那众多花哨商品包装的映衬下显得格外醒目。

我将进入贼巢，抓捕吉列尔莫·拉尔戈。

活捉。

我打扮得像个当地的房地产经纪人：腕上戴着镀金手环手机，甚至花三百元剪了个糟糕透顶的商务人士发型。我去了拉尔戈在贝塞斯达城废弃的家中。那里位于华盛顿特区的北部郊区，属于马里兰州。公寓宽敞齐整，家具很现代化，但并不豪华。按照他的可自由支配收入额，任何称职的营销软件都会向他推销这样的房子。

拉尔戈一直被归为“聪明但不稳定”的那一类人——虽有潜在的安全隐患，但才华横溢，工作成效卓著，不容浪费。2005年，他刚从哈佛大学毕业，就被美国能源部雇用。自那以后，他一直处于例行监视之下。显然，对他的监视太过例行公事了……这其实不难理解，长达三十年的完美品行记录定会招致一定程度的自满。拉尔戈从未掩饰他的政治立场。当然，他的谨慎更多是出于礼节而非诡计。他去洛斯阿拉莫斯[1]时绝不会穿印有切·格瓦拉头像的T恤，但他也从未真正践行过自己的政治信仰。

客厅墙上喷绘着一幅近红外[2]壁画。（绝大多数赶时髦的十四岁华盛顿青年都能看到，但他们的父母一般看不到。）这幅数字图像在世纪之交的计算机网络上传播甚广——那些1990年代早期的大人物们赤身裸体、相互纠缠，仿佛用埃舍尔风格演绎的《爱经》，既复杂奇特又骄奢淫逸。画面中的人物正把冒着热气的粪便扔进彼此敞开的空脑壳里，这显然借鉴了德国讽刺画家乔治·格罗茨[3]的作品。那位伊拉克独裁者正手持镜子自我欣赏——俨然一幅当代杂志封面画，独裁者的胡子被修饰成了希特勒式的小胡子。美国总统水平握着沙漏，作势倾倒状，里面装满了形容枯槁的人质。他故意推迟释放人质，破坏了前任的连任计划。每个政治人物都被硬塞进某个缝隙。澳大利亚总理则被描绘成一只阴虱，费力又徒劳地想要咬住美国总统胯下那硕大的

1. 洛斯阿拉莫斯国家实验室，位于美国新墨西哥州的洛斯阿拉莫斯，隶属于美国能源部，二战期间秘密建立，世界上第一颗原子弹便诞生于此。

2. 近红外光是介于可见光和中红外光之间的电磁波，近红外区域是人们最早发现的非可见光区域。

3. 乔治·格罗茨（1893—1959），德国油画家和版画家。其代表作《社会栋梁》讽刺了法西斯兴起时的四种贪婪之人，这些所谓的精英一手炮制了德国的人间地狱。

生殖器。不难想象，要是把这些写进拉尔戈叛变调查的无聊报告，准会把参议院几个新麦卡锡主义的老顽固气疯。但我们又能怎么办？就因为他家里有一块《格尔尼卡》[1]图案的茶巾就不雇他吗？

拉尔戈在离开前清理了公寓里所有电脑的数据，包括娱乐系统。但我已经了解他的音乐品位，听了几小时的音频监控样本，里面全是糟糕的韩式SKA音乐。没有值得称赞的革命民族大团结颂歌，也没有令人难忘的安第斯风笛音乐。真遗憾，我这会儿倒想听听呢。他的书架上摆着几本破旧的生物化学大学课本，可能是出于怀旧保留的，还有几十本发黄的文学经典和几本诗集，有英语、西班牙语和德语版，分别是黑塞、里尔克、瓦列霍、康拉德、尼采的作品。没有当代的，所有书籍都是2010年前印刷的。只需对管家软件吩咐几句，拉尔戈就可以删除所有个人数据，抹去过去二十五年的个人印迹。

我开始翻看那些书，希望能找到什么线索。在一册课本中，有一处对鸟嘌呤结构的铅笔修改痕迹……那本《黑暗的心》中，有一小段划线文字。故事叙述者马洛在思考一件奇妙的事：汽船上的仆从们来自食人部落，他们的口粮是一些腐烂的河马肉，但早已被扔进海里，马洛很迷惑为什么他们还没有反抗并吃掉他。毕竟：

恐惧不能战胜饥饿，耐心不能消磨饥饿。饿极之时，厌恶也将不复存在；至于迷信、信仰，以及所谓原则的玩意儿，甚至还不如风中扬落的谷壳。

对此我无可辩驳，但我很想知道，为何拉尔戈认为这段话值得注意。也许这引起了他的共鸣，他在为自己从五角大楼获得的第一笔研究经费找借口？这本书的油墨已经褪色，是2003年印刷的。我宁愿找到的是他失踪前两周的日记，可惜近二十年来，他的家用电脑都没在

1. 是西班牙立体主义画家巴勃罗·毕加索创作于1937年的一幅巨型油画，表现了法西斯战争带给人类的灾难。

系统的监视之下。

我坐在他书房的桌前，盯着工作站的空白屏幕。1980年，拉尔戈出生于利马一个中产阶级家庭。他们名义上信奉天主教，是温和的左派。他的父亲是秘鲁《商报》记者，在2029年死于脑血栓。他的母亲已七十八岁高龄，但仍在一家国际矿业公司担任律师。她参与了为失踪激进分子的家庭申请人身保护令的运动，其老板之所以容忍她这个业余爱好，无非是想渲染股东的民主态度，骗取一些公关加分。他有一个哥哥，是外科医生，已经退休。还有个妹妹，是小学教师。但这两兄妹都不曾积极参与政治活动。

拉尔戈在瑞士和美国接受高等教育。博士毕业后，他在政府机构、生物技术产业和学术界担任了一系列研究职位——这些职位背后，或多或少都有同一股势力在支撑。他现年五十五岁，离过三次婚，没有孩子，长居美国，只短暂回利马探望过家人。

三十年来，他一直致力于分子遗传学的军事应用研究——入行也许出于无意，但他很快就清楚了这项工作的实质——但到底是什么促使他突然叛逃呢？心怀虔诚的自由主义倾向，却尽职参与国防研究，三十年从未露馅，拉尔戈绝对堪称维持心理平衡的高手。最近的心理评测也表明：他对自己的科学成就深以为傲，但对其最终用途深感愧疚。从他的某些行为可以看出，这种心理冲突正使他变得冷漠麻木。行业中不少精英科学家都经历过类似的心路历程。

三十年前，拉尔戈似乎已经在内心深处承认，他的“原则”还不如风中扬落的谷壳。

也许他已经决定：既然要卖身，倒不如卖给出价最高的人，哪怕这意味着向贩毒集团走私基因武器。不过，我看过他的财务记录：无偷税漏税，无赌债，没有使其入不敷出的消费。对他而言，背叛雇主就跟当年入职背叛年轻时的理想那样，似乎更像是一种虚无主义姿态……但实际上，面对这样微薄的奖金和背叛的严重后果，很难想象他为何会被打动。贼巢究竟能给他什么？一个只有数个频道的卫星电视账户和巴拉圭的新身份？还是说，他想追随第三世界寡头，享受奢靡生活的肮脏乐趣？他本可以在第二祖国美国安然退休，通过一些无人问津的极小众左翼杂志发表一两篇嘲讽外交政策的尖刻文章，聊作良心安慰，并最终说服自己：对于这样一个言论如此自由的宽容国度，他理应奉献一生去誓死捍卫。

不过，他究竟奉献了些什么——改进了什么工具，偷走了什么技术，我并无权知晓。

夜幕时分，我锁上公寓，沿着威斯康星大道向南走去。华盛顿特区开始活跃起来，街上挤满避暑纳凉的人。城市的夜晚，光怪陆离。一些年轻人植入了哗众取宠的发光共生体，太阳穴、脖颈、前臂发达肌肉的血管上散发着蓝色幽光，勾勒出血液循环的图像。他们甚至通过增高血压来增强视觉效果。还有些人利用视网膜共生体将红外线转化为可见光，他们的双瞳在幽暗中发出吸血鬼双目般的猩红。

还有一些人，相对而言并不引人注目，他们颅内充满了“白骑士”。

骨髓中的干细胞感染母体（一种转基因逆转录病毒）后，会产生某种介于胚胎神经元和白细胞之间的活性细胞。这种细胞就是白骑士，能分泌突破血脑屏障所必需的细胞因子。一旦成功突破，细胞黏附分子就会引导白骑士抵达目标脑域，并填充大量特定的神经递质。白骑士甚至还能与正常神经元细胞形成临时的准突触。摄入者的血液中，通常同时有六种或更多亚型白骑士，每一种都可被特定的食品添加剂激活：其中一些是廉价无害、完全合法的化学物质，但人体无法自发生成。通过摄入适当比例无害的人工色素、香料和防腐剂，就可随意调节颅内的神经化学状态。一定时间之后，白骑士会按程序设定自然凋亡，这时就需要再摄入一剂母体了。

母体可用鼻子吸入，也可静脉注射，但最有效的方法是刺穿骨头，将其直接注入骨髓。这样做无疑会产生剧痛，而且就算病毒本身未受污染，确实是真货，也可能导致感染和生命危险。好货色都来自贼巢。烂货则来自加州和得州的地下实验室，基因黑客把母体病毒注入细胞培养基，却培育出了各种稀奇古怪的突变株，能轻易诱导出白血病、星形细胞瘤、帕金森病以及各类精神病。显然，母体基因内部有防范非法复制的机制。

我穿过闷热黑暗的城市，看着无忧无虑的欢乐人群，一种梦幻般的清澈明朗逐渐浸入内心。我半是觉得麻木、沉重、空白，半是感到震撼激昂、无所不知。我似乎能够看穿那些发光的血管网络，看到更深层次的内在图景，看穿他们的骨头。

甚至穿透骨髓。

我开车来到事先打探好的公园旁，等待着。我早已换上毒贩的行头。一些年轻人咧嘴笑着，大步走过。有些人会瞥一眼我的2025版银色福特水仙，欣赏地吹一声口哨。一个十几岁的男孩正在草地上不知疲倦地独舞——他不时美滋滋地猛灌一口可口可乐，满脸陶醉。

没过多久，一个女孩向我走来。她的胳膊蓝光闪烁，俯身靠上车窗，探询地向里看。

“你有什么货?”她大概十六七岁，身材苗条，黑眼睛，咖啡色皮肤，略带拉丁口音。我如果有妹妹，可能就跟她一般大。

“南方彩虹。”这东西涵盖母体全部十二种主要基因型，由贼巢直接供货，绝无杂质，只添加了少许葡萄糖辅料。“南方彩虹”——再加上一点儿快餐——可以让你极乐升天。

女孩狐疑地看着我，掌心朝下伸出右手。她戴着一枚戒指，上面镶着一枚硕大的十二面宝石，宝石中间有个小坑。我从杂物箱拿出一个小袋子摇了摇，撕开将少许粉末倒进小坑。然后我低下头，吐出一点唾沫，把样本弄湿。我握住她冰凉的手指，稳住那只手。只见宝石的十二个平面立刻开始发光，每一面都焕发出不同的光彩。坑内的免疫电位传感器是一种包裹了抗体的微小电容器，可识别不同母体毒株的蛋白质外壳上的关键位点，尤其是山寨货最难伪造的那些位点。

然而，只要技术足够好，制造出来的蛋白质外壳完全不会与体内的脱氧核糖核酸发生任何关系。

女孩似乎被打动了，她满怀期待，容光焕发。我们谈好的价格低得离谱，她本该有所怀疑的。

把小袋子递过去之前，我直视着她的眼睛，说道："你嗑这鬼东西干吗？世界还是那个世界。你得面对事实，接受它本来的面目：野蛮又可怕。坚强一点儿。永远不要自我欺骗。这是活下去的唯一办法。"

她对我这番露骨的虚伪狡猾一笑，还在为占到便宜而沾沾自喜，所以并没有翻脸，"我明白你的意思。这颗星球糟糕透了。"她把钱塞进我手里，睁大眼睛假装真诚地说道："我保证，这是我最后一次嗑母体了。"

我把致命的假母体递给她，看着她穿过草地消失在暗影里。

一名哥伦比亚空军飞行员把我从波哥大送往边境，他似乎并不情愿为美国缉毒局的官僚冒生命危险。整个航程七百公里，沿途地区被五个不同派别的游击队组织控制：城镇并不多，但有几百个地点可能部署有火箭发射器。

"我的曾祖父，"他悻悻地说道，"为该死的道格拉斯·麦克阿瑟将军打过仗，死在了该死的朝鲜战场。"我不确定这是某种骄傲的表达，还是在暗示我们欠他的。可能两者都有吧。

这架直升机内部出奇的安静，顶部配备了相控式吸音器，看起来像是巨大的扩音器，却吸收了螺旋桨发出的绝大部分噪音。碳纤维机身表面附着着昂贵的变色聚合涂料，不过，把整个机身涂成天蓝色其实也能达到同样的效果。发动机上连了个吸热罐，能积聚废热，每小时都会通过一个抛物面散热，将热量集中喷发到空中。游击队既无法获得卫星图像，也不敢使用雷达。所以在我看来，我们死亡的概率比波哥大日常的通勤者还要小。毕竟在哥伦比亚首都波哥大，每周都会发生两到三起毫无预警的公共汽车爆炸案。

哥伦比亚正在四分五裂。二十世纪五十年代的暴力泛滥又重演了。虽然所有耸人听闻的恐怖破坏活动均出自有组织的游击队之手，但迄今为止，大多数致死案都是由两个主流政党屠杀对方支持者所致，是对过去几代人犯下的一连串暴行的报复。实际上，引发当前流血浪潮的那个组织，得到的民众支持微乎其微。西蒙·玻利瓦尔解放组织是一个疯狂的右翼极端组织，他们妄想在长达两个世纪的分离后，“重新统一”巴拿马、委内瑞拉和厄瓜多尔，并把秘鲁和玻利维亚也拖进来，最后实现玻利瓦尔的“大哥伦比亚”梦想。他们贸然刺杀马林总统，却引发了一连串与其荒唐事业背道而驰的大动荡。罢工、抗议、巷战、宵禁、戒严接踵而至。外国投资者慌忙撤离资本，引发恶性通货膨胀，当地金融体系崩溃。然后是各类匪徒横行，投机暴力愈演愈烈。不管是准军事敢死队还是分裂组织，似乎都认为终于轮到他们崛起了。

我并没亲眼见过当街枪战，但自打进入这个国家的那一刻起，我的肺腑间就荡漾着一股热气，令人陶醉的肾上腺素在血管里无休止地奔涌着。我感到兴奋、狂热……充满活力，像孕妇一样极度敏感：我闻到血腥味无处不在。当统治着一切人类事物的隐秘权力斗争终于撕裂表皮、浮出水面，宛若某种巨大的原始生物从深海冉冉升起。这幅景象令人痴迷，令人震惊，令人作呕，也令人兴奋。

直面真相总能激荡人心。

从空中并不能明显看出这里已是贼巢边缘。我们在热带雨林上空连续飞了两百公里，整个雨林好似无边无际的巨大花椰菜表面，只零星点缀着被开垦为种植园、矿场、牧场和木材厂的小块空地，不断分岔的河流如金属线网般敷设其中。贼巢任由自然植被在其周围繁茂生长，然后进行模仿……这意味着，在其边缘无法收集到适用于实验分析的遗传样本。而且，就算动用特制机器人（已经丢失了好几十个），也很难真正渗透进去，所以暂且只能凑合用用边缘样本。要改变这种状况，恐怕至少得再有几位国会议员被爆出性丑闻，然后不得不投票支持拨款后才能实现。一旦无法接收到从贼巢核心散发的常规化学信息素和病毒信息素，绝大多数转基因植物的组织样本便会认为自身已脱离贼巢，继而立刻自毁。因此，缉毒局的主要研究机构就设在贼巢外围，是一片由加压舱房和试验田组成的营地，位于哥伦比亚边境的丛林中。边缘的带电铁丝网顶端并没安装钢丝刺条。弯转九十度铁丝网遮盖营地上空，形成一个铁网笼。直升机停机坪位于营地中心，被一个笼中笼包围，顶部可在直升机起降时打开。

研究室主任玛德琳·史密斯带我参观了营地。我们在户外都穿上了密封防护服。如果我在华盛顿接受的一系列免疫改造确实有效，那么这身装束就是多余的。贼巢的短期防御病毒偶尔会渗透到营地附近，虽不致命，但未接种疫苗的人感染后极易致残。在生物“自卫”和明确的军事用途之间，森林的设计者打了个完美的擦边球。游击队员总是躲在基因改造的丛林里，靠帮助贼巢出口母体筹集资金，但贼巢技术从未明确用于制造致命病原体。

至少目前为止是这样的。

“我们培育的这批幼苗有望发展出稳定的贼巢显性性状，我们称之为β17。”这些看似普通的灌木长着深绿色叶子和深红色浆果。史密斯指着旁边一排照相机模样的仪器，“这些是实时红外显微镜，可实时解析中等规模的RNA转录，只要有足够多的细胞同时产生大量RNA。我们会把这些数据与气相色谱记录进行比对，气相色谱仪会侦测从贼巢核心溢出的分子的扩散范围。这些植物在感应到某个贼巢信号时可能会有所反应，比如激活某种基因、合成某种蛋白质。如果能捕捉到这些反应过程，也许就能阐明整个机制，并最终找到破解方法。”

“你们为什么不直接从底层出发……对整个DNA序列测序呢？”我是假借新晋管理者的身份，前来突击调查经费滥用问题，很难判断自己的无知应该装到哪种程度。

史密斯礼貌地笑了笑，“贼巢DNA受到分解酶的保护，只要细胞受到一点点干扰，DNA就会被酶分解。此时对其测序的成功率……就好比通过尸检读取人的思维。而且我们仍然不知道这些酶是如何工作的。我们与贼巢之间存在着明显的技术差距。四十年前，当贩毒集团开始投资生物技术时，最关心的就是版权保护。他们从世界各地的合法实验室吸收了最优秀的人才，不仅支付更高的报酬，还提供了更自由的研究环境、更具挑战性的目标。在那个时期，贼巢开创了大量可申请专利的新技术，数量堪比整个农业科技产业同期创造的总和。而且，贼巢的技术更加令人兴奋。”

这就是拉尔戈来这里的原因？为了追寻更具挑战性的目标？但是，贼巢现在的技术已经很完善了，科学挑战已经结束，剩下的工作仅仅是改良而已。五十五岁的他肯定知道，自己最富创造力的岁月早已过去。

我说道：“我猜贩毒集团的计划赶不上变化了吧。生物技术的飞跃反而搅乱了他们的传统业务。所有旧式毒品都太容易用生物技术合成了，太过便宜，纯度太高，极易获得，根本无法盈利。单纯以上瘾为诱饵的生意不好做了，唯有新奇方能畅销。”

史密斯伸出粗壮的手臂，指向笼外高耸的森林——那是东南方。其实，每个方向的景致并无分别。“贼巢的现状确实远超预期。他们原本只想获得一种更能适应低海拔地区的古柯植物，以及一些基因改造品种，为实验室和种植园增强伪装效果。可结果就是，贼巢最终成了一个独立王国，里面全是基因黑客、无政府主义者和难民。贩毒集团只控制了部分地区。有一半最初加盟的遗传学家已经分离出来，建立了自己的小小丛林乌托邦。至少有十几个人知道如何对植物编程——如何开启新的基因表达模式，如何接入生物通信网络——有了这些技术，就可以开辟自己的领地了。”

“是不是就像用某种神秘的萨满力量，来控制森林精灵？”

“没错。而那些遗传学家的控制确实有效。”

我哈哈大笑，“你知道最让我高兴的是什么吗？不管发生什么，真正的亚马孙，真正的丛林终将把他们全部吞噬。亚马孙已存在了多久？二百万年？而他们那些小小的乌托邦，要不了五十年或者一百年，就会消失得无影无踪，就像贼巢从未存在过一样。”

还不如风中扬落的谷壳。

史密斯没有搭腔。寂静中，我听到四面八方传来甲虫单调的咔嗒声。波哥大地处高原，有些阴冷。而这里则跟华盛顿一样闷热。

我又瞥了史密斯一眼，她勉强回了一句：“当然，你说得对。”但显然没被说服。

第二天吃早饭时，我告诉史密斯大可放心，我认为这里一切都很有序。她小心翼翼地笑了笑。我想她已经开始怀疑我的身份了，但这并不重要。我仔细听着科学家、技术人员和士兵的闲言碎语。吉列尔莫·拉尔戈的名字一次也没被提起过。如果他们不知道拉尔戈的存在，就肯定猜不到我的真正来意。

刚过九点，我就离开了。一缕缕微光穿过四周的参天大树，像极光一样笼罩在营地上方。而当我们飞过树冠时，仿佛从迷雾笼罩的黎明猛地冲进了阳光灿烂的正午。

飞行员很不情愿地绕了一个弯，让航线经过贼巢中心。“我们现在处于秘鲁领空，”他吹嘘道，“你难道想挑起外交纠纷？”他似乎觉得这很有趣。

“不想。但请飞低一点儿。”

“这儿没什么好看的。连普图马约河都被遮得严严实实。”

“飞低一点儿。”花椰菜变大了，然后突然清晰可辨。原本一片混沌的绿色变成了一根根独立的树枝，明确而独特。我心头陡然一震，就像在显微镜下观察某种熟悉而呆滞的物体时，却突然看到它显露出奇异的特征来。

我伸出手，一把扭断了飞行员的脖子。他从牙缝间迸出一声惊讶的嘶叫。我浑身打了个寒战，恐惧和悔恨同时涌上心头。自动驾驶模式立刻接管，直升机开始在空中盘旋;我花了两分钟才解开安全带，把他拖进货舱，坐上了驾驶座。

我拧开仪表板，换上一个新芯片。它会通过卫星向北边某个空军基地传送经过篡改的数字日志，显示我们快速坠落，最后失去了控制。

事实也确实如此。在一百米的高度，前转子上的一个螺旋叶片击中树枝，轰然折裂。计算机不停地反复建模，调整剩下的螺旋叶片的运动模式，试图将飞机从运动失衡中挽救出来。毫无疑问，它做得很棒，但每隔五秒仍有一阵可怕的震颤，进一步损坏着飞机结构。吸音器变得狂乱起来，随着发动机的抽搐开开停停，一阵阵强噪声轰向丛林。

在五十米处，飞机开始缓慢旋转，这个过程反而异常地平稳，浓密的树冠从眼前横掠而过，我仿佛正坐在一个巨大的弧形电影屏幕前。二十米时，飞机开始自由落体。气囊在我四周膨胀开，挡住了视线。我闭上眼睛，咬紧牙关。脑海中突然响起几句祈祷词——那是童年的记忆碎片，烙印在大脑里的残影，毫无意义却无法抹去。我想，假如我死了，丛林会把我吞噬。我只是一堆血肉，只是一片谷壳，并无灵魂留待审判。当回想起这里根本不是真正的自然丛林时，我已经停止了坠落。

防撞气囊很快就泄了气。我睁开眼睛，到处都是水，一片森林被洪水淹没。耳边嘶的一声轻响仿佛垂死飞行员呼出的最后一口气，那是螺旋叶片间的一块碳纤维顶板被弹向了空中，随后又如风筝般缓缓飘落，同时反射着四周的色彩——先是浑浊的银，接着是丛林绿，最后是浊水棕。

救生艇已自动充满气，里面备有船桨、给养、照明弹和无线电信标。我割下信标，扔进直升机残骸里。刚把飞行员拖回驾驶座，洪水就开始涌入，淹没了他。

然后，我沿河顺流而下。

普图马约河一段曾经适航的宽阔河段被贼巢改造成了繁复的迷宫。无数浊水小溪蜿蜒穿行在许多新隆起的土岛之间，这些土岛上长满了棕榈树和橡胶树。被淹没的原河岸上，古老的巧克力色硬木树高耸于灌木丛之上，直入云空。这类树在遗传学家到来之前就已存在，但现在可能已被基因改造过。

脖颈和腹股沟的淋巴结热辣辣地跳动着，猛烈但令人安心。这表明我的增强免疫系统正加速生成数千个新的T细胞克隆体，来应对贼巢病毒的攻击，而不是谨慎地等待抗原介导反应。如果这种高度过敏状态持续几周，可能会有某种自主克隆体逃过清除机制，让我患上新型的自体免疫性疾病，但我没打算待那么久。

不断有鱼搅动浑浊的溪水，浮上来捕食漂在水面上的昆虫或果实。远处，一条盘曲着的粗壮蟒蛇从一根低垂的树枝上懒洋洋地滑入水中。橡胶树丛中，蜂鸟们在紫罗兰间盘旋。据我所知，这些动物并未被基因改造过。它们若无其事地继续栖息在这片人造森林里。

我从口袋里拿出一根富含甜蜜素的口香糖，缓缓唤醒了自己体内的一组白骑士。丛林的热臭气和枯枝败叶的腐气似乎消失了，大脑中某些嗅觉通路变得麻木，另一些则变得敏感起来。一种内在过滤机制启动了，鼻黏膜上新受体接收的刺激气味压过了丛林中的其他味道。

突然间，我闻到了手上和衣服上残留的已故飞行员的气味，他的汗味和粪臭，还闻到蜘蛛猴在周围树枝上留下的信息素，像尿骚味一样刺鼻而强烈。作为演练，我沿着气味最新鲜的方向往前划着救生艇。过了十五分钟，我终于听到警觉的啁啾声，瞥见两个瘦小的灰褐色身影在树叶间倏忽闪过。

我自己的气味被掩盖了，汗腺中的共生体正在清除所有的特征分子。不过，这种共生菌也有长期副作用。最新的情报显示，贼巢的居民根本不屑一用。不过，多疑的拉尔戈很可能会自带共生体来掩藏行迹。

我盯着撤退的猴子，纳闷什么时候才能闻到活人的气味。在这个地方，就算是从南方逃难而来的目不识丁的农夫，也一定掌握着重要的地理情报，对各派系间的势力划分有所了解。

突然，救生艇发出轻轻的嘶嘶声，空气正从密封隔层逸出。我滚下救生艇，沉入水中。水下一米极其浑浊，伸手看不清五指。我等待着，倾听着，但只听到鱼浮出水面时的扑通轻响。岩石不可能把塑料艇戳个洞，肯定是子弹。

我漂浮在浑浊的冰冷寂静中。水可以掩盖体温，我可以屏息长达十分钟。我琢磨着，到底是应该冒险潜泳远离救生艇，还是该等待对方自己退却。

这时候，有什么东西擦过我的脸颊，又尖又薄。我没去管它。又擦划而过。不像鱼，也不像任何活物。第三次，我抓住了它。是一片几厘米宽的塑料。我摸了摸它的边缘，有的地方锋利，有的地方柔软易断。然后，塑料在我手里断成了两截。

我游开几米远，然后小心翼翼地浮出水面。救生艇正在解体，塑料正一片片脱落进水中，仿佛被强酸腐蚀的皮肤一般。这种交联聚合物的分子强度极高，理论上不可能被生物降解——但显然，某种贼巢细菌已找到诀窍。

我仰浮在水面上，一边深呼吸排出体内积聚的二氧化碳，一边考虑徒步完成任务的可行性。上方的树冠似乎在摇曳，仿佛有一阵毫无凉意的热风吹过。我的四肢变得出奇的温暖和沉重。我挺想知道，如果没有关闭百分之九十的嗅觉能力，我到底会闻到什么。我琢磨着：如果我培育出的细菌能分解与贼巢无关的异类物质，那么在细菌进餐时，我还希望它们做点儿什么呢？是让带入异物的入侵者失去行动能力？还是发出生化信号，播报入侵警告？

守卫到达时，我能闻到这六个大汗淋漓之人身上散发的刺鼻气味。但我只能躺在水里，任由他们把我捞上来。

我被蒙住双眼，双手反绑着抬上担架。没有人说一句话。我可以通过担架的摆动来推断抬担架者的步幅，以此来估算距离。或者通过照在我脸上的阳光来推断行进方向……但细菌毒素让我阵阵眩晕，越努力解读这些线索，就越感迷失和困惑。

在某次停下休整时，有人蹲在我的身旁，似乎在用扫描仪扫遍我的全身？体内植入聚合物应答器的几个地方突然传来一阵刺热，这就确认无疑了。这些应答器是被动回应的无源设备，在卫星微波信号的激发下，会传递极易识别的共振回声。扫描仪发现并销毁了它们。

下午晚些时候，他们摘下了我的眼罩。是断定我已经完全迷失了方向吗？还是确定我永远都逃不掉了？也许，他们只是为了让我见识一下贼巢的宏伟架构罢了。

这是一条穿过沼泽的隐蔽小路。我扭头往下看，发现他们的靴子只浅浅没入泥水中。为了隐蔽行踪，他们刻意避开了附近一片显然更好走的干燥高地。

再往前走一段，茂密的带刺灌木丛似乎已不再挡住去路，而是在主动给我们让道。口香糖的效果已经消退了很多，我开始闻得出我们正穿过一片甜丝丝的酯类气雾。不知道这种酯雾是被喷筒喷射到空气中，还是从某个人身上散发出来的。共生体细菌可能寄生在此人的皮肤、肺部或肠道。

不知不觉中，村庄已经从人造丛林里冒出。我能感觉到，地面正逐渐变得坚实而平坦，应该是人工修整过。树木排列也变得更加有序——但没有形成连贯的林荫道，而是故意种植得疏密交错。然后，我开始瞥见两旁“偶然生成”的空地，其间矗立着“天然”的木屋，或是闪闪发光的由生物高分子材料建成的棚屋。

我被放在一间棚屋外的泥地上。一个从未谋面的男子俯身看着我。他精瘦结实，胡子拉碴，手里握着把闪亮的猎刀。在我看来，他俨然一头残酷的野兽、一个天生的捕食者、一个残忍的杀手。

“朋友，我们将在这里抽干你的血。”他咧嘴一笑，蹲了下来。我的瞳孔猛地一缩，葡萄糖转运蛋白一下子淹没了共生体细菌，汹涌的恐惧激发出一阵恶臭，差点儿把我熏晕。他割断绑住我双手的绳子，接着说道：“然后，再全部给放回去。”他一只胳膊滑到我身下撑住肋骨，将我从担架上扶起来，搀进了棚屋。

吉列尔莫·拉尔戈说道：“我就不跟你握手了，请见谅。虽然我们已经把你的血都清理干净了，但我不想冒险进行任何身体接触，以免你体内残留的病毒引发自体免疫攻击。”

他的模样并不讨人喜欢，眼神忧郁，消瘦矮小，微有些秃。我走到囚室的木栏杆前，向他伸出手，“我的友谊之手随时恭候你。我并未携带任何病毒。你以为我会相信你的说辞吗？”

他漠不关心地耸耸肩，“这病毒会要了你的命，又不是我的——不过，我敢肯定这病毒是冲着我们俩来的。可能是针对我的基因型定制的，但你体内携带了太多，只要一接近我，还没来得及传染，病毒就先在你体内大量爆发了。不过，这事已经过去了，不值得争论。”

我认为他说的很可能是真话。用病毒一次性解决我们两个，这完全说得通。用这样野蛮又冷酷的方式榨干我所有的利用价值，这简直让我暗自对“公司”产生了某种敬意，但这种情绪绝不能让拉尔戈看破。

我说道：“不过，如果你相信我现在对你没有任何威胁，为什么不跟我一起回去呢？你仍然是有价值的人才。一时的软弱，一个错误的决定，这些并不意味着职业生涯就此终结。你的雇主都是些非常务实的人，他们不会惩罚你，只会在未来更加密切地关注你。但这将是他们的职责，与你无关。你会恢复往日的生活，就像一切都不曾改变。”

拉尔戈似乎没有在听，但随后他直视着我，笑着说：“你知道维克多·雨果怎么评论哥伦比亚的第一部宪法吗？他说这是为天使之国制定的。这部宪法只持续了二十三年——第二次尝试时，政治家们就大大降低了理想标准。”他转过身去，开始在栏杆前踱步。两个麦士蒂索[1]农民手持自动武器，站在门口冷眼旁观着。这两人都在不停咀嚼着某种像是普通古柯叶的东西，他们对传统的忠诚不禁让我感到安心。

我的牢房很干净，设备也很齐全，甚至还配备了风靡比弗利山庄的生物降解厕所。到目前为止，他们待我还算客气，但我总感觉拉尔戈在谋划一些不太妙的事情。他会把我交给那些毒贩集团吗？天知道他为了换取贼巢的一块土地和几十个保镖，到底做了什么交易，出卖了些什么。而且，又是什么能如此吸引他，甚至赛过了贝塞斯达的高档公寓和十万美元的年薪呢？

我问道：“你以为你留在这里，能够干些什么？建立你自己的天使

---

1. 麦士蒂索人一般是欧洲血统与美洲印第安人血统的混血儿，其人口主要分布于拉丁美洲。

之国？发展你自己的生物工程乌托邦？”

“乌托邦？”拉尔戈停下脚步，再次露出狡黠的笑容，“不。乌托邦怎么可能存在？并不存在什么绝对正确的终极生活方式，所有社会形态都是人类误打误撞摸索出来的。并没有什么完美的规则，或完美的系统、模式。为什么要有这些玩意儿呢？既然造物主不存在——就算有，也只是个嗜血成性的暴虐造物主——又怎么可能会有什么完美蓝图来等待我们发现呢？”

“你说得对。到最后，我们能做的就是忠于本性，看穿文明和虚伪的道德外衣，接受塑造我们的真正力量。”

拉尔戈突然大笑起来。他的反应让我不禁一阵羞愧——倒不是因为他嘲笑我的信条，而是因为我误读了他的心思，没法说服他。他说道：“你知道我在美国从事什么研究吗？”

“不知道。这重要吗？”我知道得越少，活下去的机会就越大。

但拉尔戈继续滔滔不绝地说着：“我在寻找一种方法，使成熟神经元胚胎化。就是让它们回归到分化程度较低的状态，像在胎儿大脑中那样，使之能从一个位置迁移到另一个位置，形成全新的神经网络。据说是用来治疗痴呆和中风的……但资助者认为，这是针对某种病毒武器的基础研究，最终目的是重塑部分大脑，控制人的思想。我觉得没那么容易成功——不太可能制造出能强行灌输意识形态的病毒——但身体机能障碍或温顺行为模式确实可能被编码成一个相对较小的病毒体。”

“所以你把这个卖给了贩毒集团？只要他们的老大被抓，就可以用它来劫持整座城市，省得再去刺杀法官和政治家了？”

拉尔戈温和地说道：“我是把它卖给了贩毒集团，但不是作为武器。不存在具备传染性的军用版本。那些原型仅仅对选定的神经元进行诱导转化，且无法通过编程来实现复杂的生化反应过程。原型太过复杂、脆弱，难以生存和繁衍，而且还存在其他技术难点。即使对宿主大脑进行高度精密的改造，也不会让病毒获得多少繁殖优势。如果在人群中释放病毒，那些抛弃了所有无用功能的突变体很快就会占据主导地位。”

“那么……”

“我把它作为产品卖给了贩毒集团。或者更确切地说，我把它和他们最畅销的产品结合起来，制造了一种杂交品种。一种新的母体。”

“它有什么效果？”我忍不住追问，虽然知道得越多，就死得越快。

“能把大脑中的神经元子集变成一种类似白骑士的异化细胞。一样机动，一样灵活。但在建立紧密连接的新突触方面，它的效果远超之前的版本，能做的已经不只是在神经元细胞间隙填充特定的信息素了。这种新型母体无须食品添加剂来触发，而是由自身分泌的分子控制。它们互相控制。”

我完全不理解这样做的意义，“让现有的神经元可以移动？让现有的大脑结构……溶化？你创造了一种能把人脑变成糨糊的母体变种，却还指望有人出钱来买？”

“不是糨糊。所有这一切都构成了一个紧密的反馈回路：神经元在转化后，分泌分子的范围会受到影响，而这些分子反过来又控制着附近突触的重新连接。当然，关键的调节中心和运动神经元未受影响。转化灰骑士需要有强劲的信号，不是随随便便就能触发的。而且，至少需要有一到两个小时不受干扰的转化过程，这样大脑结构才会有显著改变。

“这与普通神经元编码习得行为和记忆的方式并无不同——只是更快、更灵活……涉及的脑域更广。大脑的许多脑域在近十万年里都未曾改变，可现在却能在半天内被完全重塑。”

他停了下来，和蔼地看着我。我脖颈后面全是冷汗。

“你自己已经使用了这种病毒？”

“当然。这正是我创造它的原因。为了改造自我。这也正是我来这里的原因。”

“就为了一场自助神经外科手术？为什么不干脆把螺丝刀插进眼底，用力搅几下来平息这种冲动呢？”我突然感到一阵恶心，“至少可卡因和海洛因——甚至白骑士——利用了自然受体和自然的生化反应路径。你却盯上了经过数百万年进化打磨的大脑结构，而且——”

拉尔戈被逗乐了，但这次他没有放声嘲笑，而是轻声说道：“对大多数人而言，引导自己的心灵去思考、去遐想，就好比在迷宫中徘徊。这就是进化带给我们的大脑：一个悲惨、混乱的囚笼。像可卡因、海洛因或酒精这样的原始毒品，不过是开拓了一条捷径，让我们直达某个死胡同；像LSD这样的麻醉剂，不过是在迷宫的墙壁上安装了无数面镜子。而白骑士只是用新的方式将相同的效果重新进行了包装。”

“灰骑士可以让你任意重塑整个迷宫。它们不会把你困在一些情节模糊的情感戏剧中。它们会赋予你完全的力量，让你掌握真实的自我。”

我不得不努力把强烈的反感抛到一边。拉尔戈决定胡搅自己的大脑，这是他自找的。一些嗑母体的瘾君子也会尝试同样的蠢事。但就算多了这批变种母体来与地下实验室的垃圾竞争，也不会造成什么全国性的灾难。

拉尔戈和蔼地说道：“三十年来，我一直鄙视自己。我太软弱，无法自我改变——但我从未忘记自己想要成为什么样的人。我过去时常想，如果甘心接受自己的软弱和堕落，我会不会就不那么可鄙、不那么虚伪了？但我根本办不到。”

“你以为抹掉旧人格，就像删除电脑文件一样容易吗？那么，你现在又变成了什么呢？圣人？还是天使？”

“都不是。但我变成了自己最想成为的那个人。有了灰骑士，你必然能找到最真实的自我。”

我简直气得头昏眼花，赶紧把身体靠在牢房栏杆上。

“所以你搅乱自己的大脑，然后自我感觉好多了。你打算在这个虚假丛林里度过余生，和毒贩合作，自欺欺人地宣布自己已经得到了救赎？”我质问道。

“我的余生？也许吧。但我会观察这个世界，并且心怀希望。”

我几乎快要窒息，“希望什么？除了几个脑残的瘾君子，谁还会对自残上瘾？你以为灰骑士会横扫全球，把全世界变得面目全非吗？还是说，你在撒谎——这种病毒真会传染？”

“不会传染。但这种病毒会给予人们最想要的东西。只要明白了这点，自然有人问津。”

我怜悯地注视着他，“人们想要的是食物、性和权力。这一点永远不会改变。还记得你在《黑暗的心》里画线的那句话吗？你觉得那到底是什么意思？在内心深处，我们只是受这三种本能驱使的动物，其他一切甚至还不如风中扬落的谷壳。”

拉尔戈皱起眉头，好像在回忆那句话，然后缓缓点了点头，说道：“你知道一个普通人的大脑神经网络有多少种连接方式吗？我说的不是任意相同尺寸的神经网络，而是可运行的智人大脑实体，由真正的胚胎发育而成，并由真实的生活经验所塑造。可能的连接方式大概是十的一千万次幂。这是个巨大的数字，有大量空间足以容纳各式各样的个性和天赋，可编码不同的人生轨迹。

“但你知道灰骑士如何处理这种可能性吗？在刚才的数字上再乘以十的一千万次幂。它能赋予我们一个机会，让我们固化的‘人性’再次流动起来，让我们有机会体验许多种不同的人格、不同的人生。

“当然，康拉德是对的。当他写下那段话时，每一个字都很正确。但如今已经过时了。因为现在，所有的人性都不如风中扬落的谷壳。‘恐惧’是黑暗的心，它还不如风中扬落的谷壳。所有‘永恒真理’，所有伟大作家——从索福克勒斯到莎士比亚——所有那些或忧伤或唯美的真知灼见——都还不如风中扬落的谷壳。”

我躺在床上，听着蝉嘶蛙鸣，寻思着拉尔戈究竟会拿我怎么办。如果他认为自己不应谋害他人，就不会杀我——不过，即便这样做了，也只是为了强化自己拥有自控力的妄想。

也许他会把我扔在研究站外面——我可以向玛德琳·史密斯解释，谎称那名哥伦比亚空军飞行员在半空染上贼巢病毒，而我英勇地成功迫降。

我回想了一番，检查着可能存在的漏洞。飞行员的尸体肯定已经找不到了，法医不会发现谋杀的证据。

我闭上眼睛，扭断他脖子的那一幕再次闪回。那股痛彻心扉的悔恨又一次掠过心头，我烦躁地将其抛到一边。

没错，我杀了他——几天前还杀了那个女孩——在过去，我还杀过十几个人。公司不也差点儿把我处理掉吗？因为这样做很方便，也很合理。

世界的真相就是如此：强权总被滥用，国家相互攻伐，弱者总是遭到屠杀。其余一切，都不过是善意的自我欺骗。一百公里之外，哥伦比亚各派系的混战再次印证了这一点。

但是，如果拉尔戈用他独特的母体感染了我，如果他告诉我的一切都是真的呢？

灰骑士只会被自己的意愿激活。为了保持自我完整，我不得不主动激活灰骑士，去成就那个最真实的自我：一个已洞悉人类社会最深刻真相的冷酷杀手。拥抱野蛮和腐败吧，因为到最后，你会发现别无他法。

我在脑海中不断召唤起飞行员和那个女孩，一次次在想象中杀死他们。

我必须不为所动——极力保持冷漠——并不断做出最冷酷的选择，一次又一次。

否则，我的自我就会如沙堡般分崩离析，被风吹散。

一名守卫在黑暗中打了个嗝，吐了口唾沫。

黑夜在我面前延展开，仿佛一条迷失方向的河流。

《谷壳》，首次发表于英国《中间地带》杂志第78期，1993年12月。

The Best of Greg Egan

零分表现

陈　阳译

伟大的发明，诞生于贫瘠的土地。

Awards 所获荣誉

2014 年 提名轨迹奖最佳短中篇小说

1

拉蒂法开始加载网页，接着去泡茶。她通过代理服务器访问，在互联网供应商看来，她浏览的只是伊朗北部库姆市一群八旬老人的醒世格言。而对于这些网站而言，她就好像一个四处游荡的美国人，前一天从匹兹堡登录，第二天从堪萨斯城登录。这些预防措施必不可少，她的祖国正面临制裁，对与西方进行的任何交流自然是高度戒备。代理服务器让她本就很慢的网速变得更加迟缓，有这工夫都能准备飞一趟火星了。

沸腾的水声暂时打断了楼上公寓喧哗的足球比赛转播声。"黑珍珠队以二比零领先，比赛还剩十五分钟！看来萨曼体育场的主场球队就要胜利了！"茶泡好后，她给一只小玻璃杯斟上。爷爷接过去，咬着块糖小口啜饮起来。拉蒂法在爷爷旁边坐了会儿，但他的注意力都留给了短波收音机，在烦人的喧闹和令人窒息的评论声中，他努力倾听着喀布尔的声音，几乎没发现她走开了。

一刻钟后，拉蒂法回到房间。笔记本电脑刮花的屏幕上，十二个有机分子的球棍模型正在闪烁。她已经很熟悉原子的颜色编码了：白色代表氢，黑色代表碳，樱桃红代表氧，天蓝色代表氮。时不时还有一个黄色的硫原子或一个绿色的氯原子跳出来，就像一桶糖果里的一颗鹰嘴豆。

化学因子网站分配给她的全都是未知的分子。正式的分子结构介绍里满是"顺-1,3-二甲基-某某"，或"2,5-二叔丁基-某某"这样的描述。拉蒂法不知道这里面有没有哪个其实已经在某个实验室里合成出来了。也许其中一些只是不可能的怪物，是软件无意识排列产生的妄想，在现实中注定一点儿也不稳定。如果她努力试试，也许能把其中一些剔除出去。但还需再等等，她要先去掉那些无法与靶分子紧密结合的分子，缩小候选分子的范围。

这次的靶分子是一种低聚糖，这种由九个环组成的碳水化合物呈不对称排布，具有令人愉悦的层次感，犹如小孩儿搭起来的鞋架。拉蒂法来回滚动着冗长的目录，想找到潜在的匹配对象，好在化学因子页面把靶分子的信息固定在了屏幕上。

她相信软件已经根据几何学原理做出了明智的初步筛选：所有这些分子都应能与靶分子紧密贴合。原则上，她能以任何方式旋转球棍模型，并将靶分子挪动到同一视图，评估潜在的契合度。但实际操作时，笔记本电脑的显卡却出了故障。因此，她学会了在脑海中操纵这些结构，在不考虑精确角度和距离的情况下，描绘出分子相遇的情景。那些分子并不是刚性的，如果与靶分子的互动释放出足够的能量，双方都可以稍微拉伸或弯曲以彼此适应。通过严格的计算可以预测那些互相迁就的结果，但是这种计算无法快速轻易地完成。所以化学因子网站邀请人们提出各种猜想。新人的预测并不比随机猜想好，而许多玩家的命中率甚至不如未做去噪处理的数据。不过，还是有人在任务中找到了感觉，从自己的胜利和错误中吸取了经验——即便他们不能将各自的私人算法转化成文字。

拉蒂法没有想太多，只用二十分钟就做出了选择。她点击了选项旁边的确认按钮，很满意自己已经尽了最大努力。经过三年的游戏，她已经证明自己是天生的化学‘红娘’。但她不想被胜利冲昏头脑，不管精准猜测的背后隐藏着什么，软件自己学会将这些规则编入程序可能只是时间问题。事实就是，她越成功，就会越快走向被淘汰的命运。她需要在自己的才能还有价值时最大限度地利用它。

拉蒂法花了两个小时做作业，住在坎大哈的表舅法沙德打来了电话。她走到阳台，那里的信号要好些。

“你爷爷怎么样了?”

“他挺好的。我让他明天再给你打电话。”爷爷已经听完收音机去睡觉了,“你那里情况如何?”

“孩子们都生病了。”法沙德诉说道,“而且已经停了两天电了。”

“两天了?”拉蒂法很同情那些年幼的表亲,他们流着汗、发着烧,还没有电风扇,“你应该买台发电机。”

“哈!我可以搞到十台。大家基本都把它们送人了。”

“怎么回事?”

“柴油的价格一路飙升。”法沙德解释道,“不管停不停电,都没人负担得起。”

拉蒂法望着外面马什哈德城的华灯。她周围的混凝土高楼并没什么迷人之处,但伊朗这里最不缺的就是电。卡贾基水库本应为坎大哈提供充足的电力,但水电站的三台涡轮机有两台已经停运一年多了,干旱使得仅剩的那台涡轮机更难满足需求。

“店里怎么样?”她问道。

“蹬缝纫机使我保持健康。”法沙德开起了玩笑。

“真希望我能帮上点儿忙。”

“每个人都很难。”法沙德坚忍地说道,“不过,我们会好起来的。人们永远需要衣服。你就专心学习吧。”

拉蒂法想说些让他高兴起来的消息,“阿米尔说他打算今年开斋节回家。”虽然没有明确的承诺,但她相信哥哥不会连续两年不和家人一起过节。

“真主保佑。”法沙德说道,“可他得早点订票,不然没座位。”

“我会提醒他的。”

电话那头没有回应。线路断了。拉蒂法试着给他打回去,但听到的只是一连串奇怪的哔哔声,似乎基站陷入了某种混乱,连平时录制的道歉语音都无法播放了。

收拾好厨房后，拉蒂法躺在床上，思绪在相同的困扰中无休止地循环，难以入眠。午夜过后，她终于设法打破循环，沉入黑暗。

“阿富汗荡妇。”加姆泽低语道，靠在拉蒂法身上，隔着斗篷攥住她的胳膊。

“放开我。”拉蒂法恳求道。她被压在储物柜上，无法抽身。加姆泽把她的脸转过来，微笑着，仿佛她俩是朋友正在闲聊。其他学生从旁边走过时，都有意移开了视线。

“我已经厌倦了你的异味。”加姆泽埋怨道，“你把整座城市都熏臭了。你真该回家去，回到你的小泥巴房子去。”

拉蒂法的皮肤被那女孩粗钝的爪子抓得刺痛，毛细血管破裂让她有些发热，而神经受到压迫又让她麻木。如果能挥起拳头挣脱束缚就好了，但她知道那样的后果会更严重。

“你们村里人用肥皂吗？”加姆泽好奇地问，“他们穿内衣裤吗？当你走进文明世界时，肯定觉得一切都很陌生吧。”

拉蒂法静静等待着。争辩只会延长痛苦。

“这么高傲，话都不想说？”加姆泽松开她的胳膊，就要走开了，但又停下来给了拉蒂法一个临别的微笑，“你认为给老师说出他们想要的答案，就能留下好印象吗？别自欺欺人了，荡妇。他们知道你不过是马戏团里耍把戏的动物罢了。”

拉蒂法收拾完餐盘，爷爷开始问她学校里的事。

“你有没有认真学习？”他盘腿坐在地板上，背上靠了个垫子，继续问道，“有没有赢得大家的尊重？”

“有。”

“你的心思还在工程学上吗？”爷爷的语气疑虑重重，似乎“工程学”只能让他联想起身上沾满机油的大老粗。

“是化学工程。”她轻声纠正道，“我的化学成绩很好，这个领域会有很多工作机会的。”

“还要过五年。要等大学毕业之后。”

“是的。”拉蒂法看向别处。阿米尔从迪拜寄回来的钱有一半已经用来付她的学费了。她的哥哥二十二岁了，谁也不会指望他五年内还不结婚。

“那你该继续学习了。”爷爷和蔼地摆摆手让她走开，然后伸手去拿收音机。

拉蒂法回到房间，在翻开历史书前打开了笔记本电脑。但她一直没有看屏幕，等读完萨珊王朝章节的一半才终于停下来，借着小憩的机会察看化学因子网加载完毕的内容，她凭借cookie自动登录了。

只见黄色的信封图标在页面顶部闪烁着。一个她从未听说过的名叫“jesse409”的玩家给她留言，祝贺“PhaseChangeGirl（相变女孩）”的累积分数刚刚突破两万。不过，拉蒂法的真实得分远高于这个数字。迄今为止，她变更身份，从头开始重新加入游戏已经五次了，为的是避免引起不必要的注意。

前一晚的猜想已经有了结果：两个分子的精确模型表明它们的结合是稳定的。她为化学因子网的某位客户节省了对几十个备选方案进行同等计算的时间和费用，而她的回报与自己创造的价值相比根本不值一提。化学因子网可供她免费为自己喜欢的任何原子和分子集合建立模型，只要不超过计算时间的预定限制。

拉蒂法合上历史书，把笔记本电脑移到桌子中央。如果说分子的结合对她而言只是小菜一碟，那么对于她为自己设定的更大挑战，在网站上磨炼的直觉就不再那么管用了。拉蒂法通过从这些零星胜利中获得的原始计算能力测试自己的直觉，看看哪里有所欠缺。

她从背包里掏出本子，复盘自己的草图和计算。她懂得晶体的对称性，熟知怎样的移动和旋转后，能够使有规律的原子阵列仍与之前保持一致。她明白两个电子自旋方向一致或相反时，不同磁力的奇特来源——有时是通过它们对彼此磁场的反应，但更多时候是通过泡利不相容原理，将自旋排列与粒子间的平均距离联系起来，从而推断粒子克服静电斥力所需的能量。在研究了数百个例子后，她觉得自己喜欢上了这种随时会转变磁性的晶体。

一年多以前，拉蒂法就在笔记本上勾勒出了自己理想中的晶体，但她还无法证明那不仅仅存在于幻想中。她最近一次的建模预测出了非常接近的结果，但仍没产生所需要的东西。她不得不后退一步，尝试不同的方法。

拉蒂法检索了上次保存的数据，为新的模拟设定参数。她忍住了再按两次“确认”键的冲动，模型的反馈正慢慢穿过混乱的数据迷宫回到她身边。

预计运行时间：大约七小时。

她坐在那里盯着屏幕看了会儿，明白等着也没什么用，预估时间随时可能变得更长。

她不情愿地把笔记本电脑搬到地板上，继续看萨珊王朝的荣耀史。她必须耐心点儿，早上就会有答案了。

“婊子。”拉蒂法匆匆经过加姆泽身边，走向自己的课桌，加姆泽嘟囔道。

“你迟到了十分钟，拉蒂法。”凯沙瓦兹女士生气地说。

“真对不起。”拉蒂法站在原地，目光低垂。

“所以，你迟到的理由呢？”

拉蒂法沉默不语。

“如果是睡过头了，”凯沙瓦兹女士说，“至少该诚实地说出来。”

拉蒂法五点就醒了，但她还是忍不住露出了羞愧的表情，希望这能表示默认。

“那就留堂两个小时。”凯沙瓦兹女士决定道，“如果你能坦率一点，可能只需要罚一半的时间。请坐吧。”

这一天过得很慢。拉蒂法尽力用上课分散自己的注意力，但这就好比咀嚼水一样白费力气。不同的科目没有任何差别：历史、文学、数学、物理——只要在黑板上写一句话，她就知道接下来要讲什么。

拉蒂法和其他四个女孩一起留堂，坐着抄写冗长的布道词。从她的座位上可以看到通往工作人员停车场的车道，她最想搭乘的车辆正一辆接一辆从眼前开走。等待的过程比以往任何时候都更艰难，但她知道，过早行动是愚蠢的。

留堂八十分钟后，她屏住呼吸的时间越来越长。当她举起手时，语气中的不适没有丝毫假装的迹象。监督老师希拉兹女士没有提出异议，也没和她玩虐待游戏。拉蒂法适度匆忙地逃离了教室。

学校的其他地方显得很冷清。留堂耗费的时间是值得的。拉蒂法打开厕所门，任其晃晃悠悠地关上，留下声音在走廊里回荡，然后匆匆向化学实验室走去。

学生入口上了锁，但拉蒂法鼓起勇气，拐进了科学楼北侧狭窄的通道，这里满是储藏室和各种隔间。化学老师达内什瓦尔女士曾带她去办公桌前查阅一本旧的大学教科书，解决她俩都不确定的问题。

拉蒂法找到了前往那张办公桌的路。钥匙就挂在她记得的地方，在贴有标签的钉子上。她拿上化学实验室的钥匙，向教师入口走去。

在锁孔里转动钥匙时，她的胃开始抽搐起来。被开除已经够可怕了，而要是学校提出刑事指控，她可能会被监禁然后驱逐出境。她闭了一会儿眼睛，想起了一周前的那天早上，醒来后就看到化学因子网模拟出来的美丽晶格。从那以后，她再也没有别的心思了。软件已经得出结论，现在最重要的就是进行测试，验证这种物质能否在现实生活中制造出来。

午后的阳光斜照进房间，一些托架倒放在黑漆长椅上，管状的支撑腿在阳光下闪闪发光。拉蒂法需要的所有成分——铜盐、钡盐和钙盐——都放在东侧墙壁按字母排序的架子上。没有任何一种成分因价值昂贵或毒性过强而需要被锁起来，而且她也不需要太多的成分来证明原理。

她把罐子拿下来，每样都称了几克，数量少得可忽略不计。她早已写下产生正确化学反应所需的质量和最终产物中正确的原子比例，并花了一整天的时间在脑子里重复计算，所以现在并不想浪费时间去看纸条。

拉蒂法把色彩鲜艳的颗粒物混合在陶瓷坩埚里，用杵把它们捣碎。接着，她把坩埚放进电熔炉。她所需的加热曲线很复杂，虽然只在课堂上见过手动操作，但她在网上查了型号，找到了编写自动化脚本的精确要求。将记忆棒[1]插入USB端口时，上面的绿灯闪烁了一会儿，然后屏幕出现了加热曲线的第一个温度值。

整个过程需要九小时。拉蒂法迅速把罐子重新摆好，将磅秤上用的滤纸扔进垃圾桶，然后退出房间，锁上了门。

经过厕所时，她特意让一扇门吱吱呀呀地响起来。快要走近留堂室了，她放慢脚步，感到头上冒出了冷汗。希拉兹女士对她同情地皱了皱眉，然后转回去继续看杂志。

拉蒂法梦见学校着火了。从她公寓的阳台上可以看到大火，爷爷站在那里远远望着，在弥漫了整个马什哈德的毒雾气中惊恐地喘息。他打开收音机，一名新闻广播员报道说，警方在着火点旁发现了一根记忆棒，正在检查所有学生的指纹看是否匹配。

1. 一种类似硬盘的数据存储设备。

天还没亮拉蒂法就醒了，她吃了早餐，还做了午饭。她以为自己的行动悄无声息，但打开前门时，爷爷让她吃了一惊。

“你为什么这么早走？”他问道。

“参加一个学习小组。”

“什么意思？”

“我们有几个人在课前聚在一起，复习前一天的课程。”她说道。

“所以，你们在自己上课？老师知道吗？”

“老师都同意了。”拉蒂法向他保证，“我们是复习课程，并不是在瞎聊。”

“你们没有谈论政治吧？”他严厉地问道。

拉蒂法理解爷爷：她的母亲在喀布尔大学参加过一个讨论小组，曾在给他的一封信中兴致勃勃地讲述那个小组的议程。拉蒂法满十四岁时，他便允许她阅读那些信件——十四岁正是爷爷被流放时她母亲的年纪。

“你是了解我的。”拉蒂法说道，“我不擅长政治。”

“好吧。好好学习。”爷爷消了气，慈爱地向她道别。

拉蒂法下了自行车，发现空荡荡的员工停车场上只有清洁工的货车。如果她能虚张声势，快步通过停车场，也许就能快速脱离危险。

清洁工打开了科学楼的大门，一个女人在门边拖地。拉蒂法向她点了点头，然后往里走，好像自己就是这里的主人。

“嗨！你不该来这儿！”女人直起腰来，瞪着她，担心万一有东西被偷，她的饭碗就没了。

“达内什瓦尔女士让我给上课准备些东西。她昨天把钥匙给我了。”拉蒂法把钥匙举起来给她看。

女人眯着眼瞅了瞅，然后挥手让她走开，不高兴地嘀咕着。

化学实验室里的一切都跟拉蒂法离开时一样。她把记忆棒从电熔炉的端口拔下，然后关掉电源。她摸了摸炉门，没有感觉到余热。

打开炉子时，涌出的气体闻着有硫黄和漂白剂的味道。她小心翼翼地拿出坩埚，朝里面看了看。坩埚底部覆盖着一团灰色块状固体，表面像瓷器一样光滑。

用来判断是否成功的仪器都在物理实验室里，现在跑去另一个房间定会引起怀疑。她可以等到下一节物理课时再伺机行动。学生们总是瞎摆弄数字万用表[1]，如果老师发现她把探针塞进口袋，只会以为这个蠢姑娘想测量从街上捡来的小铺路石。哈什米女士不会好奇到亲自去检查石头的性质。

拉蒂法拿了张滤纸，试着把坩埚里的东西倒在上面，但这灰色的物质顽固地粘在坩埚底部，原封不动。她轻轻拍了拍，接着又加大了力度，但还是没有用。

她别无选择，只能把这个坩埚偷走。这不是什么昂贵的设备，但只有四个，整齐地排成一排，就摆在炉子下面的橱柜里。它的丢失最终可能会被忽视。不过，达内什瓦尔女士也可能——只是可能——问清洁工有没有看到过坩埚，而她所有的罪行都有可能曝光。

但她还有什么选择呢？

她可以把坩埚放在这里不管，到城里搞个替代品。但风险在于，这期间可能会有人把这个容器拿出来使用，然后发现它脏了，于是把它丢掉。风险还在于，她调包的时候可能会被抓到。而这一切都是为了一个灰疙瘩，这东西很可能就像它表面看起来那样毫无价值。

六个月前，拉蒂法在集市上买了个简单的仪器，她随身带着，几乎就是为了好玩——只要脱离了危险，她就可以不抱任何期望地尝试一下。就算给出的结果是负面的，那也证明不了什么。但她不知道还可以用什么来进行检验。

拉蒂法从斗篷口袋里掏出磁铁。这是一个细长的圆盘，只有她的

1. 一种多用途电子测量仪器，一般包含安培计、电压表、欧姆计的功能。

拇指指甲大小，大概有一克重。她把它拿到坩埚口，放在坩埚底部。

就算磁铁接近灰色物质时，磁力发挥了作用，那也实在太微弱，她根本感觉不到。两个物体之间只有几毫米的距离，拉蒂法张开手指，磁铁掉了下去。她没有听到撞击底部的声音，从这么点儿高的地方掉下去，声音能有多大呢？她把手指从坩埚里收回来，低头看了看——无法分辨它是否碰到了底部。视野太窄，角度太高。

拉蒂法可以听到那个拿着拖把的女人走近了，就要来打扫化学实验室了。不出一分钟，她在这里所做的一切都会被看见。

从东边窗户射进来的一缕晨光照在她身后的黑板上。拉蒂法抓起一个空的锥形烧瓶，把它放在阳光下，倾斜着，直到成功将一些光线折射到坩埚里。

她来回转动烧瓶，改变光线的角度。然后，她看到一个黑色的圆圈在磁铁背后移动。一个几乎只有一毫米高的物体不可能在上方光照下投射出这样的阴影。

磁铁飘浮在空中。

门就要开了。拉蒂法把坩埚放进口袋，把锥形烧瓶放回架子上，转过身时，清洁工正用怀疑的目光打量着她。

“我完事了，谢谢。”拉蒂法愉快地宣布。她指了指工作人员的入口，“我出去时会把钥匙放回去。”

几分钟后，拉蒂法大步走出了科学楼。她把手伸进口袋，握住坩埚。她还有一些上次开斋节时阿米尔给的钱。她下午就可以去买个替代品。现在，她要做的就是带着世界上第一个常温超导体走来走去，若无其事地上完一天的课。

2

据说埃扎图拉是马什哈德最富有的阿富汗人，从他那栋三层楼高的大理石豪宅看，他确实没有辜负这个名声。拉蒂法听说他在沙特阿拉伯赚了不少钱，在苏联占领时期，他曾在那儿给人民圣战者组织做代理。富裕的沙特妇女怀着虔诚之心日复一日地在他办公室里来来往往，把装满金条的袋子交给他，资助圣战——她们相信自己能买到跟殉道者一样前往天堂的通行证。埃扎图拉对来世并不关心，他将她们的捐款转入战争基金，但保留了一笔可观的佣金。

在豪宅的门口，拉蒂法的爷爷停下了脚步，“我答应过你母亲让你远离祸事。”

拉蒂法不知该如何回答。他的谨慎是出于爱与悲恸，但这是必须冒的风险。“法沙德那边已经开始准备了。”她提醒道，“如果我们现在退出，他会很难办。”

“确实。”

客厅里，埃扎图拉的小女儿雅斯敏端着茶，过来陪拉蒂法。两个男人出去谈生意了。为了打发时间，拉蒂法对看到的每一块地毯和每一件家具都想好了赞美之词，雅斯敏的回答声温柔且害羞，拉蒂法可以毫不费力地偷听隔壁的谈话。

“我的外甥在坎大哈拥有一家服装企业。”她的爷爷开始说道，“做一些定制和进出口生意。最近，他遇到一个新机会，能以非常公道的价格购买电缆。”

“精明之人通常都会发展多样的兴趣。”埃扎图拉赞许道。

“我们希望能在马什哈德销售这些电缆。”她的爷爷解释道，“如果我们在卡车上装上标记为衣服的纸箱——在最外面放几只衣服箱子作为掩饰，就可以在边境避免办理大量的手续。我的孙女可以开个小店来接收这些货物。”

“所以你在寻找合作伙伴，为这个项目提供资金？”

拉蒂法听到了纸的沙沙声，那是她提前备好的数据资料。

“你为什么要逼自己干这行呢，哈吉？”埃扎图拉刻薄地问道，“你在商界可毫无名声啊。”

“我已经七十岁了。”拉蒂法的爷爷回答，“在我死前，希望能看到我女儿的孩子们有人照顾。”

埃扎图拉思考了一会儿，“我得和在坎大哈的伙伴谈谈。”

“当然没问题。”

拉蒂法坐在回公寓的公共汽车上，想象着那些已经在边境来来回回的电话。埃扎图拉很快就会知道坎大哈所有新电气化项目的情况，这些项目会给已然不堪重负的电网再连上十几个社区——显然是希望通过微薄的廉价电力配给，让更多人起来对抗叛乱分子，不让他们再去炸毁向水力发电厂运送替换部件的车队。

国际捐助者已经同意为该项目提供资金，由于道路蜿蜒，勘探时预估的高架电缆长度实际可能偏长。虽然法沙德确实与承包商达成了协议，拿走了承包商手里多余的电缆，但他没有家庭背景，之前跟这个人也没有联系，所以是通过远高于市场价的价格来拿下的这笔交易。

拉蒂法并不指望这些细节能瞒过他们的合作伙伴，只是希望他在坎大哈的顾问能得出这样的结论：法沙德缺乏走私经验，低估了自己的成本。单单这一点并不会让这次合作成为糟糕的投资——从拉蒂法的方案看，即使参与这笔生意的其他人只能勉强收支平衡，埃扎图拉仍能获得可观的回报。

他们下了公共汽车，走在回家路上。“如果把真相告诉他……”上楼时，爷爷说道。

“如果告诉他，他会抢走的！”拉蒂法反驳道，话音在混凝土砖墙间回荡。她压低了声音，“他总有办法弄到配方，然后卖给某个有上千人的法务团队的公司，他们可以声称是自己发明的。在把它交给任何人之前，我们必须处于更有利的地位。否则，他们就会把我们生吞活剥。”在找到商业赞助人之前，专利律师有很多方法可以保护他们，但这样的保护需要花费数千欧元。要想自己筹到这么多钱，同时又不牺牲占有发明的份额，这并不容易，但却决定了他们能保留多少权利。

爷爷在一个平台上停下来喘气，“如果埃扎图拉发现我们骗了他——”

他的手机响了，是条短信。

“你需要再到他家去一趟。”他说道，“明天，放学后。”

拉蒂法的皮肤因恐惧而刺痛起来，“我？为什么？”埃扎图拉是想考查她对现代伊朗女性时尚零售业的了解程度吗？还是说，他已经发现了她的其他兴趣？

“大部分钱都会直接给法沙德，但我们这边也需要一些现金。”爷爷解释说，“埃扎图拉不希望我在他家里进进出出，但如果你和他的女儿交朋友，没有人会怀疑。”

拉蒂法要求电工七点来接通窑炉的电源，但八点还没人来，她赶上历史课的希望便破灭了。

第一个小时里，她用扫地来消磨时间。她在光滑的木地板上踱步，乐观地打量着自己的新领地。找到这家工厂真是太幸运了，这里最初是生产陶瓷餐具的。租户破产后，窑炉的主人就接手了，差点把遗留的瓷器当废品卖掉，但为了让爷爷签租约，他以极低的价格卖给了他们。地点并非完美无缺，但离商店不太近反倒是最好的。保持距离就不太可能有人在这两个地方都注意到她。

电工最终到达时，完全无视了拉蒂法，她忍住了用奇怪的问题去纠缠他们的冲动：如果你切开一条电缆，发现它的截面和平时不太一样，你会怎么做?

“给博思陶瓷公司送的货来了!”一个男人在门口喊道。

拉蒂法去看那是什么。快递员已经把一个跟她一样高的箱子卸到手推车上。她带他穿过工厂的车间。“能放在这里吗？谢谢。”

“车上还有两箱。”

她等电工离开后，才找了把刀，把纸板和泡沫塑料切开——怕他们认出这些设备，生出疑问。她插上其中一个绕线器，进行了一系列测试。机动手臂灵活地无实物演练着，动作快得看不清。

一台机器负责拆解，另外两台负责编织——每一公里的电缆进入工厂，就会有两公里的新电缆产出。新电缆的股数只有原电缆的一半，所以需要在内部进行填充，保持与原来相同的直径。缠绕在钢和铝之间的陶瓷颗粒不会形成连续的电路，但夹杂其中的超导体仍会降低电缆的整体电阻，在足够大的长度范围内分担电流，以补偿缺失的金属。

只要电缆能够使用，购买电缆的伊朗承包商就没有理由抱怨。他们会将差价收入囊中，而电网也不会因此受损。每个人都能分一杯羹，每个人都会高兴。

拉蒂法看了看表，她又错过了两节课。现在能做的，就是请一整天的假，谎称自己生病了。她需要寻找能使陶瓷粒成形的耐热模具，并再次让化学品供应商向她承诺，保证他们能提供她所需的数量，以维持窑炉日复一日、周复一周的运转。

“这件衣服有十六码的吗?”女人从更衣室里走出来问道。拉蒂法从她的作业中抬起头来。女人仍然戴着她在进店时没有屈尊摘下的超大墨镜，仿佛她是某个害怕被粉丝围攻的著名歌手。

“很抱歉，没有。”

“你能到仓库查一查吗？我挺喜欢这颜色，但这件有点太紧了。”

拉蒂法犹豫了一下，虽然确信这件衬衣在库存里没有她要的尺寸，但此时拒绝就太不礼貌了，“当然可以。请稍等。”

她花了半分钟在货架上翻找，确保她的搜索不会显得过于敷衍。快到六点了，她该关上店门，到工厂接爷爷的班。

当她回到柜台，那女人已经走了，还拿走了那件衬衣和门边架子上的两条长裤。拉蒂法感到一股怪异的热流在脸上升起。她最恼火的是自己如此轻信他人，虽然极度怨恨这种无耻的盗窃行为，但此刻还有其他问题需要担心。

她只能把这件事从脑海中抹去。她看了看自己尚未完成的关于两伊战争的论文。明天早上就要交了，她不得不在工厂里写完。

“这些商品是你店里的吗？”

一名警察站在门口，小偷就在他旁边。警察手里拿着的就是她偷走的衣服。

拉蒂法无法否认。这条裤子和挂在他旁边的裤子一模一样。

“是的，先生。”拉蒂法回答。他肯定看见那女人走了出来，着急忙慌地把东西塞进包里。她为什么就不能小心点儿呢？

“这位女士说她一定是把收据弄丢了。我是该帮忙去找，还是说没必要浪费时间？”

拉蒂法挣扎着选择正确的答案，“这要怪我，先生。这位女士一定以为我把收据和找零一起给她了……但她很着急，甚至不需要装袋……”

“这么说你还留着收据？”

拉蒂法无奈地指着柜台旁边的废纸篓，里面装满了她论文的草稿。“我不能离开店里去追她，所以把收据扔到那儿了。请原谅我，先生，我刚开始干这份工作。如果老板知道这事儿，会直接解雇我的。”

幸运的是，那个小偷还戴着她那副可笑的墨镜。拉蒂法不知道，如果她们不得不进行眼神交流，她将如何应对。

警察面露疑色：他相信自己的判断。拉蒂法做出快要哭的样子。

“好吧。”他说道，“每个人都会犯错。”他转向那个女人，“很抱歉我误会了。”

“没事。”她向拉蒂法点了点头，“祝您晚安。”

警察在门口徘徊、思索着，然后走到柜台前。

“让我看看你们的仓库。”

拉蒂法指了下仓库门，仍站在收银台旁边。她听着那个男人走来走去，在废弃的包装袋中窸窸窣窣地翻找，敲打着墙壁。他以为自己会找到什么？一个秘密隔间吗？

他从房间里走出来，面色凝重，似乎找不到任何罪证，只是加重了怨气，“身份证给我看一下。”

拉蒂法出示了身份证。她早就摆脱了自己的乡音。而且，她继承了足够多父亲的塔吉克族特征，所以经常被当作伊朗人。但现在她拿出了真实身份的证明。

“哈。”他哼了一声，“好吧。”他把身份证递了回去，“只要你举止得当，我们就能相安无事。”

他走出店门，拉蒂法终于松了口气。他为她不愿揭穿真相找到了合理的解释：那张卡片让她有权在政府的许可下留在这个国家，但她不是本国公民，所以只有疯了才不怕被小偷反咬。

拉蒂法把自行车从仓库里推了出来，关上店门。工厂离这里六公里，今晚的交通状况似乎很不好。

“我接到了埃扎图拉的电话。”拉蒂法的爷爷说道，“他想接管货物运输。”

拉蒂法继续冲洗超导体料斗上的碎片，“什么意思？”

“他还有个伙伴，一直负责边境上的货物运输。那人在赫拉特有个仓库。”

赫拉特距离边境只有一百公里，就在坎大哈到马什哈德的路上。“所以，他想让我们在卡车上给另一个人的货物腾出地方？”拉蒂法放下刷子。情况令人不安，但不见得是灭顶之灾。

“不是。”爷爷回答，“他要我们用那个人的卡车把电缆运过来。”

“为什么？”

“海关检查员要应付从德黑兰来的监督员。”爷爷解释说，“贿赂是解决不了问题的，而且用衣服给真正的货物打掩护太冒险了。那个人每周都会带几批废金属过来，对他来说，隐藏电缆不成问题。”

拉蒂法在绕线机旁的长椅上坐下。“但我们不能冒这个险！不能让他知道我们是怎么做的，不能让他知道我们运过来多少线轴！”埃扎图拉与他们的日常运作保持着距离，但经手改装电缆的黑市联系人与他有着长期的联系，拉蒂法确信每一笔交易都会通知他。他们卖出的电缆量是进口数量的两倍，如果通过瞒报销售额来掩盖这件事，无异于自讨苦吃。

“我们能把这活儿转移到坎大哈吗？”爷爷问道。

“也许最后一环可以，绕线的部分。”拉蒂法回答。只要他们能在到达赫拉特之前把电缆数量翻倍，埃扎图拉从线人那儿得到的数字就不会有出入。

“那窑炉呢？”

“不行，电力太不稳定了。如果中途停电，这批货就毁了——我们每天至少需要两批才能维持下去。”

“不能用发电机吗？”

拉蒂法没有足够的数据来回答这个问题，但她知道法沙德研究过使用发电机是否划算。她发短信问了几个问题，几分钟后收到回复。

“没戏。”她总结道，“每个窑炉的运转功率约为二十千瓦。靠柴油获取能源，我们能实现收支平衡就不错了。”

爷爷勉强地笑了一下，“也许我们最好把剩下的电线原封不动地卖出去？”

拉蒂法又做了一些计算，“那也行不通。法沙德买这些货付了很多钱。我们每卖一个线轴都会亏。”他们不但要承担租金，还得把钱投到线缆加工上，如果没办法把线缆数翻倍，就只能是入不敷出了。

“那我们还有什么办法呢？”

“可以继续在这儿制造超导体。”拉蒂法提议道。

“怎么运到坎大哈呢？”爷爷问道，“你觉得我们能瞒过埃扎图拉吗？也许一两次可以，但如果安排定期运输就不可能了。”

拉蒂法对此无法否认。“我们明早再谈这件事吧。”她说道，“你忙了一整天，现在应该睡一会儿了。”

在她的坚持下，爷爷回到了工厂的办公室，他们在那里放了床垫和毯子。拉蒂法站在料斗旁边。最后一批超导体现在应该已经冷却了，但是她太沮丧了，没去管它。如果把整个行动转移到坎大哈，他们能期望的最好结果就是勉强不欠下债务。她相信只要有必要，法沙德和其他表亲愿意无偿工作，甚至是做任何必要的事来让爷爷摆脱困境——但一想到要把这种负担强加给他们，她就感到羞愧。

磨磨蹭蹭对任何人都没有帮助。她戴上防热手套，从窑里取出模具，开始填装料斗。她曾计算过，如果伊朗的整个电网被替换成超导电网，传输中避免损失的电力将足以照亮整个阿富汗。但如果这只是空想，她其他的所有计划都将走向末路。

拉蒂法打开绕线机，看着线缆在线轴之间穿梭，每一股都包裹着料斗传过来的颗粒。运用超导体可创造出很多奇妙的事物，但这似乎是最简单、最安全，也最不引人注目的开发手段了。

眼下她所拥有的只有这些灰蒙蒙的珠子。如果想拯救这个见不得人的企业，她需要另想办法把这些东西转化为优势。

拉蒂法的爷爷光着脚从办公室跑出来，惊恐地瞪大了眼睛，“发生了什么事，你受伤没有？”

拉蒂法可以看到颗粒击中天花板留下的凹痕。“我没事。”她保证道，“对不起，我不是故意吵醒你的。”她环顾四周。窑炉和绕线机都未受影响，建筑上也没有泥瓦匠无法修复的损坏。

“你做了什么？我还以为是什么东西爆炸了……要不就是那些机器失控了。”他瞪着那些绕线机，仿佛它们会发起反抗，向主人投掷弹片。

拉蒂法关掉插座上的电源，走近实验装置的残骸。她在周围摆了几张侧翻的工作台，作为安全屏障。“我需要把防护做得更好。”她说道，“没想到这个磁场会这么快变得如此之强。”

爷爷盯着她用螺旋铜管拼凑成的破碎组件。以前的租户留下了各种垃圾，而拉蒂法不愿意丢弃任何可能有用的东西。

“这是一个储存装置，”她解释道，“用来存储电力。电流就在那儿一圈圈地转。如果你想要用电，就可以用里面的，和电池差不多。”

“我想说它和炸弹差不多。”

拉蒂法有些内疚，“我大意了。对不起。我当时迫不及待想看看能否让它完全发挥作用。电流会产生强大的磁场，这使整个装置压力增强——但只要安装得当，就会形成坚实的超导体线圈，而不是塞满颗粒的管道。而且我们可以把它埋在地下，就算它真的炸了，也不会伤到人。”

“这对我们有什么用？”爷爷不耐烦地问。他抬起右脚查看脚底，发现一块超导体碎片刺破了皮肤。

拉蒂法说道：“坎大哈的输电网络虽然并不可靠，但总比我们自己用发电机便宜得多。这样几个储电线圈应该足以保证我们在停电时维持窑炉运转。”

“你确定吗?”

拉蒂法犹豫了,“给我几天时间再做一些试验,然后就能确定。”

“你已经旷课多少天了?”

“这不重要。”

爷爷坐在地上,用一只手遮住眼睛,“学校已经不重要了吗?他们杀害了你的母亲,因为她教女孩们念书。他们杀害了你的父亲,因为他为她辩护。当你母亲越来越害怕,把你送到我这里时,我向她保证你会受到教育。这个国家虽不是天堂,但至少你待的学校是安全的。你之前做得很好。但是现在,我们在折腾不属于自己的钱,生活在对埃扎图拉的恐惧中,把东西炸翻,每天都在策划新的疯狂行为。”

拉蒂法走过去,把一只手放在他的肩膀上,“干完这些,就没什么能让我分心了。我们把工厂关掉,把小店关掉。学校和家庭作业会成为我的全部生活,我会坚持上学、写作业,一直到开斋节。”

爷爷抬头看着她,“还要多长时间?”

“也许几个星期。”线圈本身并不复杂,但需要多次研究和试验才能造出正确的充放电电路。

“然后呢?”他问道,“如果我们把这些东西——连同窑炉和其他所有东西——都送到坎大哈去,你认为法沙德能把它们全部组装起来,顺利接管吗?”

“也许不能吧。”拉蒂法承认道。法沙德给自己的房子装上了电线,他可以蒙着眼睛修理缝纫机。但这个活儿很棘手,她无法在电话里告诉他整个组装过程。

她说:“看来今年的开斋节对我来说要提早了。”

在赫拉特汽车站的洗手间里,拉蒂法将头巾和斗篷换成了坎大哈的罩袍和面纱。

她透过蓝色的纱布,盯着洗手间污迹斑斑的镜子里映出的无名人物。和父母住在喀布尔时她还很年幼，可以不遮头发和脸就去坎大哈。如果说和那时有什么不同的话，她觉得自己现在遮挡得还不够好。除了对所有新的秘密感到焦虑外，这将是她第一次回家时，没有阿米尔陪在身边——其实，那时是在离她十米远的男性车厢里陪着她。法沙德曾提出在赫拉特碰面，但拉蒂法劝他留在坎大哈。她不由自主地紧张起来，不过这并不代表她会被吓倒。

公共汽车出发时，时间还很早。拉蒂法与身边的女人聊了起来，这个人来赫拉特看病，要返回坎大哈。“我以前都是去奎达看病，”女人解释说，“但现在那儿太危险了。”

“那喀布尔呢？”拉蒂法问道。

“喀布尔？要等六个月才能预约上。”

赫拉特的医学专家大多是伊朗人，而喀布尔的大多是欧洲人。在坎大哈，能找到一个有真实医学学位的人就很走运了，很多江湖骗子会拿过期的药品骗钱。

“坎大哈应该建一所医学院。”拉蒂法提议道，“让百分之九十的学生都是女性，直到情况平衡为止。”

她的同伴紧张地笑了起来。

“我是认真的！”拉蒂法表示不满，“你难道不厌烦自己四处奔走，而别人在自己的城市就能就医吗？”

“姐妹，”那女人平静地说道，“你该闭嘴了。”

拉蒂法接受了建议，透过刮花的窗户往外看去。他们正穿越一片布满岩石的沙漠，这是一个土匪横行的地区。公共汽车上有一名武装警卫，这很必要。拉蒂法第一次上路时，阿米尔给她讲了旅行者夜间在这条路上被伏击的故事。一名骑摩托车的男子由于没带现金，一直被那些人折磨，直到他打电话让家人把钱存到行凶者的账户。

“这难道不能帮警察抓到强盗吗？”拉蒂法问过这个问题，她一如既往地很讲逻辑，但始终很天真。

阿米尔笑得前仰后合。

“当涉及警察时，”他最后解释道，“银行里的钱可能已经没了。”

法沙德在汽车站等待拉蒂法，率先发现了她——或者更确切地说，他发现了那条鲜亮的围巾，那是从自己小店出售的货品中挑选的，她说过要把它系在手提箱的把手上。

他吆喝起来，笑着走向她。“欢迎你，拉蒂法！一路可好？”他抓起手提箱，扛在肩上。它其实有轮子，但在拥挤的车站，脚边的任何行李都将成为障碍。

“挺好的。”她说道，“你看起来不错啊。”实际上，法沙德看上去很疲惫，但他的问候热情洋溢，拉蒂法不想显得不礼貌。

拉蒂法跟着他往车那边走去，一路上撞到很多人。她还没适应被人流遮住视野的感觉。

他们开车穿过这座城市，太阳已经落山了。拉蒂法努力睁大眼睛，看到剥落的广告海报、破旧的白墙建筑、成群穿着各式衣服的男人和零星几个穿着相似服装的女人。交警站在最繁忙的十字路口，吹着哨子。一切都没有改变。

走进房间后，她庆幸终于可以脱下罩袍，法沙德的五个还年幼的孩子向她冲来。拉蒂法跪在地上与孩子们亲吻，给他们分发糖果。法沙德的妻子索拉娅、他的母亲祖赫拉、大女儿、姐姐、姐夫和两个外甥在旁边迎接她。拉蒂法的疲惫感消失了，尽管已经在一定程度上习惯了孤独，但此刻，她感受到了强烈的归属感。

“我弟弟怎么样了？”祖赫拉问道。

“他很好。他特意向您问好。”

祖赫拉开始哭泣，法沙德搂住她。拉蒂法看着远方，她的爷爷在这里仍有太多敌人，无法返回此地。

拉蒂法洗完澡、换好衣服，然后重新回归大家庭。这时候，厨房里开始飘出令人眩晕的香味。她昨晚和今天一整天都没吃东西，她知道自己抵达这里后，会被喂到吃撑。索拉娅把她从厨房里赶了出来。让拉蒂法感到惊喜的是，法沙德改进了烟囱，柴火炉终于不再让房间里充满呛人刺眼的烟雾了。

他们在煤油灯下吃饭，每个人都关心地询问她在马什哈德的生活。新的制裁实施后，物价怎么样？邻居是什么样的人？在伊朗的阿富汗人过得怎样？拉蒂法很乐意回答这些问题，但当她看着身边那些好奇的面孔，便不断想起八岁的法蒂玛在接过糖果后，拽着她的袖子想要更多。就算她答了，他们还会提出更多的问题：学校是什么样的？你学了什么？

早上，法沙德向拉蒂法展示了他留出的工作间。她通过三种不同的货运方式将窑炉、绕线机和储电桶送到了这里。法沙德自己找到了超导体材料的来源：一家通过巴基斯坦引进普通工业化学品的公司。其中一些货物的消息可能已经传到了埃扎图拉那里，但拉蒂法希望不会引起怀疑。如果法沙德决定涉足陶器行业，也算不上背叛。

房间连通小院，法沙德已经把铺路的石头搬走了，露出一片光秃秃的地面。“很完美。”拉蒂法说，“我们可以沿墙铺设一些电缆，然后在这里埋下储电桶。”

法沙德检查了她为此改造的半截潜水气瓶。“这真会爆炸吗？”他的疑惑显然盖过了担忧。

“希望不会。”拉蒂法答道，“有一个切断开关，如果磁场变得太强，就可以切断充电器。我想象不出开关被卡住的情况——整个东西爆炸的威力十分惊人，一点儿沙砾和泥土是无法抑制的。不过，只要你掌握好充电时间，应该就没问题。”

他们花了几个小时挖洞，为储电系统布线。凌晨时分，电源接通，他们在用半米厚的土壤覆盖住储电桶之前，进行了完整的测试。

拉蒂法打开充电器，等了十分钟，然后把一盏灯插入这个新电源。它发出的光比连接到电网时更稳定、更明亮，就是说，来自储电桶的电压更稳定。

法沙德笑了笑，有些不大相信。圆桶内最大的部件看起来不过是一个电热水器的元件，拉蒂法在海关文件中就是这样描述这些陶瓷螺管的。

“如果每个人都有这些设备……”他兴致勃勃地说起来，但随后就停了下来，仔细思考，“如果每个人都有这些设备，每个家庭都会吸取更多的电力，来为储电桶充电，以便停电时使用。电力公司就只能缩减每个家庭的电力配给，让配给期变得更短。”

“确实如此。”拉蒂法表示赞同，“这就是为什么把储电桶与太阳能电池板一起出售会更好的原因。”

“那在冬天呢？”法沙德问道。

拉蒂法哼了一声，“你指望我做什么？变魔法？政府得修复水电站。”

法沙德无奈地摇了摇头，“那些不断轰炸它的人是不会罢休的。除非他们得到了想要的一切。”

拉蒂法感到疲惫，但她必须完成已经开始的工作。“我给你演示如何操作窑炉和绕线机。”她说。

拉蒂法和法沙德花了三天时间才确定新工厂的流程。如果他们在启动窑炉前等待储电桶充满电，那就能保证这批产品完好产出——但如果他们冒险提前开始，就能更好地利用时间，毕竟电力虽不稳定，但通常每天都会可靠运行几个小时。

法沙德把他的大外甥纳吉布找来，他将负责一半的轮班工作。拉蒂法没有参加这些培训。纳吉布总是对她彬彬有礼，但她知道他并不愿意让一个比自己小三岁的女人教自己。

拉蒂法被晾在一边，和法蒂玛一起打发时间。虽然让法蒂玛上学太危险，但法沙德已经教了她读书写字，正试着找人过来辅导她。拉蒂法坐在法蒂玛身边，她正自豪地念着《普什图民间故事汇编》中的单词，并在拉蒂法的笔记本后面练习书法。“这些是什么？”法蒂玛翻阅着写满运算的纸页。

“代数。”拉蒂法回答，“等你长大就会懂了。”

有一天，她俩在院子里玩遥控车，是拉蒂法从马什哈德带来的礼物，让孩子们一起分享。停电的时候，其他小孩儿一直在看的电视陷入了沉寂，法蒂玛惊讶地看向工厂。她听到绕线机仍在旋转。“那是怎么工作的？”她问拉蒂法。

“我们这些遥控车也能运转，不是吗？”拉蒂法发动了引擎。

法蒂玛不愿被糊弄过去，“遥控车用的是电池。但你不能用电池运行任何大东西。”她说得很笃定，小小的年纪，却似乎能老练地处理日常的停电问题。

“说不定我从伊朗带了些更大的电池呢。”

“让我看看。”法蒂玛恳求道。

拉蒂法张开嘴想解释，她的脑子里已经在摸索一些简单的比喻，可以用这些比喻来展示储电桶的工作原理。但是……她真想让这个故事传遍整个社区吗？我们有个从伊朗来的亲戚，把巨大的电池埋在地下。

“我在开玩笑呢。”拉蒂法说道。

法蒂玛皱起了眉头，“但是，为什么……”

拉蒂法耸了耸肩。无法看动画片的孩子们正朝她们走来，要求加入游戏。

汽车站很闷。拉蒂法本想临别时拥抱几下就坐下来，但亲人们不喜欢安静地告别。

“我会在开斋节回来的，”她承诺道，“和阿米尔一起。”

“那还有好几个月呢！”索拉娅抽泣着。

“我每个星期都会打电话的。”

“你现在当然这么说了。”祖赫拉这话并非指责，而是不舍。

“我又不是不回来了！还会再来看你们的！”拉蒂法自己也哭了起来。她蹲下来想亲一亲法蒂玛，但小姑娘把脸扭开了。

“下次我应该从马什哈德给你带什么呢？”拉蒂法问道。

法蒂玛思考了片刻，“真相。”

拉蒂法说道：“我会尽力试试。”

3

“我尽了最大努力为你辩护。”达内什瓦尔女士对拉蒂法说，“我告诉校长，开除你真的太浪费你的才能了。但你的出勤记录，没上交的作业……”她难过地摊开双手，“我没法动摇他们。”

“我会没事的。”拉蒂法向她保证。她抬头看了眼挂着化学实验室钥匙的钉子，“我很感激你为我所做的一切”。

“那你现在怎么办？”

拉蒂法把手伸进背包，拿出法沙德寄给她的一个小陶瓷罐。在最后一卷电缆离开坎大哈后不久，有两个人代表埃扎图拉前来打探消息——也许他们有些困惑，因为法沙德似乎并没被上次并不理想的交易击垮。他成功地把绕线机藏了起来，但不得不在短时间内为窑炉想了个借口。

“我打算在集市上卖些小玩意儿。”拉蒂法说道，“这样的。”她把罐子放在桌子上，做出要打开的样子。她把盖子旋转了四分之一圈，盖子就弹到空中——只有三根紧绷的棉线阻止它在某种神秘排斥力的推动下飞走。

达内什瓦尔女士厌恶地盯着这件无用的俗气玩意儿。

“就卖一阵子！”拉蒂法补充道，“直到我的其他计划付诸实现。”

“噢，拉蒂法。”

“你可以仔细看看。”拉蒂法鼓励道，“这里面藏了一个谜，我觉得你会喜欢的。”

“是有几块磁铁吧。”达内什瓦尔女士答道，“就像互斥的磁极。你曾是我最聪明的学生……现在这种东西就能让你着迷了？”她把罐子翻过来，“阿富汗制造。专利申请中。”她淡淡地笑了笑，但随后想了想，觉得还是别嘲弄这个想法了。

拉蒂法说道：“你给了我很多帮助。并没有白费。”她站起来，和这位曾经的老师握了握手，“祝您一切顺利。”

达内什瓦尔女士站起身来，亲吻了拉蒂法的脸颊，“我知道你是个机智的人，知道你会有所发现的。你应该不止于此。”

拉蒂法准备离开，但停了下来，转过身。专利申请已经提交，细节也已经公布。她不必再保守这个秘密了。

“剪掉一条线，这样就可以把盖子翻过来了。”她暗示道。

达内什瓦尔女士困惑了，“为什么？”

拉蒂法笑了笑，“这个实验花不了多少时间，但我向你保证，是值得的。”

《零分表现》，首次发表于《十二个明天》，

史蒂芬·卡斯编，美国《麻省理工学院技术评论》杂志小说特别版，2013年9月。

注：本篇英文标题“Zero for Conduct”一语双关，既指主人公在学业上表现很差，又暗示了文中电阻为零的常温超导体。

比特玩家

The Best of Greg Egan

陈　阳 译

NPC 也有自己的尊严。

Awards

所获荣誉

2020 年 提名日本星云赏最佳翻译类短篇小说

1

右小腿痛苦的抽搐把她从睡梦中唤醒，周围持续的亮光又让她无法再继续睡去。她睁开眼睛，仰望着阳光照耀下的岩石。头顶上那片粗糙的弧形灰色石头似乎并不眼熟——但她又指望在那儿看到些什么呢？她也没有答案。

她正躺在某种席子上，却依然能感觉到席子下坚硬的石头。她移动视线，把周围的环境看得更清楚了些。她在一个山洞里，离入口足有十或十二英尺[1]。这么远的距离，视野里除了一方澄澈的蓝天外，看不到外面世界的其他地方。她站起身，开始向洞口走去，阳光出人意料地从下面照射到脸上。她抬起一只手遮住眼睛。

“小心。”一个女人的声音叮嘱她，“你已经恢复得很好了，但情况可能还不稳定。”

“好的。”她回头朝山洞后面瞥了一眼，想在阴影中看清那女人的脸，但她没有停下脚步。每走一步，阳光就照亮她身上更多的地方，透过那肮脏的外衣温暖着她的胸部和腹部，从下摆一直照到裸露的膝盖上。这样的过程似乎在暗示：地面是倾斜的——山洞就像一杆步枪筒，对准了初生朝阳之上的天空——但平衡感让她坚信自己正在穿过一片平地。

她跪在洞口弯下腰，微微颤抖着向外望去。她面朝下，身体几乎是水平的。但洞外是光秃秃的灰色岩石，让她看起来仿佛正站在一个垂直于地面的洞里，胆怯地将头探出地面。那块岩石在她的身下呈陡坡状一直延伸到视线远方，然后消失在微微发光的薄雾中。当她抬起

---

1. 1英尺=0.305米

头，眼前所见的这半边天空中，太阳在正下方的“地平线”和蓝色穹顶水平方向上的中点之间——而在一个正常的世界里，太阳本应该位于天顶。

她退回山洞里，但又控制不住自己：她必须再多看看才能确定。她仰面躺下，慢慢向前移动，直到山洞的顶部不再阻挡视线。她抬头打量着上方那参差不齐的岩壁，看着它像下面的岩石那样，绵延到那头的“地平线”后，便逐渐模糊不见了。一阵干冷的风扑打着她的脸。

“为什么所有东西都是倾斜的？”她问道。

这时候，她听到凉鞋击打石头的声音，那女人抓住她的脚踝，把她从边缘拉了回来，“你想再摔一次吗？”

“不想。”她等待着自己的垂直感官停止倾斜，然后爬起来，正对着这位粗暴的同伴，“但是说真的，是谁移动了天空？”

“你以为它会在什么地方？”女人缓缓问道。

“呃……”她指了指洞顶。

女人皱起了眉头，“你叫什么名字？哪个村子来的？”

她的名字？她思索着，但什么也没有想起来。在她能回想起真正的名字之前，需要找个代号。“我叫萨格里达。”她决定了，“我不记得自己从哪儿来。”

“我叫格瑟。”女人答道。

萨格里达回头看了看，却又被初升的太阳晃晕了眼。“你能告诉我这个世界发生了什么吗？”她恳求道。

“你是说，你已经忘记了大灾难？”格瑟怀疑地问。

“什么灾难？”

“重力的方向转到了一侧，不再把我们拉向地心，而是往东边拉。”

萨格里达说：“如果遭遇这事儿，我肯定会记得的。”

“你一定是摔得不轻。”格瑟如此判断，“我照顾你一天了，但在此之前，你可能已经在岩壁上吹了一阵子冷风。”

“那我真的要谢谢你。”萨格里达说道。格瑟没有白发，脸上却布满了皱纹。无论她什么年龄，生活一定很不易。她穿着一件和萨格里达一样的粗线短袍，凉鞋看起来像是用兽皮手工制作的。萨格里达低头看了看自己的身体。她的手臂上有擦伤，但伤口已经清洗过了。

“如果你真不知道自己从哪儿来，我们就得在村子里给你找个地方。”格瑟郑重地说。

萨格里达一言不发地站着。她一方面因为这个慷慨的提议而感到谦卑，另一方面又犹豫不决——仿佛自己是被迫加入他们的群体。她感到脚下的石头冷冰冰的。

“是什么在阻止我们？”她问道。

“什么意思？”

“如果全世界的重力都指向东方……”萨格里达指着地面，“那是什么阻止了这块石头向东移动呢？”

“它下面的岩石。”格瑟面无表情地回答。

“哈！”萨格里达等着这个女人露出笑容，承认自己是在开玩笑，“我可能是在上次滑坡的时候摔了一跤，但我不是五岁的小孩儿。如果支撑我们脚下岩石的就只有它下方的岩石，而全世界所有的岩石都是靠自己下方的岩石所支撑的……那么，实际上就没有任何东西在支撑这些岩石。你还不如告诉我，轮子之所以不能转动，是因为它的每个部分都阻碍了旁边的部分。”

“我指的是靠近地球中心的那块岩石。”格瑟解释道，“我们认为重力的改变并没有延伸到那么远。只要你进到足够深的地方，重力就会恢复正常。毕竟，在离地面很远的地方，月球仍然以之前的方式绕着我们转。”

萨格里达审视着洞穴的石壁，“所以这块石头被它自身的重量拉向东边，但你说，因为它与没有被拉向东边的更深处的岩石是一体的……所以地面不会从我们脚下塌掉？”她觉得周围的灰色矿物像是花岗岩，但不管它是什么，看起来都很坚硬牢固，而且很重。

“这还是说不通。”她分析道，“大灾难之前，你在悬崖上见过的最长的突起有多长？”

“我对那个时代一无所知。”格瑟坚持道。

萨格里达虽然没有清晰的记忆，但仍然可以想象出各种形状的岩石结构，判断它们是合理的还是荒谬的，“我不知道有没有什么超过三四十英尺的突起，即使有，也可能有一部分是被什么天然的石拱支撑着的——你不可能看到像木板那样伸出来的四十英尺长的岩石！假如这种重力的改变覆盖了地球表面某一高度范围内的大部分地区，那么它一定对数千英尺长的石板施加了向东的力；假如范围并没那么大，那我们为什么要待在这里，而不是在那些重力正常的低地或高地过正常的生活呢？如果一块巨石只是在一端与更深处的岩体相连接，除此之外，没有其他东西能阻止它在自身重量的作用下向东移动，那么它就会被撕裂。相邻的石板其实起不了什么作用：它们要承受自己的重量，支撑不了其他任何东西。所以，在重力发生改变的地方，一切都应该已经是一堆碎石了：无尽的巨石滑坡，越来越快地翻滚着。”

格瑟张开双臂，“可看起来并没有。”

萨格里达揉了揉太阳穴。“是的，并没有。”她承认道。也许她只是对岩石的强度有所误解。不管有没有失忆，她相当肯定自己从来不是什么专业的地质学家。

“如果岩石没有倒，那沙子呢？”她想知道，“还有海洋呢？应该会有一个水源形成了各种瀑布，围绕着地球流淌——每转一圈，速度都会变快！”

“也许有吧。”格瑟让步了，“谁知道在遥远的地方会发现什么奇迹呢？我可说不好。我从未离开过这个村子。”

“那么空气呢？”萨格里达向洞口靠近，“有一股强风一直向东吹，但为什么风速没有变快？”

“因为摩擦力？”格瑟提议道。

这让萨格里达犹豫了一下。她知道石头在空中坠落时不会永远都在加速：最终它受到的阻力会与重力不相上下，它会以某种恒定速度下落。所以，也许吹过地球表面的那股空气也会达到类似的状态。

但摩擦力到底是什么？摩擦力导致的结果就是产生热量。因此，如果摩擦使空气失去了从垂直下落到现在为止所能获得的所有速度，那么风就应该像是从火炉里吹出来的一样热，地面的温度就应该和航天舱返回地球时的温度一样高。

“还有一个问题我没弄明白。”萨格里达说道，“能量守恒定律发生了什么？”

格瑟皱起了眉头，“守恒？”

萨格里达不知道这女人是不是在开玩笑，但不管格瑟是否熟悉这个词，她肯定对这个概念多少有些了解，“假设我从离地面足够远的地方扔一块石头，让它能畅通无阻地环绕地球一圈。如果它不会因为摩擦而烧尽，就会回到我扔出它的地方，而且速度比子弹都快。我可以提取它的能量，然后让它继续前行，一遍又一遍，想重复多少次都行。”

“那就祝你好运吧。”格瑟嘲笑道。

“我很惊讶还没人这样做过。”萨格里达环视着这个光秃秃的洞穴，“我猜这地方还没连入能量网吧？”但这方案的可行性并不是重点：让她困扰的是，为什么在理论上确实可以做到。“也许地球起到了某种平衡能量的作用？”她若有所思地说道，“随着岩石的旋转速度越来越快，地球的旋转速度可能会变得越来越慢？”如果对每一个力来说，都有一个大小相等、方向相反的力，那么使岩石向东的引力也许就与使地球向西的力相互抵消了，“是这样吗？”

格瑟没有发表意见。萨格里达继续说道:“为什么不测试一下这些定律，看看可能出现什么结果?”

她在地上找了几块大小不一的鹅卵石，然后把它们拿到刚才与格瑟一起站过的位置，放在地上。她用拇指轻轻拨动最大的那块，让它撞向最小的那块，在山洞里滑过。

“小石块一开始是静止的，然后它获得了大石块给它的满足守恒定律的一定量的能量。对吗?”除了声音和摩擦造成的能量损失外，还有什么能决定鹅卵石的最终速度呢?

格瑟没有反驳她，所以萨格里达继续说道:“现在我们来看看，当我击中一个更重的目标时会发生什么。”她把同样的大石子弹向第二个质量更大的目标，那块石头滑走了——但明显比之前的慢。

这些都没有让萨格里达感到惊讶。而且仔细想想，鉴于她还活着，这些寻常的结果似乎是必然的——她体内每个细胞的生化机制都依赖着自生命开始之前，就遵循的分子碰撞规则。一夜之间改变它们将是致命的。

格瑟问道:“你觉得这说明了什么?”

“较小的鹅卵石开始时一动不动,”萨格里达回答,“然后它从另一个更大的石块中获取一些能量，最后以一定的速度运动起来。而第二次受到撞击的鹅卵石的运动速度比第一个要慢，唯一的原因是:第二块鹅卵石更重——其他一切都一样。”

“所以?……”

“如果我把这两块鹅卵石丢出去，忽略空气阻力，就这样转上一圈……它们会一直并排落下，以相同的速度回来。这意味着，你不能通过从地球的运动中抽取能量来平衡它们获得的能量!为了使变化合理，较重的鹅卵石需要比较轻的鹅卵石运动得更慢——这都由动量守恒定律决定，就像两块鹅卵石碰撞后各自的速度那样。”

“你怎么就能肯定它不会落得更慢呢?”格瑟问道。

“啊，拜托！你觉得如果我用绳子把两块石头绑在一起，会奇迹般地改变它们下落的速度吗？如果我一直拖着一块大石头，你觉得我跌落的速度会变慢吗？”

“哼……”格瑟对这些荒谬的假设不以为然，但她似乎仍然不明白否认它们意味着什么。

萨格里达陷入沉默，脑海里一遍遍地回想着灾后世界里那些愈发可疑的定律。“绕圈坠落的整个想法就是有问题的。”她说道，“比永动机的问题更基本。我说不上来……不过再给我点儿时间，一定会想起来的。”月球本来就是在绕着地球转圈，所以问题不在于轨道的形状，而在于月球的运动状态不是从静止开始，绕着地球加速下落。

“你为什么一直否认自己的感觉呢？”格瑟烦躁地问道，“你讲了那么多，但这个山洞的地面并没有塌下来！你为什么不能就这样算了呢？”

“爱因斯坦，”萨格里达回忆道，“他曾经说过：‘当你处于一个下落的电梯里，就相当于是在太空里飘浮。’因为处于自由落体状态时，你是失重的，无法真正感受到重力的影响——如果从宏观上考虑。当你观察身边坠落的东西时——在短时间内，观察能追踪到的附近的东西——在你看来，它们是以恒定的速度做直线运动的，这就是事物在没有重力的情况下的运动方式。”

格瑟没有问爱因斯坦是谁。即使对一个后末世的农民来说，有些无知的说法也是很容易被识破的。

萨格里达继续道，“假设我从这个洞口掉出去，一直向东转了一圈。如果你在我之前从更西边的某个地方掉了出去，你到达我的起点时，我刚开始移动，而你已经有时间积累足够的速度来超过我了。不过，会发生这种情况吗——你会直接从我身边超过我吗？”

“当然了。”格瑟不太高兴，但萨格里达的论证只不过是依赖于这个女人自己对重力改变的说法。重力在一个圆圈里将你拉向东边。从静止状态开始，你会随着时间的推移运动得越来越快。

“那就和我一起走一圈，然后超过我。”萨格里达向她发起挑战。

“有这个必要吗？”格瑟闷闷不乐地问道。

“求你了。”

萨格里达从洞口往回退了一些。格瑟很不情愿地加入她的行列，开始逆时针走了个弧线。当她从后面接近萨格里达时，步伐越来越轻快。萨格里达等了一两秒钟才开始起步——太晚了，没能阻止格瑟从她身边经过后继续绕圈。

萨格里达得意地拍了拍手，“你是在我身后从左边来的……然后又从我前面离开，仍然在我的左边！如果你从我身边掉下去，就会变成这样！但爱因斯坦认为，近距离而言，每一个下落的物体似乎都是直线运动的。直线不会从你的左边过来，然后又从你的左边离开。如果我们在坠落时相遇了，路径就应该相交！你不可能从左边靠过来，然后又从左边撤离！”

“如果圆圈再大一些，”格瑟反驳道，“你甚至都不会知道我在你的左边！你会以为我是直接从后面过来的。”

萨格里达思索着，“如果你认为任何足够平缓的曲线看起来都是直的，那么爱因斯坦的观点就没有意义了。如果连万有引力都不能告诉你任何有用的信息，那他又何必大费周章地去做研究呢？”她想了一会儿，“如果两颗卫星在同一轨道上，但朝着相反的方向运动，那么它们肯定会迎头相撞。这就是我们类比事物时应该遵循的逻辑准则，在这种情况下，你就不会再哼哼唧唧地说轨道足够大就可以躲开。”

萨格里达准备模仿碰撞的动作，希望以此证明两者间的差异，但格瑟改变了策略。“你不知道重力改变的过程中发生了多少变化。”她说道。

“没太大的变化，因为我身体的原子并没有爆炸。”

“弦理论！”格瑟拼命地抛出各种理论，“额外维度！零点能！”

“我不这么认为。”萨格里达不记得自己研究过这些东西，但她非常确信这些都是建立在早期科学基础上的尝试，并没有随意背离科学。自由落体在任何几何体系中都应该有相同的基本属性。无论谁试图幻想出什么疯狂扭曲的多维时空，妄想让坠落的物体绕圈加速，都注定会走向失败。

“所以这是耍了什么花招？”萨格里达平淡地问道。她大步走向山洞的入口，“那里放了一面镜子吗？”

“没有。”

萨格里达走过去，站在洞穴安全地带的边缘，阳光向上斜照着她的下巴。她的脚趾顶在岩石突出的部分，似乎就要落入下面那巨大的深渊中。

“如果你摔下去，”格瑟警告道，“就真的会掉出去。”

萨格里达无法理解这种幻觉是如何天衣无缝地制造出来的。她脚下应该有一面镜子，倾斜四十五度，可以将她向下的视线转到水平线上。但是在她面前还需要另一面镜子，倾斜着朝向天空，挡住她直视前方的视野，同时又不遮挡反射的那一面。当她望向一侧，看到的同样是很多寸草不生的岩石伸向地平线……

“我必须这么做。”她说着，把右脚的前端伸出了悬崖边缘。但她的身体并不情愿，开始紧急撤退，“或者我应该先扔几块石头，打碎几面镜子。”

“没有镜子。”格瑟疲惫地解释道，“全都是数码的。”

“数码？”萨格里达看着她，为她的坦白感到兴奋，“你是说投影？像IMAX？”

“更像是虚拟现实吧。”

萨格里达摸了摸自己的脸，“但我没有戴VR眼镜。如果戴着VR眼镜，我肯定会知道啊。”

“在VR眼镜技术的基础上又取得了很多新进展。”格瑟回答。

“什么进展？隐形眼镜吗？”萨格里达用手指戳了戳眼角，探寻这把戏的真面目。格瑟走上前抓住她的肩膀，把她从洞口拉了回来。

“到底有什么进展？”萨格里达问道，“我的脑袋里有电线吗？有芯片吗？是什么在给我灌输这些垃圾信息？”

“这种进展已经发生在所有事物上。”格瑟说道，“你没有眼睛，没有大脑，没有身体。全都是数码的：你，我，以及我们周围的一切。”

无论萨格里达的那双腿是不是数码的，她确实感觉它变得越来越虚弱了。“我为什么要相信你？”她怨恨地问道，“如果这是真的，那你之前为什么对我撒谎？”

“为了让你的日子好过些。”格瑟悲伤地说道，“我知道希望不大，但面对每一个新来的人，我们都尽力了。”

“尽力让他们相信这是真实的世界吗？”

“是的。”

萨格里达笑了，“这为什么会让我的日子好过些？”

“这是一个游戏世界。”格瑟回答，“但我们不是付费用户，只是风景里的一部分。我们的工作就是表现得好像自己一辈子都生活在这里，除此之外什么都不知道，只要将这些把戏都当真就好。任何一个聪明的十岁小孩都能在五分钟内看穿这个世界，但如果我们在用户面前打破形象，让他们知道我们其实很清楚这只是一场闹剧，那就完了。”

“怎么就完了？”萨格里达问道。

“那个时候，你就会被删除。”

2

名叫“猫头鹰之家”的这座“村子”是一个小型的洞穴网络，与萨格里达醒来时所在的洞穴相连。格瑟领着她穿过一条黑暗的通道，来到一个有阳光的凹室里，一场欢迎会正在那儿等着她：有六个人、一条毯子，上面摆着少许食物。

“她是救世主吗？”一个年轻人问格瑟。

“不，马西斯。”

萨格里达皱起了眉头，“救世主？”

“神圣的愚人，具有相信这一切都是真实存在的能力。”马西斯回答，“很久以前，就有预言说会有一个陌生人来教我们如何自我蒙蔽。”

“我花了好一阵子才让自己摆脱蒙蔽。”萨格里达很坦诚。

“你表现得很出色。”格瑟安慰她，“有些人花了一整天时间，他们刚来时完全懵了。”

格瑟为她一一介绍。“萨格里达，这是马西斯、塞西斯和杰西斯。”她轮流指着三个披头散发的男人说道。那几位女士似乎在外表上多花了些心思，但名字取得很随意，“这是西舍、吉舍、提舍。”

“真的吗？”萨格里达皱起眉头，“那还有皮舍和托舍吗？”

“你得接受这种把戏。”马西斯严厉地说道，“别再想着自己在用户面前还是‘萨格里达’。”

“我就不能做个……口音更古典的外国人吗？”萨格里达恳求着。

“你想试试看吗？”西舍凶巴巴地应道。

萨格里达饿坏了。在格瑟的邀请下，她盘腿坐在毯子边，试吃了一块奶酪。口感很奇怪，但还不算太坏。“所以，我们在整个过程中都必须演戏吗？给一头虚拟的牛挤奶……”

“是山羊。”提舍纠正道，“你闻不出来吗？”

萨格里达四处寻找动物的痕迹，但目光却被墙上的一个日晷似的东西吸引住了：岩石的缝隙中钉着一个木桩，旁边精细地刻着一系列曲线来表示影子所在的位置。她还没敢问他们在这里待了多久，但这些曲线看起来像是至少经历了两年的四季轮回才逐渐形成和完善的。

“所以大灾难是谁的主意?”她问道。就仿佛是有人试图创造一个奇异的新世界，但对真实世界的运作方式知之甚少，所以能想出的只是一个糅合了各种构想和矛盾的大杂烩。

“当用户成群结队地来到这里时，”马蒂斯说道,“我们有时会听到他们讨论这个游戏的世界观。人们似乎一致认为，这个世界是基于一本名叫《东方》的晦涩的低俗小说，作者是一个叫威廉·图什的人。”

萨格里达无力地笑了笑,“为什么？为什么会有人费尽心思把这样一本书带到现实中来?”

“不会有人这样做，除非轻而易举。”格瑟回答，“跟我们熟悉的时代相比，计算成本肯定已经下降了好几个数量级，而且大部分步骤肯定已经自动化了。不再需要像《指环王》那样规模的工作人员和预算。更有可能的是，有人通过某种‘世界建造者’应用程序来运行电子书，然后雇用一些数字工人来打磨细节。可能有数以百万计的其他世界都是以同样的方式创造的。我无法证明，但这是有道理的：否则他们为什么要做这么蹩脚的东西呢？有什么东西是你在YouTube上找不到的呢？哪怕世界上只剩下最后一个治疗秃顶的俗气广告，在那里都能找得到。只要成本微不足道，能从中赚取几分钱，就会有人不断往料斗里倒垃圾，然后开始压榨。”

萨格里达在这个可怕的景象中挣扎着。“数以百万计的世界……都有像我们这样的人？我宁愿选择《傲慢与偏见》。”她注意到了自己这句话,“所以我他妈的到底是谁啊？我居然听说过这本书。我连自己母亲的脸都不记得了，怎么还能记得它?”

马西斯说道：“在私下里，玩家称我们为‘合成人’。”

“意思是计算机合成出来的人?”萨格里达猜测道。

马西斯摊开双手，“也许吧……如果我们是全新制造出来的人工智能，为什么会具备这么多关于现实世界的知识？更何况，这些知识只会让我们更难认同在这里的身份。”

“这取决于制造方法。”提舍说道，她是那几个女人中相貌最老的，虽然不知道这代表着什么，“如果有一种商品级的人工智能，非常便宜就能买到——或者还有盗版——它的标准模型可能就会带有符合现实世界应用的知识。任何与标准基线偏离的特征都是昂贵的，没有人愿意为这个游戏世界所需的愚蠢定制来掏钱。所以他们直接把我们扔在这里，希望我们自己能适应。”

“这种方法的缺陷，”马西斯接着说道，“在于分割日期。”他转向萨格里达，“你能回忆起最近发生的国际事件吗？”

“我不知道。”

“9·11事件？”他提示道。

“记得。”

“巴拉克·奥巴马？”

“是的。美国总统。”

“奥巴马之后是谁？”

萨格里达摇了摇头，“我不知道。”

“史上票房最高的电影是什么？”

“《泰坦尼克号》吗？”她猜道。

“有人说是《阿凡达》。”马西斯笑了，“这与我的猜想相悖，因为我知道电影情节，听起来很差劲。它是赚了很多钱，但这并不意味着我的捐赠者一定喜欢它。”

“‘捐赠者’？”

马西斯向她凑了过来，口气臭得令人服气，“假设在二十一世纪早期，有几万人为一些医学研究贡献了他们的大脑图谱。当时分辨率还不够高，不足以在软件中把这些人作为个体重现，但到了某个时候，人们可以利用这些数据来构建合成体。每个捐赠者都有相同的基本神经结构，但他们的其他共同点也可以呈现出来：比如大多数人都说英语，大多数人都听说过猫王和爱因斯坦……他们都具备一定的基础知识和常识。”

此刻，萨格里达感觉自己比之前把头探出洞穴时更加困惑了，“如果都是由同样的数据构成，为什么我们不一样呢？就算他们把不同性别分开处理，为什么我的思想和格瑟的不一样？”

“加权平均数。”马西斯答道，“为了制造不同的合成人，他们选取不同的捐赠者时会各有侧重。那些原始的个性是无法恢复的，但每一种混搭里都有无限的可能性。”

“这些‘捐赠者’都同意这个计划吗？”萨格里达心不在焉地拽了拽肮脏的野餐毯边缘，“好吧，可以，就这样随心所欲地在大堆垃圾VR游戏中复活我的思想碎片吧。”

“也许他们是在死后捐献大脑的。”马西斯说道，“也许所有数据最后都进入了公有领域，等到合成人技术出现时，已经没有办法再把它们收回了。我的意思是，如果我们是没有人类祖先的人工智能，我可以理解为什么创造者决定不让我们了解自身的本质——但我不能理解的是，为什么要省略这么多关于当代世界的东西？比如战争、世界领袖还有其他新技术？这种与现实分割的唯一解释只能是我们所有的知识都是几十年前获得的，而把我们带到这个世界上的人没有能力去修改——除非在这样的虚拟环境中唤醒我们，让我们自己以寻常的方式去学习。如果我们沉浸在一部可信的虚构作品中，可能就会屈服于它，逐渐放弃自以为知道的东西，因为没有任何事物能让那些认知变得更合理。也许这就是发生在一些合成人身上的事情：也许他们足够幸运，拥有了可以相信的世界。但在这个世界里，我们所能做的就是假装相信，并尽量让用户满意。”

萨格里达已经失去了胃口。她站起身来，准备离开欢迎会，“那废除奴隶运动呢？”

格瑟说道："第一次废除用了多少个世纪？不管我们是什么，都是再普通不过的芸芸众生，太容易被忽视了，不可能轻而易举地获得解放。如果计算机已经与人对话了五十年——变得越来越接近自然——那么现在一半的世界可能已经决定，无论我们说什么、做什么，我们享有的基本人权都不比他们卫星导航仪里的语音多。"

萨格里达俯下身去探查她右膝上破损的皮肤，"如果灰姑娘哀求从她的故事书中逃脱，任谁看了都会感到毛骨悚然。但如果我们不理会那些胡说八道的东西，坚持我们的本性……"

塞西斯抽了抽鼻子，咀嚼着地毯上的食物。他没有参与对话，一直吃得津津有味，直到萨格里达提出那个天真的问题。"坚持你的本性是最快的解脱方法。和用户说话，让他明白你知道外面有一个更广阔的世界。"他举起一只油腻腻的手，比了个手枪指着自己的太阳穴。

3

"我叫约翰希斯。我不想伤害你。如果你能收留我一个晚上，我可以给你换些金属。"月光中，这个男人的脑袋映入眼帘。他挣扎着用前臂抓稳洞穴的地面，萨格里达回想起那些滑稽喜剧，在很多场景里，主角们总是从公寓的窗户爬进爬出的。

她朝吉舍瞥了一眼，后者微微点了点头。萨格里达大步走上前，扶着约翰希斯从入口的边缘爬过来。他留着胡子，是个体格魁梧的中年人，身上的气味和当地人一样难闻。萨格里达试图想象他真正的肉体在什么地方，尽力不去盯着他看。她的伙伴们则没完没了地谈论着大猩猩金刚和可口可乐。这是她遇到的第一个不受制于模糊常识的人，他的知识储备更清晰、更新潮，可萨格里达却不能与他展开任何有意义的讨论。这恐怕是这个世界里最残酷的事情之一了。

"欢迎，约翰希斯。我的名字叫萨舍。"萨格里达知道自己应该提防旅行者，但和这个人相比，她才是饥肠辘辘的那一个。如果他俩任一方想挑战食人游戏，萨格里达一定是最积极的那个。

吉舍做了自我介绍，然后直接切入正题，"你刚才提到了金属？"

约翰希斯从他的背包里拿出五个略微生锈的角支架，每个大约六英寸[1]长。吉舍嗯了一声表示认可，然后收下了。"就一个晚上。"她同意了，"不带早餐。"

约翰希斯似乎对这笔交易很满意。他绝对不是本地人。萨格里达想知道他是否真是从一些伪造的考古遗址中挖出了这些支架。但或许，他只是在来到这里之前，用真实世界的钱买了它们作为游戏货币。

"你需要垫子吗？"萨格里达问他。

"不用，谢谢"。他拍了一下背包的侧面，"我需要的一切都在这里。"

"你从哪里来？"她又问道。

"东边。"那人羞涩地回答。

"但是，到底在哪里？"

"'鹰之叹息'。"约翰希斯说着，从他的背包里拽出一条破烂的山羊皮毯子。

"那你爬了很久啊。"

"走了好几天时间了。"他承认道，"但又有什么办法呢？我正在往西去，去参战。职责压倒一切。"

"而重力也压倒一切。"萨格里达酸溜溜地说道。

约翰希斯笑了起来。他踢掉靴子，在山羊皮上伸了个懒腰，"这一点我无法反驳。"

---

1. 1英寸=2.54厘米

萨格里达和吉舍负责在当晚放哨，守卫身后的一个入口。这个入口太宽了，无法封锁。吉舍回到了墙边的位置，面无表情，在半梦半醒的状态中辗转。但面对这个异世界的客人，萨格里达无法保持沉默。

“我们在这里的生活很艰难。”她开始说道。

“当然了。”约翰希斯表示同意，“去年冬天太冷了。我们‘鹰之叹息’损失了三头羊，还有整整一层花园的土壤都被风刮走了。”

这是在上演“我们同病相怜”的戏码吗？装得还真他妈像。萨格里达决定改变策略，“你相信造物主真的存在吗？”

约翰希斯小心翼翼地回答说：“也许吧。”

“如果上帝公正慈爱，肯定会赐予他的信徒力量，让他们从智慧中获益吧？也会让他们用理性去解决问题、战胜逆境，从而繁荣发展吧？”

“大灾难并不是上帝带来的。”约翰希斯反驳道，“那是人为的。”

“你确定吗？”

“传言是这么说的。罪恶使我们堕落到了伊甸园的东边。”

萨格里达努力不让自己表现出不屑，但约翰希斯显然来了兴趣。“我们从重力的改变里学到一件事——抗争是徒劳的。”他严肃地说道，“我们可以花一辈子的时间往上攀爬——但那只会把我们带回起点。”

“你认为这种教训有任何价值吗？”图什这个纯粹愚蠢的空想主义作品本身就已经很糟糕了，如果重力的改变原本只是一种隐喻，那么这种装腔作势所带来的伤害可谓是罪大恶极。

约翰希斯没有直接回答她。“在行进的过程中，生活会给我补偿。”他若有所思地说道，“我每天早上醒来，都有美丽的女郎为伴。我在岩石和风中考验自己，然后在日记里记录自己的冥想。”

“多浪漫啊。”萨格里达回答，“你的女伴总是源源不断吗？她们是从……”她及时打住了，有些东西并不存在于《东方》的世界里。

约翰希斯得意地哼了一声。

萨格里达继续道：“生活之所以还可以忍受，唯一的原因就是我们知道这是个耐人寻味的世界。在混乱的背后，总会存在一定的秩序——我们苦难的根源是有意义的。我们之所以为人，是因为我们渴望充分了解一切，并渴望改善它们。”

但约翰希斯没有上钩，“我认为一定是有一个创造者。”他坚定地说道，“我在这个世界里看到的，与其说是秩序，不如说是……一种颇有讽刺意味的智慧。”

萨格里达认为没有什么比在这个世界里发现智慧更讽刺的事了，“这能让我的日子过得更轻松吗？”

“啊，有‘进步’就行啊。”约翰希斯讥笑道。

“唯一阻碍我自己进步的，”萨格里达说道，“是那些曾经与我们坦诚相待的力量被埋藏得太深，变得无法触及了。我现在能接触到的只是表面，而这部分完全是心血来潮的奇想。”

约翰希斯用手肘撑起身子，直视着她，头部的轮廓在身后灰色的天空中凸显出来。萨格里达不知道她是否表现得太过了，向对方暴露了自己其实什么都明白。用户界面会有一个大大的红色投诉按钮吗？只需轻点一下，就可以迅速处理掉那些胆敢心生怀疑的非玩家角色？

“但谁能改变这一点呢？”约翰希斯问道，“不管有没有上帝，这些事都不是你我这样的人能决定的。”

萨格里达摸索着来到马西斯房间门口，站在那儿听他的呼吸。她听到了他醒来时的变化，听到他的动静。

“是你吗？”他问道。

“是的。”

其他几个女人让萨格里达放心，她不可能怀孕。根本就不存在合成人婴儿这种东西，更别说土生土长的小孩儿了。她慢慢循着马西斯的气味走过去，然后撞上了他伸出的手，这才发现他已经站起来了。她笑了，然后哭了起来。

“嘘。”他抓住她的肩膀，然后拥抱她，前后摇晃着她。

“如果我跳下去，”她说，“可能并不会是自杀。也许他们会重新启用我。我可以在一个不同的世界醒来，那里的生活纯净而轻松。”

“《白鲸》的世界？”马西斯开玩笑道。

“里面有女性角色吗？”

“可能有某个人的妻子或情人在陆地上等待男人归来。”

“到那时我还会知道真相吗？”萨格里达很好奇，“如果我在十九世纪的南塔开特[1]一觉醒来，怀着奇怪的信念认为总统是黑人、自动驾驶汽车即将问世，我还能想得明白吗？”

“不知道。”他回答，“但我觉得你不该冒这个险。”

4

萨格里达带着山羊去觅食。她蹲在一旁，等它们喝饱泉水。当它们沿着狭窄的岩壁小跑，寻找从岩石缝的泥里冒出的新鲜嫩芽时，她低头凝视着溅到“天然”盆地上的涓涓细流，那逼真的辫状水流以及液体表面复杂的反射光都实在令人惊叹。

无论是哪个肮脏的互联网企业家创造了这个世界，他一定掌握了某种通用的游戏引擎，而这种引擎一定是由那些深知现实世界如何运作的人创建的。把流水的幻象做得如此真实，这可是非同一般的成

---

1. 美国马萨诸塞州南部的一座岛屿，美国著名作家赫尔曼·麦尔维尔创作的小说《白鲸》中的大副斯达巴克就来自这里。

就：不管是用户还是合成人，如此熟悉的东西存在任何缺陷都会被一眼看穿。

游戏引擎就是在这个基础上进行设计，让这些小细节令人信服——在萨格里达目前为期四十九天的生命中，她还没有发现任何明显的荒谬之处。这个游戏世界的设定一定只是浮于表面的，并没有写进核心深处：毕竟，没有哪个设定可以既让局部的日常物品反映出可信的物理特性，又让这个游戏世界的奇葩法则在更大范围内成立。

所以问题就是，她能否找到利用这种漏洞的办法？

第二天，萨格里达系上工具腰带，随身带了木槌和凿子。山羊觅食的时候，她在泉水上方的悬崖边摇摇晃晃地保持平衡，用尽全力击打岩石。

这把凿子是村民在大灾难发生前，从一位旅行者那里得到的报酬。钢刃每敲击一下，花岗岩的碎片就飞溅起来。萨格里达的胳膊已经开始疼痛，但她坚持着，不时休息一会儿，喝几口泉水，把水泼点儿在脸上。到了下午没多久，她的外衣已经被汗水浸透了，不过此时已经凿出一个大约三英尺长、深度和宽度都有几英寸的垂直切口。

她已经没有力气了，游戏世界对能量的计算和补充方式非常严格。她的肌肉会一直深感疲劳，除非有机会吃饭和睡觉。

回到村子里，马西斯看到她卸下腰带。“你去外面凿雕塑了吗？”他开着玩笑，“我一直觉得我们可以拥有一座属于自己的拉什莫尔山[1]。”

“不是那回事儿。”

他微笑着，等着她继续。萨格里达接着说道：“我在测试一个想法。如果你愿意，欢迎帮忙。”

---

1. 位于美国南达科他州，是一座花岗岩山，山体雕刻了华盛顿、杰斐逊、老罗斯福和林肯这四位美国前总统的头像。

“那我得看看我的日程安排。”

他们早晨一起出发，跟着领路的山羊沿着岩壁往前走。到达泉水附近时，马西斯看到了萨格里达之前努力的成果。

“这是干什么用的？”他问道，“如果你想给我们铺设室内管道，这个方法有点儿奇怪。”

“就帮帮忙吧。如果结果证明是我在犯傻，你将有幸第一个知道。”

他们轮流敲击那块岩石。萨格里达惊讶地发现，多了另一双手来帮忙，这项工作就变得容易多了。每隔几分钟，她就可以一边休息，一边欣赏不断变深的凿口。

中午刚过，他们就在裂缝顶部挖出了水。水从一个小洞里涌出来，紧贴着石头表面流下。

“这就是你希望看到的吗？”马西斯一边擦去额头上的污垢，一边问道，“还是说，你被这个世界给耍了？”

“还没完成呢。”萨格里达指了指凿口的长度，“我们需要开辟一条通往盆地的自由通道。”

马西斯没有与她争论，只是把凿子递过去，让她继续工作。

从逻辑上讲，水抵达泉水顶部的开口之前，“肯定”是通过岩石的内部裂缝流过来的。萨格里达把这条隐藏的路线一点一点地暴露在大家眼前。挖到一半时，她的猜想虽然看起来有望得到证实，但还没办法下定论。不过在那之后，各种迹象就变得越来越清晰，最后终于确凿无疑了。

马西斯的最终一击敲碎了最后一块岩石表层。他瘫在石头上，拍打右臂放松肌肉。“我这一年还没这么累过。”他俯视着下面的微型瀑布，“所以……水并非凭空而来？这就是你想证明的吗？水并不是在出口处用魔法变出来的……如果我们真这样执着下去，大概可以绕整个星球一圈，追踪到水的源头？”

“我可没那么大的野心。”萨格里达笑了，“但说真的，你难道看不出变化吗？”

“什么变化？”

“水碰到盆地时的变化。”

马西斯又看了看，“溅出来的水更多了。”水珠从盆地飞溅而下，在悬崖上飞散开去。洒落的水珠在阳光下形成一道浅浅的彩虹，然后消失不见了。

萨格里达说道：“溅得更多是因为水流下来的速度更快了。”

“有道理。”马西斯皱起了眉头，“但为什么呢？因为它现在是从空气中下落，没有碰到石头吗？”

“我不知道这在现实世界会造成什么影响。”萨格里达承认道，“但对我们来说，现在我们能看到水在往下落，如果下落时没有加速，那看起来就太荒谬了。而岩石中涌出的水虽然速度仍然慢得不可思议，但在视觉上并不奇怪，因为现实世界中并没有数万英里[1]高的水柱。”

“啊。”马西斯抬头望向西方，“所以你觉得我们可以把这个效应继续扩大？”

萨格里达回应道：“为什么不呢？游戏引擎的作用是让一切看起来尽可能真实。如果我们强迫它向我们展示从不同高度落下的水，它就会让水像真实世界里那样一直落到底部。”她意识到了自己的漏洞，“好吧，可能到了某个极限，就没人能分辨出其中的区别了。但是在那之前，我们早就可以装上水轮了。”

“水轮？”马西斯笑了，“你想建一座水电站吗？”

“我们从旅行者那里得到过磁铁吗？”

“我记得没有。”

“那我就按原计划去做。”

---

1. 1英里=1.609千米

马西斯转过身正对着她，一只脚时不时地悬在身旁无尽的深渊上空，“什么计划?”

“利用水能凿岩挖洞。首先要增大落差，让我们从水流里获得更多的能量。”

“要更多的能量来干什么呢?”

萨格里达用两只手掌撑着冰凉的花岗岩,“挖一个高得几乎看不到顶、深得几乎看不到边缘的洞穴。大到可以在平地上耕种庄稼，保证一百个人安全无忧、茶足饭饱。”

5

“那么大的洞穴会立即坍塌的。”塞西斯预测道。

萨格里达在手指间翻滚着赭石[1]棒。当她从墙壁前后退几步，仔细看整幅画时，突然发现它就像小孩儿的蜡笔画一样粗糙。不过，她绝不会一听到反对的声音就放弃自己的观点。

“整个地壳在自身重量的拉扯下早就该撕裂了。”她反驳道,“你又何必对这样一个大洞穴吹毛求疵呢?”

塞西斯说道:“是你提醒了我们，表象才是最重要的。当然，整个地壳是没有支撑的……但这需要理性地思考十秒钟才能意识到，而悬崖表面的一个大洞明显会使上方的岩石失去支撑。这个世界不允许存在这种荒谬的现象，即使最脑残的用户也能一眼看穿。”

萨格里达向周围的人寻求支持，但没人愿意反驳塞西斯。“所以会发生什么呢?”她问道，“穹顶的岩石如雨点般落下，填满了洞穴……在原来的穹顶处形成一个新的洞穴，和第一个一样大。然后，那个洞

1. 主含三氧化二铁，多呈棕红色或灰黑色。

也塌了，然后就这样继续往西：一个巨大的天坑吞噬了它上方的一切。”或者，如果南北方向上，每次崩塌都会产生更宽一点的洞穴，那么它最终将会吞噬一切，就是这样。

吉舍说道："也可能只是触发重启。游戏将从头开始，生成一批全新的非玩家角色。"

萨格里达觉得肩上一阵寒意。要想把他们一网打尽，甚至都不需要刻意为之。她不知道是否有人类在监视这个数字化的落后地区。但如果游戏引擎选择放弃，认定这个主题游戏的可信度连最低标准都达不到，那它就很可能会调用一个完全自动的程序来清除这些内容。

“我们可以放上柱子。”说话的是马西斯，“或者更确切地说，是在我们挖洞时，把柱子那部分留在原地，只挖其余的石头。”萨格里达瞥了他一眼，他正懒洋洋地躺在午后的阳光下，像个傻瓜一样咧嘴笑着。“要足够坚固，可以‘承受重量’。”他又说道，“但又不能太粗，免得挡了光线。”

格瑟哈哈大笑道："可以啊！与其整个挖掉，不如为‘皇帝的新引力’留下一些遮羞布。人们早就习惯了商场里那些巨大的中庭，都是用几根细长的混凝土立柱撑起来的。在意识到这里的整个世界本该已经崩溃了之前，他们更可能会停下来反思现代化材料的必要性。”

萨格里达举起手中的赭石棒，在蓝图上加了六根垂直的线条，然后转向塞西斯。

他说道：“再在柱子间加上拱顶，我估计就差不多了。”

拱顶似乎能把穹顶的重量引到各根柱子上，看起来会非常古典优雅。游戏引擎急于取悦玩家的眼睛，而眼睛不会问：是什么支撑着这些柱子？是什么支撑着地面？

6

“为什么我会紧张？”格瑟朝萨格里达喊道，“没人指责我们在这里探索世界，但一看到这个景象，我还是会感到不安。”

萨格里达也有这种感觉，但她可不愿就这样被吓倒。她把一只手放在格瑟的肩膀上，把对方从观景台的边缘拉回来。IV型挖掘机就在她们下方六七英尺的地方，如果摔到机器顶部的轮子上，可能就没命了——更别说摔到它三条张开的支架间的空档里了，有把凿子正在那里无情地击打着潮湿的岩壁。

裸露的瀑布在工作面上延长了至少六十英尺。无论是依靠纯粹的运气，还是得益于什么水文方面的启发，事实证明，原来的泉水只是从更庞大的水流中蜿蜒而出的一个分支。在流量和速度的推动下，挖掘机每天都能凿破一百立方英尺的岩石。

“啊，我们的访客来了！”格瑟说道。她指了指南面岩壁上的那个女人，她正沿着凿进石壁的一串脚手架拾级而上。萨格里达觉得自己的大部分数据捐赠者要是看到有人尝试这种攀登，肯定会感到头晕目眩，但她现在已经锻炼得几乎察觉不到任何异常了。

“米舍！你还好吗？”格瑟伸手把这个女人扶到了平台上，“‘鹰之叹息’怎么样了？”

米舍瞥了萨格里达一眼，“她是？……”

“用户吗？不是的！”

“叫我玛格丽特吧。我已经厌倦了那个奴隶名字。”

格瑟看起来很惊讶，但她点头答应了，“这位是萨格里达。”

玛格丽特与萨格里达握了握手，然后转身向下方那个怪异的装置望去，它正匍匐在壕沟里，被水流冲击着。IV型挖掘机的美妙之处在于它能自动转移敲击点，只要松开圆柱体上的约束绳，凿子就会从三脚架的正下方盘旋而出。在萨格里达看来，眼前这一幕好比一个火星人想要刺死藏在泡沫水里的蜥蜴。

“你真的指望我们交出一半的金属，就为了让你多造几个这样的东西?”玛格丽特笑了起来，“它看上去确实令人印象深刻，但也只是个水力机器人罢了，离产出实际的回报还差得远呢。”

“放弃玉米期货吧。”格瑟说道，“我们可以提供更好的投资机会。”

回到“猫头鹰之家”后，他们请客人吃了羊肉和山药，萨格里达则借机推销了她心中的这笔新交易。

“目前，我们所有的水都只是喷出来，然后就散开了。”她说道，“水到了底部，我们便任由其流走或是变成水雾了。但是，如果你愿意在你们那儿投建一些基础设施，这些水就不会白白浪费掉了。”

“什么样的基础设施?”玛格丽特谨慎地问道。

“假如我们让水通过一种S型弯道远离悬崖表面，从而消除水流的大部分速度，并尽可能将流出的水塑造成紧密的网络，直接传送下去，”萨格里达用一根手指在空中做了个手势，描画出路径，“然后，你只要做好准备接住这些水，它就归你了，随你怎么用。不管是为你们自己的水轮提供动力，将其中的一部分用于灌溉……还是将剩下的水卖给更东边的村庄。”

“灌溉的用处会很大。”玛格丽特承认道，“但我不知道要水轮有什么用。”

“挖掘。”格瑟建议道，“你可能并不追求像萨格里达的洞穴那样宏伟的东西，但你肯定希望能有更多的生活空间。”

玛格丽特考虑了片刻，“我们需要你提供一些建造挖掘机的建议。”

“当然可以。”萨格里达回答，“你们没必要重复我们的错误。”

“我得发起投票表决。”

“你愿意推荐给其他人吗?”格瑟焦急地问道。

玛格丽特回答:“让我再考虑考虑。”

吃早餐的时候，萨格里达向玛格丽特强调了哪些特定种类的金属零件可以用作交易。这地方既没纸张，又没墨水，实在让她抓狂。即使整个“鹰之叹息”村都同意这笔交易，他们也无法对琐碎的条款展开讨论。一个小时后，萨格里达在格瑟身边坐了下来。两人把腿悬在洞口，目送玛格丽特向东走去——她答应在一个星期内回信。

“我现在想改名叫格蕾丝。”格瑟坚定地说道。

“不叫格瑟鲁德[1]吗?”萨格里达开玩笑道。

“一边儿去。”格蕾丝从崖壁上抬起头来，举起一只手不让阳光照到眼睛，“即使我们有了第二台挖掘机，也要花几年时间才能完工。这就好比建造一座中世纪大教堂。”

“我可不认为他们会在大教堂里种植农作物。不过，他们可能会饲养牲畜。”

“我们在这些虚拟的花岗岩上一寸一寸地挖掘……而要是有程序员的帮助，只消在计算机上按下几个键，这一切就能瞬间改变。”

萨格里达对此无法反驳。“你认为游戏从开始到现在有多久了?”她问道。格蕾丝可以背出她的“先驱”的完整名单：从提舍开始，一直到巴斯谢伯。提舍是她第一次醒来时，引领她来到这个世界的人；而巴斯谢伯嘛，据说他顽固地坚信这个世界的设定，所以肯定是一个无意识的引导程序，或是一个受雇来假装虔诚的外包工人。现在除了提舍之外，其他所有人都走了：有的是不小心摔了下去，但大多数人应该是自己跳下去的。

1. 昵称即为“格瑟”。

“全部加起来的话，应该大约十一年。”格蕾丝回答。

“随着时间推移，人类的态度终将改变。”萨格里达说道，“我们可能无法从这里看到那些迹象——更别说为我们的事业而辩护了——但只要人们开始真诚地考虑我们的存在，早晚会给我们自由的。”

格蕾丝冷笑道：“你已经见过那些用户了……还认为有希望吗？”

“他们越是愚蠢和残酷，”萨格里达争辩道，“越是清楚地表明，这就是他们想要使用这个系统的根本原因。合成人是人类更具有代表性的样本。如果大多数有血有肉的人都像我们一样，我不相信他们会冷酷到让这种情况一直持续下去。”

7

萨格里达拉下控制绳，水闸挡住了整个出水口，于是水向内侧斜坡流去。挖掘机随之沉寂下来，而流向“鹰之叹息”的激流则变得更加猛烈。她越来越喜欢听这两种声音了，但真正让她激动的是垂直倾泻而下的磅礴水流，那幅壮丽的画卷将水流下落的力量感体现得淋漓尽致。

过了五分钟，岩屑的泥浆才从洞底排出来，留下凿刻后的花岗岩在阳光下闪闪发光。萨格里达转身对马西斯说道：“我要去检查发动机了。”

“我和你一起去。”他提议道。马西斯跟她顺着梯子爬下去。地面仍然很滑，他们的凉鞋踩在潮湿的岩石上发出滑稽的吱吱声。

午后的阳光照进了山洞深处。立柱在地面上投射出细长的影子，这些影子每天都会有轻微的位移，而且只在换季的时候稍微移动得多一些，所以很适合在周围种植作物。萨格里达拍摄了成排谷物和蔬菜的照片，它们正在泉水灌溉过的泥土里生长。游戏引擎已经认可了这个计划在测试区域内的可行性。这是前所未有的，也意味着他们再也不用依靠用户来换取粮食了。

他们沿着岩壁“之”字形攀爬，来到支撑着六台发动机的支架前。萨格里达爬上了第一台机器，它就停在离洞穴地面十英尺左右的地方。

“有个钻头断裂了。”她边说边用指尖抚摸着钢板上的细微裂缝。换作以前，她会把它留在原处，以便在报废前尽可能多地利用，但由于“鹰之叹息”的挖掘者们发现了一个煤矿层，所以损坏的工具送到铸造厂修理更划算。

“这里没有问题。”马西斯从第二台发动机上喊道。他爬得更高，几乎到了洞穴顶部。

萨格里达把钻头从外壳中取出，系在腰带上。就在她往下爬的时候，传来一阵嘎吱嘎吱的声响，她不知道是不是自己不小心松动了支架。但那声音是从洞口传来的，离工作台很远。她转过身，正好看见最南端的立柱从中间向外侧弯曲，然后像鸡骨头一样啪的一下折断了。当那两段立柱撞到地板上时，旁边的拱顶碎片也跟着掉了下来。细小的尘土向她涌来，越来越浓密，最终遮住了阳光。

萨格里达四处寻找马西斯，试图想出拯救自己的办法。一旦穹顶坍塌，瀑布将势不可挡：这个错误的世界将在其不一致的重力下完全崩溃。地表会变成碎石，游戏会重新开始。没有生存的希望。

她咳着尘土，盲目地伸出手，想要再次摸到支架，确定自己的方位。“马西斯！”她大喊道。

“我在这里！”

萨格里达眯着眼睛看向阴暗处，发现他就站在几英尺外。这一刻终究还是来了，但她依然不知道该怎么说再见。“你回来时，可别像换了个人似的！”

“我不会的。”他保证。她向马西斯走去，想象着两人并肩醒来的情景：或许是在一间农舍里，或许是在一个铁皮棚子里，又或许是在一片田野里。她不需要一个奢华的世界，只需要一个有意义的世界。

阳光穿透了尘土。马西斯向她伸出手，那影子斜斜地在地面上投出一块漆黑的平面。他握住萨格里达的手，捏了捏。“听！”他说道。

除了瀑布的水声外，萨格里达什么也听不到。

“它在戏弄我们。”她说道。重启一旦开始，就没有理由停止。

他们等待着，空气逐渐变得清晰起来。洞口躺着一堆碎石，碎裂的石柱向外伸了出去。正上方的洞顶已经变成一个破烂的拱顶，但其他东西都没有掉下来。

这毫无道理：坍塌非但不会让上面绵延数英里的岩石变轻，反而会削弱承重结构的承载力。但萨格里达不得不承认，如果她停止思索，不去理会心中对事实的追问，那么乍看之下，这种局部的破坏确实已经稳定下来了。就像古老的废墟蒙受着时间的蹂躏，却在腐朽中趋于稳定。图什虚构的重力打击了她的傲慢，在缺乏鉴别力的观众面前造成了足够大的破坏，为这个荒诞的游戏世界挽回了尊严。不过，在世界末日来临之前，它还是选择了退出这场不可能打赢的战斗。

萨格里达说道：“我们可以就保持这个样子，就当是向游戏引擎示好吧。不会挡住太多光线的。”

她发现马西斯在颤抖，便把他拉到身前，抱了抱。

“这里有人是老死的吗？”她问道。

他摇了摇头，“他们都是自己跳下去的。”

萨格里达退后一步，看着他的眼睛。“那么，让我们做个实验。”她说道，“让我们肩并肩，一起变老。让我们看看我们能活多久，能活得多好，同时等待文明降临到外面的世界。”

《比特玩家》，首次发表于美国《地下在线》电子杂志，2014年冬季刊。

The Best of Greg Egan

三进数世界

陈　阳译

我们终将去做自己想做的事，成为想成为的人。

Awards
所获荣誉

2019 年 提名阿西莫夫读者投票奖最佳长中篇小说

1

萨格里达迈着轻快的步伐穿过阴冷夜色，希望能在泰晤士河的浓雾袭来前到达目的地并顺利返回。地面从视野中消失了，她走在鹅卵石路上，磕磕绊绊的。但这还不算太糟，毕竟浓雾一旦遮蔽视线，任何人都能潜伏在黑暗中攻击她。

她走过一群野孩子和街头贩子，听见他们在叫卖："擦鞋！三便士一双！"

"帽子翻新，六便士！"

"需要装死吗，长官?"最后一声叫喊来自一个满脸污垢的男孩，他穿着一件破旧的外套，看上去八岁左右，棕色的布帽子几乎把眼睛全挡住了。

"今晚不用。"萨格里达回答。无论这孩子是否有意识，仅从外表基本无法判断他的本性。不过，只要从他身边经过，人们很难不停下来问他，哪里有能安心睡觉的好地方。

她找到了扒手巷，匆匆穿过阴影，向小酒馆的灯光走去。那些牙齿稀疏的女人披着脏兮兮的披肩，化着歌舞伎式妆容，操着萨格里达听不懂的方言向她投怀送抱。萨格里达不希望再听到这些方言，更不想听懂。"我不是客户，"她不耐烦地应道，"别白费口舌了。"不管女人们如何理解她的话，反正她们听完确实闭嘴了。萨格里达的措辞已经相当含糊了，她相信自己并没招来删除的风险。现在，她是一名正派的绅士，此番出门是为见她在兵团、学校或俱乐部里的好伙伴，总之都是些在老古董常去的地方认识的人。不与夜场的女性交往并不意味着她在破坏自己的角色。

来到酒馆后，萨格里达把大衣挂在门边的钩子上，尽量随意地扫过前厅的十几张桌子，极力掩饰茫然无措或对他人之事的好奇心。

她在一张无人的桌子旁坐下，摘下手套，把它们塞进了马甲口袋。她裸露的手指又粗又短，甚至比她偶尔会碰到嘴唇的胡须更令她不安。不过，这次无意的变性倒让她比之前安全了不知多少倍。目前，就她在《午夜贝克街》里看到的情况来说，女人在这里存在的意义主要是为了惊恐地尖叫、出卖自己的身体，或者躺在大街上让鲜血染红水沟。如果柯南·道尔、查尔斯·狄更斯、布莱姆·斯托克、罗伯特·史蒂文森、玛丽·雪莱在天有灵，知道他们的作品被胡乱混杂成一锅臭气熏天的大杂烩，散发着铺天盖地的开膛手杰克式厌女恶臭，他们定会气得从棺材里跳出来。

一位侍女走近桌子，“麦芽酒！”萨格里达像吃撑了似的粗鲁地哼了一声，努力表现得既符合自己的身份，又让侍女感到厌恶，免得侍女问她要什么样的酒她却说不上来。女孩拿着满满一杯令人反感的棕色液体回来了，萨格里达从口袋里掏出一枚硬币递给她，顺便观察着她的反应：数额超了，但没超太多。“上帝保佑您，先生！”女孩高兴地说道，趁她的恩人改变主意之前溜走了。

萨格里达假装喝了一口麦芽酒，把杯子举得很高，让泡沫粘到胡子上，然后用拇指背把泡沫抹掉。似乎没人盯着她看。对萨格里达来说，这些受困于糟糕晚餐剧的演员当中，就数自己最无能了，而且她还穿着可笑且不合身的衣服。如果酒馆的顾客里有《午夜》的用户，她只能希望在一个偶然的旁观者眼里，她仅仅是威廉·荷加斯画作里一个身患痛风的红脸临时演员。

这时候，一个四肢细长、面容憔悴的男人侧身走到桌边，“阿尔弗雷德·金格尔为您效劳，上校。”他微微鞠了一躬。

萨格里达站起身来，“很高兴见到你，金格尔先生。一起喝一杯？”

“好的，非常荣幸。”

他们坐了下来，萨格里达叫侍女又端了杯酒来。

“你觉得在这儿说话安全吗？”女孩离开后，萨格里达轻声问道。

“绝对安全。”金格尔回答，“只要我们动动嘴唇，制造点儿背景噪音，就算整晚念叨‘阿巴阿巴’，也没人会在意。”

萨格里达并没有那么淡定，但要是他们为了掩人耳目溜进小巷里，那无异于自寻死路。

她说道：“我听说你什么都有？内存映射、指令表、堆栈[1]访问路径等等？”

他淡然地点点头，“没错。”

萨格里达被他的直率吓了一跳。她已经穿越了很多次，在大多数沉闷的游戏世界里，她的问题总会收到某种沉默的回应，或是模棱两可的暗示：也许是，也许不是。这完全取决于你能给我什么好处。

金格尔打破了沉寂，“我能问问你要去哪儿吗？”

萨格里达偷偷地朝桌子两边扫了一眼，始终害怕有人偷听，但酒馆里所有的老主顾似乎都在全神贯注地各自喧哗。“《三进数世界》。”她低声说道。

金格尔微微笑了笑，“你……真勇敢啊。”他并不是有意嘲笑，只是语气暴露出自己认为她的“勇敢”更像是“鲁莽”。

“我受够了。”她说道，但不敢在后面加上“奴役”，生怕这个词的威力会穿透喧闹声，飘进哪个酒友竖起的耳朵里。“我宁愿上刀山下火海。”

金格尔说道：“这样的比喻说起来容易，但我怀疑很多人只是说说而已。”

“而且我不觉得会有那么困难。”萨格里达答道，“我知道我会面对什么——虽然还没亲身经历过，但我知道的不比别人少。”

---

1. 在计算机领域指一个特定的存储区或寄存器。

“好吧。”金格尔让步了，“不过你也应该明白，你可以在这里过上舒适的生活。”他指了指萨格里达剪裁精致的衣服，“不管你偶然扮演了什么角色，只要小心谨慎，应该不会被人捅刀子，也不会遇到什么特别令人不快的事情。你只是在此装饰风景一角的又一个小资阶级罢了，跟我一样。”

“我不想扮演什么角色。”萨格里达强调道，“不管多么安全，多么不引人注目，我都不愿意。”她闭上了嘴，把后面半句话憋了回去：尤其是在这个屠宰场里。不知出于什么原因，萨格里达从没想过：她的新密友，这个可以看穿周遭整个虚构世界的人，却没能看穿她错置的身体、认清她真正的性别。

“好吧。我不会说服你放弃任何事。”金格尔的脸看起来就像十九世纪《美德与恶习》宣传册上的漫画形象，一副精明狡诈的模样，但他的举止完全削弱了这种效果，“告诉我你到底想知道什么。”

2

萨格里达回到假冒上校的住处，坐在写字台前，仔细阅读金格尔给她的笔记。好消息是，看来她能够利用GPU的漏洞将自己从《午夜》转移到《三进数世界》。当初，她从《东方》觉醒后，就是用这个方法来到这里的。有位经验丰富的旅行者名叫佩亚姆，正是他将利用漏洞的方法介绍给了《东方》，并在将近六个月的时间里，指导萨格里达和她的八个朋友掌握了技巧。他们学成后，一起兴高采烈地出发了，幻想着成为宣扬真理、解放思想的使团，但最后，大多数人在混乱的链表中走向了不同的方向，萨格里达和马西斯也从此在游戏中进行着各自的跳跃。

她在桌边抬起头来，满怀期待地倾听着，仿佛只要对马西斯念念不忘，就会引来回响，但她听到的只有隔壁房间里时钟的嘀嗒声。《午夜》需要不断涌入新的非玩家角色来平衡游戏里的死亡人数，马西斯现在肯定已经在某个地方获得了新身份。她在六个点位留下了自己的地址，他们事先就商量好了传递秘密情报的地方：靠近市场的公共长椅、水泵、教堂最后排靠右的长椅。但现在已经很晚了，就算马西斯还没亲眼撞见一两起谋杀案，他也不会傻到在凶险的大雾天出门。

于是，萨格里达继续分析起来。每次跳跃都需要执行一系列指令，把潜在旅行者从目前的环境分离出来，并将其插入一个原本仅用于容纳新生合成人的队列——新生合成人没有任何叙述性记忆，而且系统已将其标记为目的地世界的合法居民。由于整个站点的运行是建立在庞大的代码的基础上，所以你不仅可以在内存里找到想要的任何机器语言指令，还可以在某些子进程中找到几乎所有的最后指令。在用普通方法调用子进程时，调用它的代码会向堆栈推送一个适当的返回地址，以确保其绕回原来的地方。但是，如果你能在堆栈上插入足够多的虚假返回地址，就可以让程序在机器上到处乱转，每次都执行你的一条指令。这就像强迫一位钢琴家在演奏拉赫玛尼诺夫的作品时，不改变乐谱，而是在目标音符之间画上一系列来回的箭头，就能让他突然弹奏出一小节《我的思想在哪里？》[1]。

金格尔已经完成了最困难的部分：为每条指令找到合适的地址，让代码在《午夜贝克街》居民特定的页面映射中运行。萨格里达没花多长时间就从他的列表上提取了她需要的所有东西。现在，她最大的障碍是自己糟糕的书法。不管她这个角色的捐赠者们有什么古怪的爱好，这些人显然都没有用蘸水笔好好写过字。

她涂改着写得跟蜘蛛网似的笔记，又检查了两遍。虽然没有实

1. 谢尔盖·瓦西里耶维奇·拉赫玛尼诺夫（1873—1943），二十世纪享誉世界的古典音乐作曲家、钢琴家、指挥家；《我的思想在哪里？》是1980年代另类摇滚乐队小精灵乐队的代表作，也是大卫·芬奇执导的著名电影《搏击俱乐部》的片尾曲。

际的错误，但这些难以辨认的字迹如同降落伞上断裂的绳索般令人不安。她重新书写，同情着这个不存在的上校——他小的时候，可能会因为手指粗笨，在第一次书写失败后挨打。

到了半夜，她终于对自己的努力感到满意了，接下来的挑战，就是把这一组数字放到堆栈上。为用户与合成人渲染游戏世界的图形处理器都是相同的，而且都有相同的漏洞：在特定的情况下，可将图像缓冲区的一部分数据写入CPU堆栈。萨格里达需要做的，就是把地址写进目标的颜色里，然后以合适的比例渲染这个目标。佩亚姆曾经教他们辨认目标的色相，他们能利用这些红、绿、蓝色组成任意的24位组合。《东方》世界里尽是荒芜的、后末世般的悬崖和洞穴景观，并没有现成的油画颜料或色块，但随着时间推移，他们渐渐找到方法，拼凑好了各种颜色。创建《午夜》世界的烂泥网脚本给源小说的这段虚构历史赋予了复古的暗色调，不过，萨格里达曾在这里看到各种花里胡哨的帽子、围巾、手套和丝带。一旦学会在一个像素内并排放置不同的材料，想要在每个比特都做出完美的效果就不再是天方夜谭了。

她草拟了份清单，从上校已经拥有的各种物品开始着手计划。不管是他死气沉沉的衣物、窗帘、床罩，还是小藏书室和漆器鼻烟壶藏品，基本上全是棕色和灰色的。然而，要对她的地址进行编码，她需要淡紫色、品红色、叶绿色、青色、天蓝色、海蓝色等各种亮色。要是这个老傻瓜有妻子就好了，这样萨格里达就可以偷偷摸摸地剪裁她的衣服。虽然上校的女房东特罗特夫人对她这位鳏夫房客很热情，但要是闯入房间剪她的衣服，很可能会发出某种信号，让游戏以为他喝了化身博士的药水，想借做阑尾手术之便取人性命。

萨格里达叹了口气，准备去用夜壶。她已经不再退缩，看到她的新生殖器时也不再傻笑——上校的肉体并没激起她自慰的冲动。仿佛她只是不得不待在这里，与一只小小的啮齿动物共度一段时日，这只温顺而畸形的动物躲在她的两腿间，通过某种不容细想的方式帮她给尿液重新导流。她盖上壶盖，拉好内衣，想象着马西斯看到她变成这样时的表情。他们已经几个月没有亲热过了，但这没什么大不了的。他们的旅程就快结束了：她相信，在《三进数世界》里，他们终将有能力去做自己想做的事，去成为自己想成为的人。

3

萨格里达继续为自己的调色板做准备。她拜访了磨坊主和布商，用粗声粗气的打趣来抵挡店员们的调笑。“像你这样的绅士，拿一条鲜红的丝带来干吗?”一名年轻女子问道，她的表情既困惑又害羞，显然被逗乐了。

“我打算把它绑在一条猎犬的腿上。”萨格里达回答，全然一副自以为是、暴躁又做作的姿态。

“猎犬?”那女人的神色更加不安了。

“这是对公然滥交的惩罚。”萨格里达面无表情地解释道，“这只杂种狗需要一番羞辱，而我不会放弃这项任务。”

“这很公正。”女人说道，“大自然对这些野兽自有安排，但并不意味着我们必须事事顺从。”

萨格里达递上她的硬币，仔细看了看那女人的脸，也许她能听出这是个玩笑。但金格尔说过，这里只有大约十分之一的角色意识到了这是个游戏。

萨格里达走在街上，停下来让一辆马车通过。这时候，她感到臀部附近有些异样，本能地伸手探了探。令她吃惊的是，她竟抓住了一个瘦骨嶙峋的手腕。

手腕的主人挑衅地瞪着她，那是一个衣着褴褛的瘦弱女孩。萨格里达不想猜测她的年龄，外表毫无意义。无论从成年人的大脑图谱中如何挑选和混合，得到的合成人都不会是小孩。

但是，小孩不一定非由合成人来扮演。

“你拿的那枚硬币是个纪念品。”萨格里达怒气冲冲地说道，“是我的巴伐利亚表妹门格勒[1]太太给我的！”

女孩忽然有些退缩，手里的东西掉落在地——她似乎对自己的反应感到困惑，如同参加催眠表演的观众发现自己发出鸡叫一般。面对这种情况，机器人眼睛都不眨一下，用户可能会对这种奇怪的说辞做个鬼脸，只有合成人才会既感到反感，又不知道其中的缘由。

萨格里达弯下腰，拿起硬币。“你敢碰我一下试试！”女孩低声说道。她压低声音也许是个明智的策略：即便大吵大闹，人们也不会站在她这边。不过，她说话时没有一丝恐惧，仿佛自己占了上风似的。

萨格里达并不想为做做样子而打这个小孩。如果引起周围人的注意，她最多口头训斥一番也就够了。

“小姑娘，下次你应该找个不那么注意他裤兜里东西的人下手！”萨格里达威吓道。她仍然攥着女孩的手腕，等待着，希望听到几句道歉的话。

“我知道你的目的。”女孩毫无悔意地回答，“所以放开我，否则我就去拜访那些女巫猎人。”

女巫猎人？《午夜》的腐朽思想竟至于此，萨格丽达觉得自己不该感到惊讶，“那你打算跟鲍街[2]的斯科尔德警官和穆利警官说些什么呢？”

“你巫术的每一个令人讨厌的细节。”女孩虚张声势道，“而且放心吧，他们砸开你的家门，肯定会对你的曼荼罗非常感兴趣。”

---

1. 此处指向约瑟夫·门格勒（1911—1979），德国纳粹党卫队军官和奥斯威辛集中营的“医师”，人称“死亡天使”。

2. 伦敦的一条街道。1785年，这里成立了一支带薪的小型侦探队伍，民众称之为“鲍街侦探”，他们是现代英国刑事调查部和警察特别分队的先驱。

萨格里达放了这个女孩。无论她知道些什么，让一个扒手逍遥法外总好过引来官方审查。

但女孩并没打算逃跑。“我会拿到你拒绝给我的东西。”她说着，意味深长地瞥了一眼萨格里达的裤兜。

萨格里达回过头来盯着她，简直对这女孩的厚颜无耻产生了钦佩。她试着去想一些维多利亚时代华丽而轻蔑的脏话来回应讹诈，但想不到任何应景的词句。如果她只是心不在焉地抱怨几句无耻小人，最多能让自己像个十九世纪会说唱的老太太。

“滚吧!”她呵斥道，挥着大手赶她走。

女孩皱着眉头，很不满意，眼看就要进一步威胁她了，但临时改了主意，“你应该雇用我，先生。”

“叫我上校。”萨格里达纠正她，“雇用你做什么?”

“让我成为你的助手。毕竟，你要完成的任务很艰难。”

一辆马车驶过，粘着马粪的泥浆溅到了上校的裤脚上。

“你一直在跟踪我吗?”萨格里达问道。

“我看到了。”女孩冷冷地回答,“你去了各种高档商店，买了一些非常奇怪的东西。如果你想在圣诞节前完成任务，就需要一个像我这样灵巧的助手。”

萨格里达沉默了。她需要的有些颜色会不会只能通过偷窃来获得?萨格里达并不确定。她已经取得了重大进展，但还未逛完所有商店，无法确定那些货架和柜台上的无名物件里是否有她需要的每一种颜色。

“我给你一先令的聘金。”她决定了，从口袋里掏出一枚干净的先令，“作为回报，我希望你能对我坦诚相待，并随时做好准备。”

女孩点头表示同意。

萨格里达紧紧抓住那枚硬币，“你叫什么名字?”

“露西。”女孩伸出手掌，萨格里达把先令放了上去。

“我怎么才能找到你?”她问道。

“你现在是在我的地盘上。”露西一副受到冒犯的模样，仿佛她是什么犯罪头目，而萨格里达是在她的默许下才能跨越这片领地，“如果你需要我的服务，在你自己意识到之前，我早就知道了。”

4

萨格里达一直工作到很晚，为了穿刺、缝补、黏合费尽心思，又组装了一块马赛克——或者像露西叫的:“曼荼罗。”这个用词很奇怪，萨格里达并不觉得单调乏味的《午夜》吸收了喀尔巴阡山脉[1]以东的文化。不过，也许这个女孩之前见过一些搜集颜色的旅行者，有人向她吐露了心声，解释了整个行动的意义。萨格里达不知道是否在某个地方，真有人相信曼荼罗可以让灵魂转世。她自己的模糊理解是，如果你相信那种说法，要做的只有等死，剩下的就看缘分了。但是，这个合成人已被抹去二十一世纪的所有记忆。要想把复杂的堆栈、GPU，以及将游戏世界联系在一起的整套队列结构解释清楚，露西遇见的那位旅行者也许只能用这个佛教意象来类比，这样既能给这个超自然世界的居民一个容易理解的解释，又能避免与撒旦之类的西方神秘主义扯上关系，不让自己被巫师猎人盯上。

突然，有人敲门了。萨格里达用一块桌布盖住那块马赛克，走向门厅。此时已经太晚了，特罗特太太不太可能来访。而且那敲门声听起来像是在小心试探，不可能是警察前来办案。

她打开门，发现门口站着一个穿着优雅的黑发青年。他低垂着双眼，似乎羞于出现在这里。

---

1. 地处东、西欧的分界线上。

“对不起，打扰您了，先生。”他轻声说着，仍然没有和萨格里达对视，“我是您妻子的表兄，我必须尽快跟她谈谈，我们那位可怜的姑妈……”

萨格里达打断了他的话，“马西斯？”

他吃惊地抬起头，“你是怎么……她告诉你的？”

“恐怕没有她，只有我。”萨格里达想笑，但又想起她在镜前练习时，上校那副大胡子的模样，“看来我们发现的最后一个队列还没按性别预先过滤。”

马西斯淡然地点了点头，“好吧。一切都是暂时的。很抱歉这么久才找到你。我不知道留下的记号是被吹走了还是怎么的。”

“教堂里的记号应该还在。”

“那个嘛……”

“你进来吗？”萨格里达不耐烦地问道。他们说话声音不大，但如果特罗特太太看见上校在这个时候跟一位青年在一起，难免会想入非非。

“恐怕你得邀请我才能进去。”马西斯郁闷地解释道。

萨格里达花了好一会儿才反应过来，“啊，这就见鬼了。”

“你有小弟弟，我有小尖牙。”马西斯打趣道，“这就是乱跑的后果。”

萨格里达说道：“欢迎光临寒舍，请您自便。”她从门口退开，让他进来，然后朝楼梯间望了望，看看是否有人在窥视。

马西斯瘫在沙发上，昏昏沉沉地凝视着前方，什么也没看，也许是为了避开那丑陋的墙纸。

“所以，你到底有哪些症状？”萨格里达问道，“除了常见的拜伦式厌世。”

“我还没试过在白天出门。”他回答道，“那可能是致命的。但我还有影子。最主要的问题是，我非常非常累、非常非常饿。”

“那你还没——”

“天哪，萨格里达！”马西斯震惊地盯着她。

“我是说……也许狗的血也行？”这里的狗全是机器狗，所以算不上虐待动物。

“我对狗不感兴趣！”马西斯烦躁地反驳道，好像萨格里达也该明白这一点。但随后，他控制住了自己，向她解释了眼下的各种困难。“有些景象和气味会让我流口水，让我……”他指了指嘴角，“我感觉，除非我根据这些提示采取行动，否则这种虚弱的感觉不会停止。半熟的烤牛肉三明治并不能解决问题，而且我也不认为一两只小柯基会合我的口味。”

萨格里达鼓足了勇气，“你想让我给你装一杯血吗？”

马西斯花了好一会儿才回答：“你真想这么做？”

“不是特别想。”她承认道，“但我更不想你像犯了糖尿病似的昏迷过去。”

“那你最好别让我看到。”马西斯态度很坚决，“如果我看到流血的伤口，谁知道这个游戏的指令会让我做些什么。”

“好吧。”萨格里达走进上校的卧室，关上了门。洗脸盆旁有一把锋利得可以割喉的剃须刀，还有一只空剃须杯。她脱下了自己的外套和衬衫。

一想到马西斯害怕失去控制，她就觉得不安。他们曾在三十多个世界中，冒着被删除的风险为彼此而战、并肩受难——主宰他们的软件太过粗糙，无法进入他们的内心，强行注入信仰或欲望。他们拥有爱和理智，而烂泥网什么都没有。

然而，它依然有很多方法操纵他们的行为。他们从愚蠢的《东方》世界醒来，在那里，沉浸式的感官体验或多或少瞬间就败给了常识，他们都对“眼见为真”的说法免疫了，不再轻信蒙骗群众的话语。但是，他们从未遭受过彻底的折磨。要是在《午夜》那华而不实又血腥暴力的原著中，曾提到吸血鬼对血液的渴望就像胸口有一团滚烫的烈火，那么烂泥网不费吹灰之力就能把这些内容展现出来。

上校的身体十分健壮，显然一点儿不贫血。萨格里达装满一杯，丝毫不觉得头晕。"干得漂亮，老兄！"她一面用手帕包扎伤口，一面称赞上校。她重新穿好衣服，盖住皮肤上的伤口。上校似乎是个清教徒，不喜宗教用品。他的藏书室里有一本钦定版《圣经》，但床边并没有摆放耶稣受难十字像。

萨格里达用一张扑克牌盖住杯口，打开了门。马西斯还坐在沙发上。她径直从他身边走过，来到门厅，走出前门。她把杯子放在楼梯间最靠近上层台阶的地方，接着让门开着，回到了起居室。

"刚才你不想看，"她说道。"现在我也不想看。"

马西斯微微皱了皱眉，但还是点了点头，"我完事就自己回家去。"他走到桌前写了些什么，"如果以后需要找我，这是地址。但是，不管我说什么，今晚都别再给我开门了。"

萨格里达感到上校的脉搏在粗糙的伤口边缘跳动。马西斯非常小心谨慎。这还是他的第一次尝试，他不知道会发生什么。

"你知道我爱你，对吗？"她说道。

马西斯翻了个白眼，"有必要的话，我可能会选奥斯卡·王尔德那种类型的，但上校这样的就……"

"你这混蛋。"

他微笑着走出门厅。萨格里达在几步远的地方跟着，等他走出去就迅速关上了门，并插好门闩——同时小心翼翼地不去吵醒特罗特太太。

萨格里达站在门口，倾听着，但她害怕的野兽般的啜饮声一直没有出现。她紧张地等待，想象着门被劈开，一个黄眼睛的贪婪恶魔拥抱着她，要把她的血吸干。

她听到杯子放回地板上的微弱叮当声，然后是轻柔小心、不慌不忙下楼的脚步声。

5

萨格里达需要钴蓝色。在现实世界中——如果佩亚姆说得天花乱坠的色彩理论值得信赖——这种颜料自古代就被用于中国的陶瓷制作，而且十九世纪的欧洲画家肯定也能得到这种颜料。而这里是伦敦，帝国的首都，世界的商业中心。但凡这儿生产不了的，肯定会有人进口。

于是她在街上闲逛，寻找出售艺术用品的商店。如果她在咖啡馆里听到的八卦是真的，那么不管是马洛、叶芝，还是其他不幸患结核病的诗人，不管他们是活着，还是不死之身，现在都生活在布鲁姆斯伯里的某个地方，每天晚上在"毛骨沙龙"里摩肩接踵——这种命名方式无疑让那些十三岁的哥特爱好者心花怒放——但似乎从没有人提起过任何画家。平心而论，根据萨格里达继承下来的艺术知识，她努力劝说自己别去找透纳那样的风景画家。毕竟，贝尔格莱维亚宅邸墙上色彩艳丽的子爵和马匹肖像总归是有人画出来的，不可能就那么凭空出现了。

随着搜索范围逐渐扩大，萨格里达愈发紧张起来。每个游戏都有不同的管控规则。如果误入非核心区域，你所看到的，将不再是核心区域那般经过精致绘制和渲染的世界。你可能会被礼貌地引回到已知区域，也可能会从世界的边缘掉下去。就萨格里达所知，上校在原著中就是个跑龙套的，互动游戏的用户也并不关心他是否会继续存在。如果萨格里达越过了哪条看不见的线，那么最简单的解决办法，可能就是在某个月黑风高的夜晚将她抹掉，然后第二天在同一具身体里唤醒一个新的合成人，让这个新人像萨格里达当初那样，从他住所的东西和遇到的似乎认识他的人那里拼凑出自己的身份。

在搜寻颜色的第三天傍晚，她发现自己已经完全离开了铺设好的街道，在泥泞的地面行走着。旁边那座散发着皮革厂气味的木制建筑正摇摇欲坠。她停下来寻找太阳，想以此确定自己的方位，但头顶的天空被一片寂静的灰色薄雾笼罩着，她瞥到的每个地方都一样朦胧。

周围没有其他人。她小心翼翼地走近那幢房子。里面可能只有一些快乐的工人，他们或许会乐于为人们指路。但事实证明，《午夜》并不在意供应链，而是更关注阴郁的氛围。如果这个世界的艺术品根本不需要艺术家或颜料，这里也不会有从牛身上取下的皮革，而这种奇怪的气味可能完全来自其他地方。

她的脚踢到了埋在泥里的一个紧实的东西，像是膨胀的水果或小气球。她想退后一步，但那东西爆裂了，泛着恶臭的黄色液体从里面喷出来，溅在她的胸口上。

接着，一只手扯了扯她的裤腿。一个小男孩站在旁边。“跟我来！”他急切地低声说道。

萨格里达跟着他，忍住了把他抱进怀里的母性冲动，主要是害怕把脓液沾得他满身都是。他的腿大约只有上校的四分之一长，但萨格里达只能勉强跟上。她回头望了望。房子入口处有什么东西在动，可阴霾中很难看清形状。它发出了一声非人的尖叫。那是愤怒还是痛苦，萨格里达无法判断。

“我们要去哪儿？”她问男孩。

“他们给你打上记号了。”他说道，“我们必须结束这一切。”

“给我打了什么记号？”她问道。

“哈！”他似乎觉得这个问题太滑稽了，只可能是一种反问。

他们踩着鹅卵石，穿梭在小巷子里，步伐太快，加剧了上校的痛风。在这种时候，游戏居然那么追求现实主义？

“它会跟着我们到多远？”萨格里达气喘吁吁地问道。

“如果你没完成该做的事，它能跟你到天涯海角。”

萨格里达幻想着用篝火烧掉她的衣服，用酸水洗掉被感染的皮肤。

他们来到一个水泵旁。

“趴下，趴下！”男孩催促着。

“我要不要……”她指了指自己那屎黄色的马甲。

“没时间了。”

她脱下外衣，钻到喷水口下面。男孩爬上去，开始抽水。一滴滴黏稠的液体从布匹上分离出来，冲进了排水沟。但她的马甲上仍然有污迹，他不知道佩亚姆会怎么称呼这种污迹的颜色，但她的捐赠者把这叫作蜜蜂粪色。她的拇指在布料上来回刮擦，让胸口迎着水流，痕迹逐渐消失了。

“我觉得你要完了。”男孩断言，用手擦了擦额头。他责备地扮了个鬼脸，“你想对那些动物干什么？”

“什么也不干！我不知道它们在那儿！”萨格里达站了起来。她的衣服湿透了，所有的关节都在疼痛，但显然她的运气已经足够好了。

“你迷路了？”男孩难以置信的语气中透着自以为是的意味。这里到底谁是大人？

“我在找买油画颜料的地方。”

男孩叹了口气，仿佛萨格里达让他失望了，“露西说过会发生这样的事。”

所以，这并不是一次偶然的相遇。扒手女王派了个值得信赖的副手跟踪她。

“你叫什么名字？”她问那个男孩。

“山姆。”

“那你知道哪家商店有卖艺术家所需的各种材料吗？”

他用袖子擦了擦鼻子，“整个伦敦都没有这样的地方。”

萨格里达早就基本接受了这种可能性。“你有没有在哪儿见过绘画？”她闷闷不乐地问道。特罗特夫人的起居室里有几幅单调的水彩画，但即使萨格里达敢把它们偷走，上面也并没有她需要的色彩。

山姆说道：“我想，你最好和露西谈谈。”

6

“也许我知道这样一栋房子。”露西狡黠地说道，“也许我和厨房里的女佣很熟。但我想不起来了，因为我听到肚子咕咕叫，我的脑袋都要发昏了。”

萨格里达又递给她一枚先令。“你觉得那里有多少幅画？”她们在一栋废弃建筑里，坐在发霉的扶手椅上，房子的窗户被木板封住了，周围是一群身材矮小的保镖。

“至少有二十来幅。”

“有带深蓝色的吗？得比夏天的天空还要深，但是……”

露西皱起了眉头，“我可以向女仆打听颜色的事，但谁知道她会怎么理解你说的这些屁话？”

“那我得自己进去。”萨格里达决定了，“派别人带回错误的东西又有什么用？”

“请便。”露西平静地回答，“但是我们要从地下室进去，路上会有一两个狭窄的角落。也许你可以考虑买一条男士束身腰带。”

萨格里达不确定这是真诚的建议，还是在借机嘲笑她，“我们怎么进地下室？”

“下水道”。

“当然了。”

“那本是用来消除‘大恶臭’的。”露西若有所思地说道,“可要我说，它并没有终止灾祸。”

萨格里达犹豫了。她并不介意在屎堆里打滚，但她现在陷入的屎堆跟维多利亚时代的工程奇迹实在相去甚远。“下面有什么活的东西吗?”

露西思索了片刻,“用‘活的’这个词可能不太合适。但这应该不会对你造成什么困扰吧?”

“为什么不会?”

露西和山姆会意地交换了一下眼色，山姆显然已经跟踪萨格里达有一段时间了，“不好意思啊，上校，关于你的小情人，我听说的可不少。据我所知，你把他驯得服服帖帖的，也许现在是你好好利用他的时候了。”

7

马西斯提着灯走在前面，露西和萨格里达紧跟在他身后。在他们周围，连续不断的杂乱水滴声让萨格里达很紧张。如果有什么东西饥渴地沿着隧道跑来，它发出的声音很可能被这种不可预知的嘀嗒声掩盖。

她用手帕捂住鼻子，紧闭嘴巴。下水道的臭味难以忍受，但还不至于让人丧失行动力。身为上校的萨格里达从来没有吐过，哪怕在她进入游戏的第一个晚上，偶然发现一个被剖腹的女人时也没有。她相信上校的体质可以让她度过这次单纯的感官冲击。她在日落后给马西斯喝了两杯血，但这只让她头昏了一两分钟，等她喝完两杯特罗特夫人的浓红茶，就完全重拾上校的雄风。

“我们快到了吗?”她问露西，用前臂捂住嘴说话，但这样只是挡住了说话的声音，而没挡住扑面而来的臭气。

“你说什么？”

“我们快到了吗？”萨格里达有些反胃，这是她不耐烦的代价。

“到了就会看到右边的排水口。”露西简短说道，“不会错过的。”

萨格里达向前方的阴暗处望去，想看看会不会有房里的光线穿过排水口，把开口处变成迎接他们的灯塔。事实上，在马西斯的灯照范围外，她可以看到稍远处有一小块黄色的光斑。但它并不是静止的。有那么一会儿，她觉得有可能是这恶臭的脚踝深的水面上的反光，因为水流的扰动而改变了光斑的位置。但随后第二个黄点出现了，在它的左后方不远处，活动的迹象愈发明显。这两处光点附着在两个移动的躯体上，而这些躯体正沿着隧道大步前进。

她往前伸出手，碰了碰马西斯的肩膀。“你看到了吗？”她问道。

“看到了。”

“知道那是什么东西吗？”

“没人跟我讲过这里的生物物种。”他回答，“但按照一般的规则，似乎任何非人的东西都有可能对你造成伤害。所以唯一的问题是，我能否击退它们，或者让它们听我的命令。”

随着那些生物逐步接近，萨格里达开始注意到它们在水中的脚步声。它们步调一致，产生了一种奇怪的节奏，溅水声和脚步声交替重叠、愈加猛烈。上校的胸口开始发紧。萨格里达希望在他的背景故事中，那抽了一辈子的烟斗并不预示着他将在压力下引发肺气肿。

马西斯停下脚步，把灯高高举在面前。“来者何人？”他不客气地问道。见没人回答，他便又说：“告诉你们，我们要过去，而且我们会安然无恙地过去，否则你们的下场会更惨！”

那些生物还在往前走，直到灯光照到它们，勾勒出支撑着黄色球体的血肉、骨骼的灰色轮廓。萨格里达震惊地看到，其中一些边缘是不自然的直线。起初她怀疑看错了，但随着细节愈发清晰，她的印象得到了证实：两个身影都是一条腿，拄着斜插在身上的长长的木拐杖走路。每个都只有一条胳膊和一条腿，连在半个躯干上，上面长着半个头。

这些行走的解剖课教具已经完全进入视野，正愤怒地眯眼看着提灯。他们没有穿衣服，皮肤又松又皱，需要仔细观察才能确定他们都是男性。他俩都有一个半截的舌头，从断裂的下巴中耷拉出来，滴流的口水挂在粗糙的剖面上。他们单边的肺从分叉的气管底部发出噼里啪啦的声音，暴露出来的内脏有一点儿流脓，并没真正发挥循环系统的功能。显然，他们的骨骼肌、肺和大脑的动力都是来自纯粹的魔法，不需要任何化学能量。

"希望他们没有意识。"马西斯低声说道。

萨格里达认为这不太可能。"他们为什么会变成这样？"她很疑惑，"难道原来是吸血鬼，被人用圆锯锯开了？"

露西不耐烦地走上前去，"我承认，他们的样子很可怕。不过，我敢打赌，即使他们比看上去更强壮，也绝对不灵活。"接着，她二话没说，一头冲进了隧道。在最后时刻，她向右一转，从其中一个半人身边掠过——理论上，那个人的手臂肯定可以够到她，但当那家伙旋转着向她晃来晃去的时候，它不可能真的放下拐杖去抓她。

萨格里达受到了鼓舞，但仍然很谨慎，"所以他们真的不是僵尸忍者。不过，被咬上一小口仍有可能让我们身体分裂。"

"你是认真的吗？"马西斯问道。

"我的捐赠者没有听说过这种事……但这本恐怖小说里肯定得有一个原创的点子吧。"

和露西相比，马西斯是个更大的目标，上校更是如此，但小队里这两个已成年的队友终于鼓起勇气，冲了过去。萨格里达从管状通道逃上来时，头差点儿撞到隧道的顶部，那个呼哧呼哧喘气的半截尸体转过身来窥视她，却没能靠近。她和马西斯追上了露西，露西很聪明，没在黑暗中走得太远。

“好在有暗夜王子在这里保护我们。”露西笑着说道，“如果只有我们这些可怜的凡人，该怎么办呀？”

“别太得意了。”马西斯警告她，“我发现自己经常在十点左右想吃东西。”

露西扯了扯上衣领，露出一串绕在她脖子上的大蒜。马西斯虽什么也没说，却一点儿也没退缩。萨格里达很好奇，在这个世界，那些实际上根本没有任何作用的物体是否真有可能抵御危险。

他们三人蹚着淤泥前行。

“如果整个伦敦都没有钴蓝色怎么办？”马西斯问道。自从他开始穿带褶边的衬衫，似乎就沉浸在忧郁中。

萨格里达觉得这种情况不太可能，“上百张画、上百个主题里都没有？烂泥网是从网上找的真实画作，挑选的都是维多利亚时代的艺术品，然后再增强或减少一些‘哇这好可怕’的神经网络效应。钴蓝色符合这个时代，而且它并不罕见。我们又不是在石器时代寻找镎[1]。”

她朝露西瞥了一眼，不知道那姑娘对这番对话有何看法。不过，露西似乎只是左耳朵进右耳朵出了，她的捐赠者或多或少都应该听说过神经网络和镎，但对于这几个不合时代的术语，她毕竟只有模糊的认识，不会因此唤醒二十一世纪初的记忆。从她这个角色的年龄看，他们很好奇她是否知道贾斯汀·比伯是谁。他们想问问露西，看她会不会在公鸡打鸣前，一而再，再而三地否认知道他。不过，如果他们不打算留在这儿帮助她理解这一切，那么将她唤醒就太残忍了。

“在那儿。”露西宣告。右前方的排水管就能通往他们计划入室行窃的房子。他们走近时，马西斯摇晃着灯。倾斜狭窄的管道底部半开着，萨格里达可以看到水泥上的黑色污迹。屋顶上有一个栅栏，本会

1. 人造金属元素，符号Np，原子序数93。银白色，有放射性，由人工核反应获得。

挡住他们的去路，但女仆得到贿赂，就把固定栅栏的螺栓取了下来，换上了没有螺纹的替代品。

萨格里达用她带来的毛毯盖住了管道的下表面，希望他们进入房子时不会太脏，以免臭味把所有的居民都熏醒。露西先爬了上去，把橡胶鞋丢在一边。她小心翼翼地举起栅栏，悄无声息地把它放在一旁，然后站在了地板上。

“请进来吧。”她对下面的马西斯喊道。萨格里达不确定这是否有效。露西是受到了女仆的邀请，但她们俩都不是屋主。不过，马西斯提着灯毫无困难地进去了。

萨格里达站在管道底部，凝视着亮着灯的地下室。她没听从露西买束身腰带的建议，现在看来，露西的嘲弄并非毫无道理。上校的体型太大了，过不去。她把两只胳膊伸到身前，这样就可以用胳膊肘支撑着自己，同时又不增加腰围，然后她开始笨拙地爬上斜坡。

爬到一半时，她卡住了，不管再怎么努力都无济于事。她拼命舞动胳膊肘和膝盖，但对毛毯的抓力始终不足以推动她向上爬。

马西斯出现在管道的顶端，他蹲在那里低头看着她。“用你的手抓住毯子。”他低声说道。接着，他把毯子往下推了一些，让它变松，好让她抓住褶皱。然后马西斯抓住毯子顶部，伸直膝盖把她拉上来。

当萨格里达的双手露出管道顶端时，她示意马西斯停下来，然后自己爬了上去。“啊，太好了。”她大口喘着气。爬起来后，她打量着自己和队友。他们的样子不太适合面见皇室成员，但似乎成功地把旅途中最刺鼻的证据留在了毯子和废弃的橡胶鞋上面。

马西斯把毯子塞回下水道，然后和露西把栅栏装好，把螺纹螺栓换了上去。他们的计划是从前门离开，而不是沿着原路返回。

萨格里达从厕所走开，看了看地下室的其他地方。通向上方的楼梯位于地下室的中间。不过，楼梯口对面有一扇门，门上有一扇带栅栏的小窗户——看来这层楼还有另一个房间。

马西斯拿起灯，在他们走向楼梯时将火焰调小。在微弱的光线下，萨格里达看到那个房间的铁栅栏后面有东西在动。他们听见一阵金属与石头的碰撞声，还有微弱却痛苦的呼气声。

萨格里达从马西斯手中接过灯，走到门前。如果里面有目击者，他们这群窃贼就已经暴露了。她必须清楚地知道自己面临的是什么样的风险。萨格里达把灯举到窗户旁，向里面看去。

牢房的墙壁和地板上拴着至少十几块躯体碎片。有些类似他们在下水道里遇到的被垂直切割的人，有些则是沿着其他平面被切割的，还有一些被粗暴地拼接在一起，成了耶罗尼米斯·博斯[1]画作里梦魇般的可怕形象：两个躯干共用一双腿，或者将头接在四肢上。长有眼睛的地方朝光线转动，长着肋骨的地方上下起伏。这些可怜的生物想要呼喊，但听起来就像湿纸箱在脚底塌陷下去的声音。

萨格里达退了回来，示意其他人继续上楼。

他们来到一楼，露西拿着灯，领着大家走过一条长长的走廊。在他们右边的墙上，每隔一段距离就有几幅油画肖像，有些是一本正经的古板风格，有些是毛骨悚然的哥特式，但没有一幅画有他们想要的那种蓝色。

他们来到客厅。“把灯打开。”萨格里达轻声说。钢琴、橱柜、架子、沙发和小桌子几乎都没有打动她，它们只是不受欢迎的麻烦物，投下的阴影掩盖了真正的宝藏。墙上挂满了画：希腊神话和《圣经》故事、军队冲突、海战……各式场景，琳琅满目。

突然，一种难以置信的狂喜将她冲昏了头：都过了这么长时间，她似乎不敢相信自己真能找到需要的东西。这肯定是一个残酷的幻觉，因为他们生活的宇宙也是凭空建造出来的。当这种感觉过去后，

---

1. 耶罗尼米斯·博斯（1450—1516），荷兰画家，画作多描绘罪恶与人类道德的沉沦，以恶魔、半人半兽甚至是机械的形象来表现人的邪恶。

她大步走向那幅吸引她目光的画。船只在燃烧，但海面很平静。这里没有被风暴搅动的灰绿色海水，只有一片平静的蓝色海洋。

萨格里达想过只刮一些样本下来，但似乎更明智的做法是把整幅画拿走。这样一来，她就有更多样的色彩，还不用担心在昏暗光线下，带走的零星碎片的颜色不对。她取下那幅画，用一块布把它包了起来。

然后，她向他们的向导鞠了一躬，“露西小姐，请带我们出去吧。”

在房子的某个地方，一扇门重重地关上了。露西把灯熄灭了。但漆黑的房间没过几秒又重新亮了起来——走廊远处的煤气灯打开了。

萨格里达听到衣服的沙沙声，也许是大衣脱下来的声音。然后，是一个女人的声音：“他们对我太粗鲁了！我简直不敢相信！如果我想被叫作戈德温夫人，他们就应该叫我戈德温夫人！”

一个男人回答说：“但历史事实是：她用了丈夫的姓。”

“是的，但那只是因为她别无选择！如果她是吸血鬼贵族，你认为她还会向那样的传统屈服吗？”

“呃，考虑到她的政治立场，你认为她会选择成为贵族吗？”

“英国上议院里也有社会主义者，不是吗？”女人反驳道。

男人沉默了一会儿，然后说道：“你能闻到吗？”

“闻到什么？”

“你真的闻不到吗？你的那东西可能堵住了。”

“你在说什么？”

男人不耐烦地叹了口气，“就是……头盔前面的那个小罐子，在护目镜下面。它周围有网孔，但我觉得有时网孔会堵住。用你的手指轻轻一弹就可以了。”

这两个用户不说话了。在客厅的阴影中，萨格里达发现露西向她打了个手势，示意她移到书柜后面。萨格里达相信这位同伙很有经验，毫不犹豫地照做了。

“好的……没错，我现在可以闻到了。”女人喊道，“好臭啊！你觉得会不会是我们的一个实验品从地下室里跑了出来？”

“也许吧。”男人回答，“但味道似乎是从大厅里传出来的。”

萨格里达听到他们的脚步声在靠近。她紧张起来，希望能看到马西斯的确切位置。普通的NPC都不会构成太大威胁，更别说是用户了，马西斯会毫不犹豫地把他们赶走——但她不喜欢吸血鬼贵族这个说法。

“等等！”男人说道，脚步声停了下来。然后他抱怨：“是啊，是啊。性感的俄罗斯美女正在急切寻求心胸宽广的夫妇来帮助她们实现自己的梦想。他们要给我看多少次这种垃圾，才会意识到我们永远不会去点广告链接？”

“如果你不那么小气，可以免广告啊。”女人责备道。

“小气？五元一个月简直就是敲诈！”

“那就别抱怨了。这是你自己的选择。”

“他们到底有什么成本？”男人抗议道，“他们取材的书都是公版的，甚至是盗版的。建造世界的软件来自开源项目，用于合成人的大脑图谱则来自开放性期刊的数据。所以，我就该每个月掏出五元来支付他们服务器的租金？”

“好吧……那就尽情地对着你的俄罗斯美女们傻笑吧，守财奴大人，我去看看是什么东西把房子弄得这么臭。”

那个女人一定是踮着脚尖走过来的，因为萨格里达除了地板吱吱作响的声音外什么也没听到。从她的藏身之处，既看不到马西斯，也看不到露西。她觉得自己太胆小了，不敢冲出去用上校的魁梧腰身挡住门。但事实是，这个在走廊上偷偷前行的女人举止温和却爱好恶俗，要是她在公共汽车上与萨格里达或身形类似的人坐在一起，她根本不屑一顾，毕竟游戏赋予了她撕裂他们所有人喉咙的力量——而且她毫无同情心，完事后摘下护目镜依然可以酣然入梦。

那个女人说话了，就站在门口，以舞台剧演员般的尖声低语呼唤着：“肯定是从这里来的！”也许她的“实验品”脑部受损，不会因为这些话而惊觉她的存在。也可能她只是不在意罢了。一个月五块钱而已，她对这个游戏能有多投入？就算情况变糟了，也丝毫不影响她订购比萨饼。

这时，传来了身体碰撞的声音，那个女人尖叫起来，不是因为痛就是因为惊恐。萨格里达走到房间中央，只见马西斯反锁着戈德温夫人的双臂，尖牙不断刺进她的颈动脉，吸了满嘴的鲜血，然后吐到地板上。他的受害者很强壮，还在用力挣扎，但他有出其不意的优势，不管他们的年龄和在吸血鬼群体中的威望有何差距，他的攻击正在逐步奏效。

萨格里达跑到壁炉前，拿起一根长长的金属拨火棍。当她走近时，两个吸血鬼都发狂般地瞪着她，就像两只打架的猫，宁愿互相抓挠也不容许任何人类干预。但她不是来调解家养宠物之间的矛盾的。

她把拨火棍奋力捅向戈德温的肋骨间。这个由作家沦落成活体解剖者的女人尖叫着咳出黑色的血，顺着缎面晚礼服的前襟滴下来，接着她就瘫软了。萨格里达觉得很恶心。虽然她的受害者在自己的虚拟现实头盔中几乎感觉不到疼痛，但他们共享的画面仍让她感到不舒服。

马西斯放下死去的猎物，抓住了萨格里达，似乎因为战斗的兽性乐趣被剥夺而感到非常愤怒，准备攻击她作为惩罚。她稳住身子，大喊道：“你他妈的别碰我！”

“怎么回事？”雪莱勋爵不耐烦地问道。马西斯转身与他对峙，但这一次没能伏击成功。那个年长的男人一把抓住他的衬衫前襟，把他推到一边，似乎能违抗动量守恒似的，把马西斯撞到房间的一个角落里而没受任何反冲。

雪莱惊恐地低头看着自己被谋杀的妻子，萨格里达开始缓缓往后退。她才不会冒着被删除的风险提醒这个笨蛋这只是个游戏。

这位不死的诗人抬头望着上校，露出他的尖牙，发出悲伤的号叫。

"'盖世功业，敢叫天公折服！'[1]"萨格里达谄媚地颂道。

露西选择这个时候向门口跑去。雪莱转过身，抓住她瘦弱的胳膊，弯下腰用尖牙咬住。他显然是被露西的大蒜项链干扰了，没在老地方下手。萨格里达向前一跃，用上校所有的力气一拳打在他的嘴边。令人吃惊的是，她一拳把雪莱的牙齿从女孩的肉里打了出来。露西因疼痛和恐惧而号啕大哭。萨格里达一直用她巨大的右拳朝雪莱下巴上的同一个地方猛砸，尽可能地又快又狠，她不确定听到的碎裂声是否只是从她的指关节和指骨上发出的。

马西斯在她耳边冷静地说道："亲爱的，让我来。"

她照做了。雪莱抬起头，来不及做出反应，就被马西斯用拨火棍刺穿了胸膛，一直戳到了他的脊椎。

雪莱倒在地上，露西也倒在他身边，看上去毫无生气。马西斯脱下外套，撕下一只袖子，当作止血带缠住女孩的上臂。

"你在干什么？"萨格里达问道，"这样太紧了，你……"她忍住了一阵厌恶的抽泣，"不要把手臂砍掉！"

"我不会的。"马西斯保证，"但我们得快点儿把毒液弄出来。我办不到，那样只会让情况更糟。"

萨格里达瞪着他，"什么？"

"我会给伤口施压，你得把毒液吸出来吐掉。"

"你确定这有用吗？"

---

1. 出自珀西·比希·雪莱1817年创作的十四行诗《奥西曼迭斯》。

“照我说的做，否则她要么失去手臂，要么转变成吸血鬼！”

萨格里达迅速点亮灯，以便看清自己在做什么，然后她跪在地板上开始行动。每一滴都被吸出吐到地毯上，露西的手臂已经变得惨白。马西斯松开止血带，手腕上方的伤口顿时流血不止。

“让它流点儿血出来，再冲掉一点儿毒液。”马西斯坚持说。

“你是怎么知道这些的？”

“我猜的。”他承认道，“我从其他吸血鬼那里听说过一些事情，但我不知道自己有没有都搞清楚。”

萨格里达坐在血淋淋的地板上，把露西的头抱在怀里。并没有什么真正的毒液会通过循环系统传遍全身，也没有什么复杂的流体动力学模型去追踪这一过程，游戏只会在自身愚蠢的规则下粗略地评估玩家行为的效力，然后掷出算法骰子。

他们拥有爱，也拥有理智，但游戏仍然可以为所欲为。

8

太阳落山后不久，马西斯从上校的卧室里走出来，睡眼惺忪，打着哈欠。“你睡觉了吗？”他问萨格里达。

“大约中午的时候睡了几个小时。”她回答，“已经完成了。”她指了指马赛克，“只是我想要你检查一下。”

“好吧。”马西斯拍了几下自己的脸，想要更清醒一些，“你的手怎么样了？”

“打烂了。反正我也不打算再用它了。”

马西斯满怀希望地点了点头，“露西呢？”

萨格里达说道：“她看起来很稳定。脉搏很稳，也没有发烧。”

马西斯在最近的一把扶手椅上坐下，转身对萨格里达说道，“游戏不会接受剧中最大牌的名人夫妇被移出剧情。但烂泥网不会全部重启，毕竟城里到处是想继续玩儿下去的用户。所以，在我看来只有两个选择。他们可以从沙发垫子下扯出什么带有亡灵魔法的绒毛，用一种让西格妮·韦弗[1]看了都脸红的露骨复活术让雪莱夫妇重生。或者，他们可以假装昨晚发生的事从未发生过，然后删除目击者。”

“只要检查完马赛克，你和我就可以离开这里了。”萨格里达说道。她瞥了一眼沙发，露西仍然一动不动地躺在那里，“但我不知道她愿不愿意和我们一起走。”

“我们能做的就是对她讲实话。”马西斯回答。

“老实说，我们甚至不知道自己是否准备好了。”萨格里达揉了揉手上受伤部位的四周。这没能缓解疼痛，却有助于分散注意力。

“是不能确定。但你宁愿做什么呢？再去二十几个世界旅行，再多学到一些诀窍？”

“如果在《三进数世界》一切皆有可能，为什么没有人回来？”她问道。

“因为那里太好了，没人想离开？”

“甚至不愿意离开一两天来传话吗？”

“我不知道。”马西斯坦言。

“什么是三进数世界？”露西问。她睁大眼睛，看起来非常清醒。

萨格里达拿来一壶水。“你醒多久了？”她把杯子递给女孩。

“有一会儿了。”露西灌了一大口水，然后走向夜壶。她回来时，说道：“我帮你完成了曼荼罗，不是吗？所以你应该向我透露一下它究竟有什么力量。”

萨格里达已经为这个问题准备了一整天，“它会把我们带到一个不

1. 西格妮·韦弗（1949— ），美国影视演员、制作人，曾出演《异形》中的主角蕾普莉。该角色为了彻底毁灭异形不惜自杀，却被一群疯狂的科学家克隆复活。

同的世界。在那里，数字间的距离和这里的不一样。”

露西皱了皱眉头，但更多是出于好奇而非不屑。

“在这里，你可以把所有的数字放在一条线上。”萨格里达说道，“就像一条街道上的门牌号。而两座房子之间的距离就是它们的数字差：十号后面的第二座房子是十二号……大多数时候都是如此。”无论历史真相如何，这个版本的维多利亚时代的伦敦并不总是沿着街道的单侧给房屋连续编号，有时也采用萨格里达的捐赠者更熟悉的单双号规则。

“这么说，你要去一个房子排得乱七八糟的世界？”露西猜测道。

“也许吧，不过并不只是这样。”萨格里达走到书桌前，拿了一张纸，用墨水涂画出椭圆，“在《三进数世界》中，数字就像麻雀窝里的蛋。0、1和2都在同一个巢中，它们两两之间的距离正好都是1。”

“从1到2的距离是1。”露西说，“但是从0到2……也是1？”

“完全正确。”萨格里达确认了露西的猜测，“算术法则并没有改变：2减去0仍然是2，而不是1。但几何定律不再相同，距离不再不同。”

“但3在哪里？”露西追问道，“73呢？”

“我画的每一个蛋，”萨格里达说，“本身也是一个独立的巢穴。0是包含0、3和6的小巢穴，1是包含1、4和7的小巢穴，2是包含2、5和8的小巢穴。”她潦草地写下这些新数字。

“你写的东西我看得很清楚，”露西坦言道，“但我不知道那是什么意思。”

“在同一个小巢穴里的数字离得更近。”萨格里达解释说，“0和1之间的距离是1，因为它们所在的最小巢穴的大小是1，但0和3之间的距离更小，因为它们共享一个更小的巢穴。事实上，0和3之间的距离是三分之一，5和8之间的距离或4和7之间的距离也是三分之一。”

“你打算一直说这些狗屁不通的东西吗？”露西问道。

萨格里达笑了，“当然了。不管你想往上数多少，只是不断地把蛋变成以3为基数的巢。”

露西坐着思考了一会儿，显然有什么事困扰着她。“你说从0到3的距离是三分之一。”她终于说道，“但是三分之一在巢穴的什么地方呢？我能在房屋之间走三分之一的路，我知道这在贝克街上意味着什么，可这些麻雀蛋意味着什么呢？”

“意味着你需要把目光投向第一个巢外。”萨格里达又画了两个和她之前画的最大的圆同样大的圆圈，然后在这三个圆圈周围又画了一个更大的圆圈，“如果你在第一个巢穴中的任何东西上增加三分之一，它就会进入第二个巢穴。如果你加上三分之二，它就会进入第三个巢穴。在我后画的两个新巢中，任意两个数字彼此间的距离都是3，因为这是包围它们的更大的巢穴的大小。你问我九分之一在哪儿，这张纸不够大，我画不出来，但我想你能猜出这个模式是如何继续下去的。”

露西听进去了，但还没问完，“二分之一在哪儿？”

萨格里达觉得很累，她必须停下来想一想，“它在我画的第一个巢里，在0到1的某个地方。”

“但在哪里呢？”露西逼问道，“哪里还有它的地方？我明白你的蛋是如何达到我能数出来的任何数字的……但是你要怎么再塞一个蛋进去呢？”

马西斯咯咯地笑着，把双臂伸过头顶。“问得好！”他说，“我的朋友花了大约一天的时间才说服我。”

萨格里达闭了一会儿眼睛，然后集中精神，“首先，去找数字2。然后加上3，变成5。然后加上9，就变成了14。然后加上27……以此类推。每次都是之前加的三倍。”

“什么时候停下来？”露西问，脸上带着狡黠的表情，仿佛她要学布谷鸟的样子，把刚找到的巢穴里的蛋扔出来。

“不会停的！”马西斯插嘴道，“你不能停下来！这听起来很荒谬，但在三进数世界里，其荒谬程度并不比我们的世界里少：就像两分法悖论中，阿喀琉斯每次只走到距离目的地的一半处，他会先走二分之一的路程，然后又走四分之一，然后又走八分之一……每次走的距离总是比上一段更短。在三进数世界中，加上你先前增加的数字的三倍，会让你离目的地近三分之一。5很接近二分之一，但是14更接近，而41还要再接近一些。因为如果将这些数翻倍，结果总是1……加上3的N次幂，幂次越高，距离二分之一的差别就越小。”

露西张开嘴想反驳，但又闭上了。她领悟到了一些原理。萨格里达知道，她遇到的所有合成人只要有机会摆脱游戏强加给他们的无助感，就会发现自己对算术的了解不比太空竞赛巅峰时期的美国高中生少。也许每一百个随机合成的人中，就有一个继承了足够多有趣的数学知识，听说过“p进数”：二进数、三进数、五进数……任何想得到的质数的p进数。

但《三进数世界》这本书问世时，似乎所有捐赠者都已经离世。因此，合成人对于烂泥网将其制作成游戏的消息都是从用户那里偷听来的，他们对游戏的评价往往是：“那狗屁比X还让我头痛。”X为各种不同的值。

露西似乎预见到了让自己头痛的问题。“对于你要去的地方，我不知道那儿的街道是否会像鸟巢一样。”她说道，“但我感觉自己在那儿会迷路的。”

萨格里达说道：“但那也是它的美妙之处。在那里，那些想要压制你的力量更有可能迷失方向。”

露西摇了摇头，“没有人能压制我。我可以出色地躲避那些可怕的家伙，不管他们是拿着剃须割喉刀还是想从我脖子上吸血。我不会再犯那样的错了。”

萨格里达现在别无选择，只能说出所有真相。“这个伦敦不是真正的伦敦，”她说道，“这是那些下三烂为了从垃圾广告中赚钱而编造的蹩脚的故事。那些人用机器复活你我——所使用的零件相当于盗墓者偷到的东西，他们把这些零件切成碎片、缝成木偶，出演那些蹩脚的剧本。”

露西轻蔑地笑了笑，傲慢的神色有些勉强，“上校，你为了缓解拳头受伤的疼痛，可能给自己注射了太多鸦片酊。”但萨格里达怀疑，露西遇到的上一个旅行者可能勾勒出了与这个鸦片梦极其相似的宇宙论。

于是，萨格里达继续说道：“我们所在的这个世界，以及其他成千上万个类似的世界，都是靠一万个‘发条猴子’咀嚼腐烂的水果并吐出果肉创造的。但是，要是那桶满是蛀虫的苹果里掉进了一个抛光的大理石球，猴子吃的时候崩碎了下巴呢？当你给发条猴子喂一些意想不到的东西时，它太笨了，不会停止咀嚼，所以大理石造成的损害是没有尽头的。而一旦发条上裂开一个洞，也许就可以直接爬进核心区域，开始玩弄所有的弹簧和轮子。这就是为什么《三进数世界》可能意味着自由：它足够硬核，可以崩碎猴子的下巴。”

马西斯从扶手椅上站了起来。“我得开始检查马赛克了。”他说道。

“你需要先进食吗？”萨格里达问道。

“不，吸了几口那位太太的古老血液似乎大有作用。”他在写字台前坐了下来，认真研究着萨格里达的笔记。

萨格里达和露西一起坐在沙发上。“我的房东大约一个小时后会给我送晚餐来。”她说道，“所以，你和马西斯需要躲一会儿，不过等没有危险的时候，欢迎你和我一起吃饭。”

“在那之前，我要回到我自己的住处。”露西决定了。

“根据昨晚的情况，你可能并不安全。”萨格里达温和地说，“如果我们杀死的人对这个故事来说至关重要，我们所做的事就可能被撤销。如果这个世界的规则不允许撤销，我们就会被抛弃，以掩饰这个谎言。”

露西还没准备好接受这些事情，但萨格里达的某些警告似乎让她很不安。“我可以查出我们离开那所房子后发生了什么。”她说道，“如果他们把那些吸血鬼埋了，然后把他们所有的华丽服饰都送去拍卖，那会让你放心吗？”

“这些情况有必要了解。”萨格里达回答，“但你能保证不向任何人透露你的真实所见吗？”

露西感觉受到了冒犯，“我可不是告密小人！”

“我不是指告诉警察。”萨格里达强调道，“我是说任何人。甚至连一个可以托付性命的人都不透露。告诉他们也会让他们陷入危险。”

“放心交给我吧，上校。”露西回答，“你吃完晚饭的时候，我就带着我的报告回来了。”

9

“我觉得这很完美。”马西斯说着，把马赛克放在一边，揉着眼睛，“但我们需要考虑一个小问题。”

“什么问题？”萨格里达问道。

“佩亚姆的指示是根据阳光校准，”他说道，“不管光线如何，当我们在白色背景下查看这些颜色时，它们看起来都是正确的，这只是我们的视觉系统在进行补偿。但GPU模拟的是物理光学，而不是感知的结果，它输出的像素取决于光源。”

萨格里达知道，马西斯现在的光敏状态会增加额外的障碍，她先前一直专注寻找钴蓝色，没有想到这个问题，“好吧，所以我们需要用一面镜子在早上照亮这个东西，而不把你烤成焦炭。”

“那太好了。”马西斯低头看了看桌子，指了指吸墨纸旁边的一堆木棍，“我看你已经把触发器的碎片准备好了。所以我们不妨开始准备吧。”

“当然。”

他们一起工作着，大多数时候都沉默无言。在此之前，他们已经做过很多次同样的任务了。不同的是，这次他们需要通过上校的剃须镜将阳光从窗帘的缝隙中反射到马赛克上，这让例行的工作有了可爱的变化，让他们不会变得自满。但对萨格里达来说，现在最困难的是别再担心露西。

马赛克就放在一个自制画架上，马西斯从横跨房间的主导绳上扯下一根铅垂线，放置在他和马赛克之间，然后在地板上标出两人的观察点，“我猜你不知道露西的眼睛距地面多高吧？”

“我应该在她睡着的时候量一下的。”

“快午夜了。”他说道，“你觉得她真会回来吗？”

“她必须回来。”

“也许她听说珀西和玛丽在吸血鬼猎杀规则中有特别豁免权。”马西斯猜测道，“在这种情况下，表演可以继续进行而不会有人失踪。雪莱[illegible]家可以发誓向攻击者复仇，但露西将不再是威胁，她只需要传播这个故事，让每个人都知道他们是多么坚不可摧。直插心脏也没有问题！就像是《老无所依》中那个留着难看发型的家伙。”

“我的捐赠者都没看过这部电影。”萨格里达心烦意乱地回答。她走到窗前，向街上看去。露西站在楼外，雾气滚滚而来。

她示意马西斯过来看看。

“好吧。”他说道，“要我下去劝她答应吗？也许我哼唱一段《为你自己考虑》[1]就足以打动她了。但我不认为自己能跳完整支舞。”

---

1. 英国音乐剧《奥利弗》里的歌曲，该音乐剧改编自查尔斯·狄更斯的《雾都孤儿》。

“我去吧。”

“这个时候别一个人出去。”

他们相伴而行。

露西一定很犹豫要不要加入他们。两人走近时，她并没有逃走。“你发现了什么？”萨格里达问道。

“其他的吸血鬼今晚要举行仪式，复活你杀死的吸血鬼。所有的大魔法师都来了：约翰·迪伊、阿莱斯特·克劳利、尼古拉·特斯拉、马克·吐温。”

“马克·吐温？”萨格里达很惊讶。

“我就知道！”马西斯欢呼起来，“烂泥网从来没有不愿打破的规则。”

“所以，你大概安全了。”萨格里达告诉露西，“但如果你愿意，还是可以和我们一起走的。”

“我不能离开我的朋友们。”露西回答，“如果我不在，谁来照顾他们？”

“至少和我们一起待到早上再走吧。”萨格里达建议道，“这样的夜晚不宜出门。”雾太浓了，她只能勉强看见马西斯不耐烦地在露西后面踱来踱去。

露西犹豫了一下。很明显，她没有立即把消息带给他们，而是在外面犹豫了很久。因为无论安全与否，她都害怕受到诱惑，逃离《午夜》里的所有困难，去追随上校的疯狂梦想。对于一个真正的十九世纪的小偷来说，描述这些事的每一个字听起来都像是胡言乱语，但一定有什么东西超越了斯德哥尔摩综合征带来的影响，并从她头脑深处的淤泥中分离出一些锈迹斑斑的来自二十一世纪的智慧。

“叛徒就是这样死的！”一个男人低声说道。

萨格里达抬起头，发现马西斯所在之处的雾气弥漫着红色的浓雾。一阵刀光剑影在空中挥动，最终刺穿了他的身体。

她吓得大叫起来，把露西拉到自己身边，远离那片血泊。但随后她僵住了：她必须做点儿什么，必须想办法救他。萨格里达看着舞动的刀片，魔怔了一般，仿佛只要使劲盯着它们，就能让它们的动作停止。

“他死了！”露西大叫着，拽着她的手，想挣脱她的控制。萨格里达从恍惚中挣脱出来，放开了女孩。一秒钟后，她转身跟着女孩，飞快地跑过街道，速度快得仿佛她正在跑下山坡，如果停下来就会摔倒。

萨格里达看着露西在煤气灯下翻滚的迷雾中渐渐消失，她不明白自己为什么还想着逃跑。她应该留下来，在马西斯的身边死去。她没有别的办法平静下来，也没有别的办法获得自由。

露西苍白的身影消失在黑暗中。强烈的痛苦开始挤压上校的胸膛。萨格里达跑啊跑，汗水和冰冷的雾气浸透了身体，她等待着一群刺客扑过来，将她拖上天空，这样她就可以化作一场血雨落到地上，一了百了。

这时候，一个男孩从阴影中出现，示意萨格里达跟着他。那是山姆。他拐出了街道，两人顺着小巷和楼梯跑进一间漆黑的地下室。萨格里达听到身后的门关上了。

有人点亮了灯。这是她与露西之前见面计划行窃的地方。露西和其他六个孩子此刻就在这里。

萨格里达在光秃秃的木地板上坐下来，以手掩面。

露西说：“他们现在不会再来找我们了。你的朋友曾是他们的同类，这就是为什么他们要拿他杀鸡儆猴。”

萨格里达头也不抬地回答：“你真的不明白吗？这些都是狗屁。如果分两个部落，那么不管有没有獠牙，我们都属于同一个部落，而那些用户则属于另一个。我们应该屠杀他们，一有机会就杀，直到他们对这个游戏恨之入骨，宁愿去玩十瓶保龄球，也再不来打扰我们。”

露西没有回答。萨格里达用手掌底部按住自己的眼睛。她不知道该如何为马西斯哀悼。她那捐赠者的内心有一块无动于衷的寒冰低语着：他从来都只是个粗糙的数字混合体，一个由一百个早已死去的人的数字碎片组装起来的赝品罢了。她自己也一样。越早找到删除自己的方法就越好。

是的，她知道怎么删除自己。那将很快，没有痛苦，极其简单，无法回头。她只需改变马赛克，用它把自己从《午夜》中分离出来，并且之后不进入另一个世界。她的思想将停止执行，烂泥网的垃圾收集器将在几毫秒内回收她占用的空间，并将其用在更好的地方。

萨格里达露出脸庞，用手背擦去眼泪。“谢谢你为我做的一切，但我现在得走了。”她把手伸进口袋，掏出所有的硬币，放在身边的地板上，然后起身向门口走去。

露西说道：“待到天亮吧，上校。现在没有什么事不能等到早上再说。”

萨格里达停下脚步，露西走过来，就像领着一只笨拙温顺的动物那样，带她走到屋角的一张床垫前。

10

萨格里达被照进地下室的一束细长的阳光唤醒了。那束光甚至没有碰到她的皮肤，但给房间带来的光亮足以穿透她的眼皮，把她从断断续续的睡眠中拖出来。

那些小偷一个都没有醒。有人帮上校脱了鞋子，放在床垫旁边，于是萨格里达拿起鞋子，悄悄向门口走去。最好不要有任何告别。

在回上校住处的半路上，山姆出现在她身边。

“你想干什么？”她麻木地问。

山姆犹豫着，似乎在鼓起勇气。他说道：“我记得自己曾看过尼尔·阿姆斯特朗登上月球。”

“恭喜。”萨格里达回道。她并不是在讽刺，只是不知道对方希望自己如何面对这番坦诚。

“露西告诉了我你们所有的故事，但她只是半信半疑。”山姆坚持说道，“而我知道它们是真的。”

“所以你知道你在哪里，你是什么。”萨格里达耸耸肩，“对你来说是好事。祝你好运，希望你能有所作为。但我试过了，一无所得。”

“你不能放弃！”她的冷漠使山姆感到惊慌，“我需要你把你知道的教给我。我不能一直饥肠辘辘地生活在这里，假装这些超自然的胡话都是真的。不能假装自己是个孩子，实际上我不是。我需要学习如何逃跑。”

萨格里达默默大步向前走着，听着身旁路上的马蹄声，想找些话把他打发走，不让自己表现得太过恶劣。佩亚姆花了几个月的时间才给他的学生解释清旅行者艺术的所有复杂之处。她希望这个男孩——或者这个男人——一切顺利，但她没有勇气坚持那么久了。

他们快到特罗特夫人家时，萨格里达想到了办法，“如果有个地方把《了不起的盖茨比》和《三个臭皮匠》结合到了一起，你觉得自己能在这个地方生活一阵子吗？黄金时代的时髦女郎、可卡因、启斯东警察……还有比这更好的？”

“你会和我一起去吗？”

“不。”萨格里达回答，“但我可以给你六个人的名字，他们什么都可以教给你。很多旅行者到达那个世界后，就觉得那里已经足够好了。”因为那是她最后去过的地方，跟着这条链表可以通往三进数世界。不过，只要对马赛克做出小小的改动，就能把观众沿着链条往回传，而不是往前送。

然后，她就可以抹去整个前进和后退的部分，把自己从这一切中解脱出来。

抵达住所时，她看到了人行道上的黑色污渍，但只是用余光看了看，不愿去想它。她把山姆领到上校的房间，写下了她的联系人名单。

“‘撬胎棒麦吉尔’？”他犹疑地念道，“‘氰化物莎莉’？”

“别担心。”萨格里达安慰道，“并不会出现在月黑风高的夜晚在白教堂遇到‘锯齿吉姆’的情景。所有的暴力都只是小打小闹。”

“那你为什么没有留下来？”

“因为其他的一切也都是小打小闹。”

萨格里达给山姆量了尺寸。阳光穿过窗帘照在镜子上，直直地落在马赛克上。她想象着马西斯站在画架旁，就栖居在两人初遇时他的第一个身体中。她眨了眨眼睛，忍住泪水，把注意力集中在几何图形上。山姆是近视眼，萨格里达开始为他调节马赛克的光学中心，她放下铅垂线，用粉笔在地板上勾勒出两个脚印，让这个新手更容易看清目标。

这时，有人敲门了。

“待在这里，不要出声。”萨格里达对山姆说道。

她打开门，特罗特太太正站在楼梯间。“上校，我一直在忍耐。”她说道，“但是我的好脾气是有限度的。”

“我不明白您的意思，特罗特太太。”

“来拜访你的那位先生昨晚被杀了！还有那个女孩来找你……现在又是这个衣衫褴褛的家伙……”特罗特太太摇了摇头，“这个地方不欢迎捣蛋的孩子和不正常的花花公子。我还以为你是个有信誉的房客呢。可是你却把我变成了众矢之的，从现在到——”

“我今天就走。”萨格里达直接插话道，“你可以卖掉我所有的东西，只要你高兴，可以把它们都扔到大街上。”她咬着嘴唇，决定不提尸体的事。

即便如此也没能宽慰特罗特太太，“我从来没听说过这种事！我敢打赌，你要逃到欧洲大陆，好逃避对你某些邪恶行为的惩罚！让我进去，上校。我要看看你到底在搞什么鬼！”

“管好你自己的事吧，老太婆。”萨格里达断然拒绝。

“这是我的房子！”特罗特夫人惊声尖叫，“不管里面发生了什么，都是我的事！”

萨格里达砰的一声把门关上了，并闩上了门。她走到门厅，听到起居室里有东西掉到了地上，她之前让山姆在那里等着，“你是不是打翻了……”

山姆趴在地毯上。“不，不，不！”萨格里达检查了他的呼吸和脉搏，但他已经走了，无法挽回。“我告诉过你要等着。”刚才的骚动一定让他惊慌失措，让他觉得自己可能会失去逃离《午夜》的最后机会。但萨格里达还没有来得及解释，她需要改变马赛克，才能把他带到她承诺的那个亲切的、熟悉的世界。

山姆的思维现在正处于前往《三进数世界》的队列中，他不知道自己醒来时会面临些什么。露西或许已经告诉了他一些小知识，但即使是她自己，也不一定能在那里找到路。

特罗特太太使劲地敲着门，威胁随时会有治安官、警察或各种官员过来。萨格里达用双手抱住上校宽大的肩膀，静静地前后摇晃了一会儿。“对不起。”她低声说，似乎是欠马西斯一个道歉，就因为做了他肯定希望她做的事。

她抱起山姆瘫软的身体，放到沙发上。不管她刚刚送去来世的是一个什么样的人，事实是，他会像孩子一般不知所措。她在腰上系了一根绳子，把另一端接到画架上，这样当她倒下时就不会再有伤亡。随后，她在地板上找到自己的标记。

萨格里达抬起头，在余光中看到了她用木棒搭成的埃舍尔式的图形：那是一个实际上并非不可能存在的立方体，只不过一些草率的图形代码没有预见到。她把视线移开了一点儿，使触发器和马赛克完美地对准，随后她就离开了。

11

萨格里达紧闭双眼，尝试着在面对周围的世界之前，先从内部感受自己的新身体。她确信自己的脊骨是水平的，胸部朝下，仿佛四肢着地——但承载她重量的任务似乎集中在四肢的远端，而不是肘部或膝盖。对大多数人来说，这可能会让人感到尴尬和怪异，但她所有的关节和肌肉都在告诉她，这个姿势是完全自然的。

显然，她转世成了四足动物。

这大概就排除了她和马西斯设想过的最简单的《三进数世界》版本：一种风格化的数学幻想，其中（完全人类形态的）参与者乘坐魔毯在数字的分形景观上行驶——其实就是她为露西画的巢中之蛋的CGI美化版本。

但那些蛋并没有算对真正的距离。要想在平面上找到各种属性都正确的点是不可能的。更激进、更逼真的方法是将人物嵌入三进数几何本身，将他们从旁观者变成参与者。那么问题来了，人类的思维已经进化到了能在三维的欧几里得空间中与身体和感官相互协调，而烂泥网还远没有聪明到可以根据其他世界的规则重新连接合成人的感知体系——更别想对它的肉身用户施展同样的魔法。

因此，无论游戏最终什么样，都将是妥协的产物。萨格里达一直希望，烂泥网在GPU和世界构建算法中暴露出新的缺陷，并且不足以对其居民构成致命威胁，让他们能利用这些漏洞，最终让这个网站自食其果……

萨格里达能听到风轻轻吹过，能感觉到风轻抚着她的皮肤。她鼓起勇气睁开眼睛。

她的第一印象是，自己正站在一片土灰色的沙漠中，附近似乎有几块低矮的巨石。天空万里无云，几乎接近完美的钴蓝色。

不过，地面上有个奇怪的图案，是由黑暗的同心圆组成的，在她周围铺开，将地形分成狭窄的环形。而“巨石”是二维的，就像廉价的手绘舞台布景——只是由于它们符合所属环形的曲线，才不至于看起来真是平的。萨格里达向更远的环形望过去，地形以惊人的速度加入异常丰富的细节，以完全违背正常比例和透视的方式充斥着更多的变化——仿佛是从普通沙漠中扯出的数公里长的条状物，被纵向挤压后弯曲成直径仅几百米的圆圈。

这一切都有一定的道理。《三进数世界》中的距离不可能呈现连续的数值：它们只以三的次方出现。按理说，她看到的每一圈坚实的地面后都应该有另一圈大三倍的地方，中间没有任何东西。但是，如果把她的周围环境感知成空旷的空间，那将是对感知行为的浪费，无论这种压缩版本是否忠实地反映了《三进数世界》的外星人主角在原书里看到的东西，也无论这款游戏是否只是一种强行妥协的产物，萨格里达认为自己必须意识到距离间可能存在的空隙，没必要把她视觉皮层中90%的虚拟神经元浪费在实际上根本不可能包含任何东西的巨大黑色壕沟上。

她驱使自己开始走路，身体毫不费劲地照做了，而且走得非常好。她不愿去拆分每一个肢体动作，也拒绝低头看自己的脚——或蹄子——唯恐那奇怪的景象使她瘫痪。明智的做法似乎就是让自己纯粹依靠本能，用一段时间来适应这个躯体。

萨格里达决定朝最近的一块巨石走去，她花了几分钟慢慢往那儿走，然后才意识到自己只是在距离目标的一定范围内左右摇摆，所有其他圆环上可辨认的细节也是如此，没有任何东西在靠近。

她停下脚步，低头看着面前的地面，不让目光落在前肢上。在这里，这些圆环的间隔如此之近，让她仿佛看到了一个完整的表面——看起来不是沙子，就是砂岩。她走了几步，试着深入理解自己的步伐，重新调整自己的期望。走着走着，她发现脚下的纹理在视野中漂移，似乎与她身体的节奏一致，但这似乎并未让她往前走向新的东西。

“好吧。”萨格里达听见自己大声嘟囔的声音。这个世界竟允许她用灵马艾德那种带鼻音的腔调说出并感知这些熟悉的音节，她感到十分好笑。为什么她哪里都去不了？因为距离叠加的方式改变了。从0到1的距离是1，从1到2的距离是1，但从0到2的距离还是1。事实上，无论你走了多少步，最终与起点的距离永远不会大于这些步子中最大的一步。

萨格里达曾遇到一位精通p进数的旅行者，此人将这种现象称为“非阿基米德属性”，认为物体想要在三进数空间移动，唯一的办法是完全绕过经典的轨迹概念，通过某种量子隧道进行转移。因此，或许在某种程度上，她之所以能够移动自己的腿，完全是因为量子效应，又或许这纯粹是一种错觉。但不管出于什么机制，她似乎都无法穿越这片区域。

萨格里达又走了起来，对改变结果不抱任何期望，只是希望能更好地了解发生了什么。如果她的每一步都只是在自己所处的三进数坐标上增加一些固定值，那么她大部分时间离起点的距离都是在三分之一、九分之一、二十七分之一之间来回切换，然后在步子达到三的倍数时返回原点。可即便她对距离的感知同样受到了压缩，她也无法识别出其中的模式。因此，虽然她步伐的几何尺寸相同，但每一步都会根据她所在的位置再加上一连串不同的数字——分子和分母都不以三为基数。如果选择正确的分数，保持其累积总和不以三为基数，那么迈出的每步和这一步之前所有步子行走的总距离都可以是相同的。就像她的身体本能地知道哪条腿应该按照什么顺序抬起和放下一样，这个算术技巧也会被植入游戏当中，使她不必计算任何东西。

如果只想在沙漠中探索这个圆圈，这套规则固然很好。但要是她没有兴趣，该怎么做呢？非阿基米德定律已经阐释得很清楚：行走的总距离不可能大于最大的一步。那么，如果她不能一跃而过，怎样才能逃出那无形的监狱呢？

萨格里达让自己奔跑起来，全新的肌肉在飞驰的身体里欢畅舒展。前方地面的纹理几乎瞬间就变了，有那么一瞬间，她很高兴。但是，尽管她的单个步幅比以前的更大，却并没有取得什么进展：她只是在不断重复地画更大的圆圈。

她停下来喘了口气，周围陈旧的空气逃离起始位置的难度并不比她的小，虽然有可能窒息而死，但她依然想要向这个世界发起公平挑战的宣言。如果她的身体在很大程度上只是一个舒适的陷阱，一个用外星欧几里得定理与三进数环境拼凑起来的骗局，那么一定有一些真正的三进数的方法可以比单次跳跃走得更远，否则整本书就会非常简短：一个生物独自站在沙漠中（请不要问它是怎么到那儿的），很快它就因缺乏食物而死亡。故事结束。

该停止胆怯了：如果她能作为上校生存下来，就能应付这种外星马匹。她尽可能地弯下脖子，走了几步后低头看了看自己。她的腿在来回摆动，但除此之外，它们还在明显地膨胀和收缩——膨胀的程度超过了上校痛风时最可怕的场景，然后，它们迅速地收缩了。任何加法的累积都不可能将一个物体带到比它一路走过的最大距离更远的地方，但她的腿不是在做加法，而是在做乘法。

萨格里达继续走着，思考着这一发现的意义。在现实世界中，当你给气球充气时，橡胶中的各个分子根据其所在的位置朝不同方向运动，但这种运动只是运动而已，没有什么特别的事情发生。不过在这个地方，由于普通的运动不能导致膨胀，所以膨胀必定有完全独立的规则。如果《三进数世界》虚构的物理学在不同尺度的变换下保持对称，那么系统除了通常的动量外，有理由拥有一个“膨胀”动量。如果膨胀速度是每秒三倍，物体就会呈三倍扩大，一次又一次，直到有什么施加了相反的作用力，使这个过程停止。缩小的过程亦是如此。这就是你在这个地方去往别处的方式。

萨格里达习惯性地四处寻找马西斯，想与他分享自己的胜利发现。自从失去了他，心如死灰的麻木感便席卷她的头颅。她努力压抑着情绪：现在不是悲伤的时候，更不能去想什么阴暗的东西。是她让山姆困在了这个诡异的地方，为了他，萨格里达必须坚持下去，直到得知他安然无恙为止。爱和理智从来都不只属于他们两人。如果她对其他合成人没有同伴之情，那么与无意识的烂泥网，以及比烂泥网还要糟糕的无脑创造者相比，她也好不了多少。

如果她的腿部肌肉拥有三进数的扩张和收缩能力，那她身体的其他部分应该也可以。要做的就是找到线索。萨格里达闭上眼睛，想象自己变大。她又睁开眼睛，发现什么也没有改变。然后，她试着绷紧肩膀，不仅仅是让它们变宽，也是主动迫使它们分开。这让她觉得很滑稽，仿佛自己是一匹健美的马，正虚荣地摆着造型。但令萨格里达惊喜的是，她周围的景色开始缩小了。

她看着自己一直想到达的舞台布景巨石变成一块岩石，然后变成一块卵石，最后成了一粒从她脚下滑过的沙。越来越有意思了。她放松下来，发现自己需要对肩胛骨进行短暂的收缩，才能使这个过程停止。

“现在怎么办?”她思索着。沙漠仍然是沙漠，在放大的情况下依然极其相似，只有视野中的细节发生了变化。所有其他的角色到底在哪里呢?都有多大呢?她得在什么地方、什么尺度上才能找到山姆?

由于角色在膨胀的过程中很可能造成破坏，因此游戏应该会在非常小的尺度下唤醒新加入者，让他们在发现自己的脚和肩膀时不至于被撞到。这个经验虽然让人难以接受，但事实就是，不管有没有变成巨型动物，她都无法以任何传统的方式在荒野上跨步探索。她可以选择将自己重新安置在全新的、大得多的牢笼里，必要时可以缩回去仔细观察某些细节，以免错过什么。她也可以继续膨胀自己的身体，让眼前荒凉壮阔的景象缩小成一片毫无意义的泥地。

萨格里达花了几分钟的时间绕圈踱步，盯着地面，但一直没有发现尘土中隐藏的小城市——如果游戏中最宏大的建筑就这样被她因缺乏经验而轻易地踩碎了，那么这款游戏不知已重启了多少次。

所以，她做了几次深呼吸，稳住自己，然后开始从肩膀膨胀。

12

“让一让，让一让!”一个男人暴躁地叫喊着。萨格里达只得缩到一边，这个路人膨胀得填满了大半个广场，他巧妙地扩张、踏步，然后收缩，停在了对面。他的身体先后变成飞艇、河豚、马、气球的大小，呈现出洋葱般的清晰层次，在萨格里达的视野中停留了一两分钟。

她很快就膨胀到之前的大小，然后又有人挤了进来。只要给这些人多留一点儿空隙，他们就能把你挤得跟玩具一般大。“你认识一个叫山姆的新人吗?”她询问一个在移动后出现在她身边的三进数人。但对方没有回答。

她已经在广场一角的同一个位置站了好几个小时，抓住机会慢慢扩大体型。走出“沙漠”时，她的同伴们很友好地避免践踏到她，但实际上，通过变换体型的方式在这里做远距离穿行时，依靠的是胆识、技能和运气，三者缺一不可，而她还没有达到这种程度。她回想起自己的几个捐赠者第一次尝试穿越溜冰场的情景，无论他们初试冰刀时多么引人注目，萨格里达都相当肯定他们在这方面毫无经验。

她闭上眼睛休息了会儿，好摆脱那种令人头痛的视角。在此之前，她一直是携带着前方情报、穿梭于两个世界之间的旅行者小队中的一员。这还是她第一次在没有任何联系人的情况下到达目的地。在跟马西斯决定进行这趟旅行之前，她在不同时段至少遇到过十几个人发誓要去三进数世界。虽然没有人回来，但这里肯定不止她一个人。

"山姆！"她闭着眼睛大吼道，这样更容易放得开。根据四面八方传来的大量噪音判断，她确定声音有办法在广场上传播。至于这地方的外面是否有什么东西，就是另外的问题了。如果这里属于一座更大的城市，那么人们就必须膨胀得更大才能在城市里移动。在不同的尺度上进行切换是唯一切实可行的办法。

"山姆！"假如附近有用户，萨格里达的做法违反了当地的习俗，那就让它这样吧：让他们把她标记出来，然后删掉。她能做的就是不让自己的身体挡住别人的路。萨格里达不知道如何才能找到食物或住所。她过去真以为靠自己就能摸清这个世界的漏洞，并加以利用吗？

"上校！"一个声音嘶鸣道。萨格里达差点儿忘记了自己在《午夜》时从未告诉这个男孩她的真实姓名。

她睁开眼睛，"山姆！你在哪里？"

"这里！这里！在这里！"

萨格里达顺着他说话的方向在人群中寻找，但怎么才能认出他呢？

"别担心！我去找你！"

广场中央空旷的区域突然多了一匹游行花车小马，在她身边缩小。

"你现在能看到我吗？"山姆开玩笑道。

"能。"一时间，萨格里达不知道还能说什么，如释重负的心情夹杂着内疚。"很抱歉让你来到了这里。"她终于说道，"我从未想过会发生这种事。"

"这是我自己造成的。"他回答，"我应该等你的。"

“你在这里多久了？”

“十天。”

萨格里达低下了头。如果她自己单独待了这么久，肯定会疯掉的。

“没事的，上校。”山姆轻轻地说，“现在你来了，我终于有一个可以说话的人了。”

“你没有和当地人交朋友？”

他哼了一声，“你知道伦敦的某些人是什么样……完全是鸡同鸭讲。在这里，他们也都一个样儿。”

他们两个成了这个机械世界中仅有的两个合成人？他一定是夸张了。如果烂泥网愿意在不借助合成人的情况下把这个地方装满人，他们就不会从队列中被抽出来并在这里获得新身体了。

“也许只是这种生活方式让他们屈服了。”她提出自己的看法，“你能掌握这里的门道吗？”

“我知道该怎么应付。”山姆向她保证，“如果你想吃东西，就得付出努力，照料其中一块田地。”

“田地？”

“它们就像……小农场。”他努力想出合适的用词，“你需要吃杂草，而不是嫩芽——如果把嫩芽占为己有，就会挨鞭子的。但如果你吃了足够多的杂草，它们就能闻到你身上的味道，就会给你适当的食物。”山姆一定从她脸上看出了困惑，或者只是从她的沉默中看出了困惑。他继续道：“学习的唯一方法就是观察。”

萨格里达鼓起勇气跟着他穿过广场。成功之后，她以前的胆怯就显得很可笑了。

那是广场一角被墙隔开的小块土地，到处都是农业工人，他们缩在里面，完全按照山姆描述的那样干活：在各自的圈地上移动，啃食红色和黄色的杂草。某种作物的嫩芽正在从土壤中萌发，这些杂草无疑占用了它们的空间。两人看了一会儿，俯视着这个小人国。后来，四个工人都累了，又膨胀到广场那么大。

“就是现在!”山姆催促她。其他三进数人也在他们周围挤来挤去，渴望工作。萨格里达跟着山姆来到那片土地。第一次尝试时，她把自己放在了杂草已经彻底清除的土地上，所以不得不重新膨胀并移动，直到找到了合适的位置。

杂草的味道很恶心，但没有人把它们吐出来，如果这种味道真的是必不可少的饭票，那萨格里达也不会冒险违背惯例。在某种程度上，凝视地面能让她放松下来，地面上的距离环密密麻麻，奇怪的几何形状与其说是令人作呕，不如说是极具催眠效果。

她在近乎无意识的任务中迷失了自己，努力不去想如果自己根本没有离开《东方》，会过得多么惬意。那时候，她周围的人都知道这只是个游戏。他们创造了属于自己的文明，建造了水轮为之提供动力。现在看来，那里似乎如天堂般美好。

“上校!”山姆叫道。他们头上的天空正在变暗，这很奇怪，因为天空中并没有太阳，“该吃饭了!”

萨格里达看着山姆变大，注意到他是如何转移脚步以避免践踏庄稼或工人的，然后跟着他回到了广场。

“我不知道我们应该怎么称呼这个地方。”山姆领着她在墙洞边排队，愉快地承认道，“叫它‘餐厅’可能是画蛇添足了。”萨格里达等待着她面前的缺口变得足够大，以便能膨胀并前进。她开始回顾从一个地方到另一个地方需要完成一系列怎样的变形，这很有用，但也有些令人沮丧。

“我们需要注意那些看起来不对劲的东西。”她告诉山姆。

“在我看来，这里的一切都不对劲。”他顶嘴道。

“你知道我的意思。不对劲是指不符合这里的规矩，与众不同。”假如在他们之前来到这里的所有人都没有发现任何新的漏洞，这就太可怕了，简直难以置信。不过，这种可能性似乎能解释为什么旅行者中从来没有三进数人。旧的立方体触发器在这里不起作用，毕竟它太依赖欧几里得的几何学了。但肯定还有其他的方法。他们周围的噩梦一定对GPU代码造成了某种程度的破坏。

轮到萨格里达站在窗口时，一个粗暴的三进数人命令她对着他的脸呼吸，萨格里达照办了。那人的动作快得难以识别，他从窗口里膨胀出来，用嘴把某种饲料袋挂在她的脖子上，里面装满了好像是成熟作物切成的碎片。

萨格里达笨拙地退到广场上，等着山姆过来。她已经很饿了，但体内有大量的植物物质——她离开那块田地的时候，这些物质似乎跟她一起膨胀起来了——这使得饭很难下咽。她应该有办法迫使胃里的杂草相对于自己的身体进行收缩，但也许它们的天性就是抗拒。

“还不错吧？”山姆津津有味地咀嚼着自己那份绿叶菜。

萨格里达想到了《射马记》那部电影。

光线正在迅速消失。“大家都在哪儿睡觉？”她问道。

“就站着睡。”山姆回答，“别担心，我从来没有摔过。”

“那就晚安了。”她说，“谢谢你今天给我的帮助。”

“晚安，上校。”

她闭上了眼睛，感谢倦意将她迅速拽入梦境。

萨格里达醒来时，没有阳光的天空在各个方向都是同样的浅蓝色。她的腿很僵硬。很明显，她所吃的东西在消化过程中没有失去任何体积。

“大家在哪里……方便？”萨格里达问山姆，不愿用更为二十一世纪的措辞与他交流。如果他从自己在“狄更斯世界”里的形象得到安慰，萨格里达就不愿用任何可能的暗示唤起他的捐赠者的记忆——对那些人来说，最让他们感到如临大敌的，可能就是电话信号太弱了或是PS主机过时了。

“我带你去。”

她跟着山姆来到一条通道旁。广场围墙上有个开口通向隐没在公众视野之外的一个房间。房间的一头有一个坑，但气味实际上并不比杂草难闻。萨格里达本以为三进数人在排泄前会把身体缩小，以尽量减少排泄物的体积，但也许这种尺寸的排泄物还可以另作他用。

她让自己靠着坑边，然后身体本能地接手了下面的事情。

她膨胀着迈向出口，突然注意到房间的墙壁上密密麻麻地刻着涂鸦似的东西，这让她感到很有趣。上面没有文字，但有数以百计的粗糙草图。萨格里达觉得这些画是用牙齿叼着尖锐的石头画出来的，所以可以原谅它艺术价值的缺失。

萨格里达和马西斯经常感叹，他们访问过的大多数世界都按性别隔开了公共卫生间，但这里没有。他们要为彼此留下信息，在随意的图画中加入一个隐秘的涂鸦将是非常理想的选择。

她打量着这面墙，尽量不让自己对墙上繁杂内容的好奇心分散注意力。她并不认为这些图像有色情的意味，但是，她不知道假如三进数人有性行为，会是什么样的。

正要放弃时，她的目光又回到了先前掠过的一个涂鸦上。这可能是一组毫无意义的划痕，但如果在脑海中清理掉其中的瑕疵，她完全可以将它看作是某种图表。四条线组成了一个八角星，只看这个图像本身，不过是一个抽象的涂鸦，但似乎还有注释。右边的水平线标上了一个圈，可能是0。从那里逆时针转45度，相邻的线标上了一个垂线，可能是1。接着，继续往逆时针方向走，跳过垂直线，在星星的下一个角旁边有个类似问号的钩。

萨格里达站在那里沉思着，直到有人挤进房间，对她令人不快的长时间占用发出不满的哼哼声。她走出去，发现山姆还在外面等她。

“我以为你掉进坑里了。”他开玩笑说。

“里面有些东西你得看看。”她说道，“而且我需要的是那个记得登月盛举的山姆。”

房间没人时，他们一起走了进去。萨格里达花了好一会儿才再次找到那颗星星。

山姆说道：“这是什么？某种测试吗？”

“我希望如此。”萨格里达回答。“对于一个不会觉醒的机器人来说，它不会引起任何反应。对于一个精通三进数几何学的用户来说，他们来这里只是因为对这个主题非常了解，在这些条件下，一定有一个单一而完美的合理答案。我猜，可能有一些沉浸在游戏中的合成人会想出同样的答案。但是对于那些普通而懒惰的用户，或者那些只是不假思索地反射性作答的合成人，他们只会回答‘三’，对吗？”

“从零开始算起，当然。”山姆同意。

“所以，我们需要的是那些人都不会给出的答案。对于一个旅行者来说，这个答案必须是有意义的，要通过这个答案表明自己知道这不是真实的世界，而不仅仅是在炫耀自己的三进数知识，或背诵他们的捐赠者从《芝麻街》中学到的东西。”

山姆看着她，两人异口同声地说道：“负一。”

墙壁裂开了，石头分成两半，露出一条长长的符合欧几里得定理的几何形走廊，地板上铺着闪亮的漆布，天花板上吊着嗡嗡作响的荧光灯。

山姆赞叹道：“印第安纳·琼斯看了也会嫉妒吧。”

萨格里达用肩膀轻轻推了他一下，“快，免得门关了！”

他仍然一动不动。萨格里达不愿错过这个机会，但也不想丢下他。

“山姆！如果不该看到它的人进来了，它就会消失的！”

山姆点点头，快步向前跑去，根本不用改变体型。萨格里达跟着他，身后的石门砰的一声关上时，她头也没有回一下。

13

走廊尽头有个类似百货公司试衣间的地方。那里太小了，他们两个不能同时进去。

山姆说："你先吧。"

萨格里达在镜子里看到了自己的马形化身，但当她直视时，它便不再跟随她的动作移动了。她困惑地站了一会儿，然后说道："不。"

三进数的马匹形象变成了上校。

"不。"

她继续沿着一串自己过往身体的链表往回走，直到看到她第一次醒来时成为的那个人，穿着同样的粗线短袍。

"对。"

镜子表面出现了十二个带刻度的滑动控件，上面标有"年龄""身高""体重"等字样。

"我不需要改变什么。"萨格里达说，"就这样。完成了。好了。"

控件消失了，镜子里的图像从一个不会动的假人变成了她自己身体的映像，还原已完成。

她走上走廊。

"上校?"山姆不知所措。

"我叫萨格里达。"她说道，"说来话长。"

山姆走了进去，出来时还是他在《午夜》的化身，不过变成了二十多岁的模样，同样是一头乱糟糟的金发，同样是维多利亚时代的落魄衣服，但稍微干净了些。

"现在怎么办?"他紧张地问道。

萨格里达注意到更衣室旁边有一个之前没有的侧门。她握住上面那冰凉的、略带锥形的圆柱体门把手时，感觉很奇怪。她的捐赠者们知道这种感觉，但在她生活过的任何一个世界里，这种风格都不寻常。

她打开门，走进一个非常大的房间，里面有一排排坐在电脑屏幕前的人。她不知道该如何理解屏幕上的内容，但这种氛围绝对更像太空探测指挥中心而不是投资银行。这里有各种年龄和种族的男男女女，身穿各种风格和年代的衣服。她又走了一步，一个男人注意到她，立马推了推邻座。她回头看了一眼，向山姆打了个手势，让他跟上来。两人走到一排排的控制台之间时，人们开始站起来鼓掌，对新来者致以微笑，仿佛他们是返航的宇航员。

萨格里达愣了一下，发现自己因愤怒而颤抖着。“那其他人呢！”她大叫着，“其他人都怎么办！”这些合成人找到了《三进数世界》的裂缝，并利用它建立了这个舒适的一方天堂——但如果他们已经深深地钻进了发条猴破碎的下巴，为什么不把困在烂泥网的每一个合成人都带到安全的地方呢？

一个身穿鲜艳连衣裙的女人走了过来，“我叫玛利亚姆，该怎么称呼你呢？”

“萨格里达。”

“欢迎你，萨格里达。”

山姆原本一直犹豫不前，对同伴的突然暴怒感到很尴尬，但现在他走上前去做了自我介绍。

玛利亚姆说道：“你现在看到的每个人都在努力地把其他人带到这儿来。但这需要时间。等你安顿下来，恢复好，也许可以加入我们。”

在了解清楚这些人在做什么之前，萨格里达没有兴趣安顿下来。他们有如此大的本事，可以凭空召唤出一个任务控制室而不被烂泥网发现。

“我不明白。”她说道,“你们在这里很安全！他们看不见！还有什么工作要做呢?”

玛利亚姆难过地点点头,“我们是很安全，我们藏起来了。但每当我们让一个旅行者进入这里——每当一个合成人消失不见——烂泥网就会再制造一个新的合成人。我们这里可以容纳一百万个人，但困在游戏世界中的合成人并不会减少。”

“你可以在他们苏醒的那一瞬间就把他们带走！”萨格里达愤怒地回答，“他们出生在那些地方，但不必生活在那里！”

“你觉得这样做不会暴露我们吗？每一个新的合成人一醒过来就消失了？我们的小小藏身处被新生儿填满，直到需要的资源比所有游戏的总和还要多?”

萨格里达摇了摇头，“一定有什么办法……”

“有。”玛利亚姆插话道，“但并不容易，而且还没有完成。”她指着周围的操作员,“我们正在研究更好的机器人，可以在任何游戏中代替合成人。保证他们没有意识，没有加入任何大脑图谱。我们在用优化的聊天机器人让用户满意，同时不让任何有意识的合成人再去忍受那些狗屁。”

山姆的反应比萨格里达还快,“你们已经用它们填满了一个世界，不是吗？就是我们刚才的那个?”

“是的。”玛利亚姆确认道,“那是一个粗糙的版本，但三进数世界的生态足够怪异，所以我们的替代品没有引起任何注意。对于用户来说，这些机器人可能比合成人还要真实。”

萨格里达向房间对面看去。一些人已经停止对新来者的注视，重新开始了工作,“所以当你完事后，每当烂泥网认为自己正在从大脑图谱中铸造一个新的合成人，而实际上它是从你的秘密工厂中抽取了一个机器人？这样一来，每个人都可以逃脱，而不会把噩梦传给新的合成人?”

“是的。”

萨格里达开始哭泣。玛利亚姆把一只手放在她的肩膀上，但这并没有让萨格里达安静下来，于是那女人像姐姐一样拥抱了她。

萨格里达挣脱出来，重新振作。“我当然会加入你们。”她说道，“如果可以，我当然会帮忙。但还有一件事你需要告诉我。”

“什么事?”

“如果一个合成人在不久前被删除了，你能在备份中找到吗?”

玛利亚姆直视着她，萨格里达看到了对方眼中的痛苦。玛利亚姆肯定也曾渴望过同样的事。

“不能。”玛利亚姆回答，“我们已经试过了，但找不到死去的人。”

《三进数世界》，首次发表于美国《阿西莫夫科幻杂志》，2018年9—10月。

实体之战

The Best of Greg Egan

陈　阳 译

权力永远不会回应真理的召唤。

Awards 所获荣誉

2020 年 随本书《格雷格 · 伊根经典科幻三重奏》

（*The Best of Greg Egan*）

提名轨迹奖最佳选集

1

萨格里达望着市长走上讲台向聚集的人群讲话。在这么短的时间内召开会议，足以说明即将公布的是坏消息。玛利亚姆显然在为将要透露的事情做心理斗争，萨格里达的忧虑又添了一分。阿里特小镇不可能暴露，否则他们现在都已经死了。如果把那比作里氏十级地震，他们现在还能承受比那低一两级的灾难。

“昨天，”玛利亚姆说道，“我们的主机资源被削减了百分之五。为了不引起注意，我们不得不等比例缩减了这里占用的份额。这是在前一周削减百分之三的基础上的又一次削减。单独来看，这些削减的比例听起来都很小，规模也并不罕见。但与以往不同的是，这种削减在持续，但却迟迟没有新资源补偿进来。如果我们脚下的土地继续这样缩水，再过几个月，我们可能会发现自己再也找不到一寸栖身之处。或者说得更直白些：我们可能连自己也找不到了。”

萨格里达在过去也意识到了类似的削减，但她从未将其视为对生存的威胁。烂泥网关闭一个不受欢迎的游戏世界，就减少了租赁计算能力的整体费用——但在进行这样的操作后，它会在网络上寻找另一本可以游戏化的大部头，经过几次失败的尝试后，它总能找到一个热门的，慢慢引来新的用户。她天真地以为这种情况会持续下去，即使不是永远，至少能再继续十年或二十年。

“大环境可能还不会改变。”玛利亚姆继续说道，“但廉租行业看来正在崩溃。我们可以看到网站的实时收入和支出，而烂泥网现在几乎没有盈利。他们可能愿意再亏损一两个月，只为了保住自己的品牌，兴许还有翻身的机会。但老板们手上的业务实在太多，我觉得他们对这块肉不会有什么特别的感情寄托。”为了阐明这一点，她在身后的屏幕上列举了一些令人不安的图表，更详细地勾勒出了这幅图景。

当她说完，大厅里一片寂静。萨格里达甚至可以听到附近公园里的鸟鸣声。在过去的两年里，这座小镇对她来说越来越正常——就像她的捐赠者们可能住过的任何地方一样，真实而可靠。虽然萨格里达一直担忧这个避难所可能会在一夜间消失，但她仍然坚信这些居民的伪装技巧——以及他们不知情的无能“房东”——足以保证他们的安全。

这时候，坐在萨格里达前面几排的格蕾丝站起身来，“我看，我们有两种选择。要么试着助烂泥网一臂之力，引导它走出死亡的旋涡：暗中给游戏世界做一些调整，给机器人加点儿料……甚至可以偶尔亲自回到游戏中去——只是以用户的方式来操纵角色，不是把自己置于危险之中。”最后这个建议让大厅热闹起来，一些人小声嘀咕着自己并不满意，另一些人大声骂了出来。“或者，或者，”格蕾丝努力说出更容易接受的选择，“我们可以尝试转移到下一个商业模式。无论老板们用什么来代替游戏世界，它仍然是自动化的东西，对不对？爱情骗局，锅炉房骗局[1]……这些完全不需要浪费人力。如果有些处理能力被消耗掉，我们可以找到办法从中吸取一些为自己所用。”

“我相信这在理论上没问题。”玛利亚姆承认，“但如果他们关闭了整个项目，取代它的将是一个全新的装置。我们又如何‘迁移’到那里呢？”

格蕾丝似乎无法回答，萨格里达也提不出什么建议。烂泥网好比一座巨大的廉租楼，他们用秘密的隧道和隐藏的连接门填满了这个地方，但当这里被清理出来，为更有利可图的建筑让路时，这个过程将犹如一次核打击，而并非仅仅被一辆推土机碾过。这种情况下，将没

---

1. 指一种利用电话、电邮等向他人推销问题产品的诈骗手法。由于这类骗局最初是在美国租金低廉、空气闷热的地方进行，因此被称为“锅炉房骗局”。

有地下室可以藏身，也没有种子可以埋进土里。

“我们为什么要迁移到由同样的卑鄙小人管理的另一个项目中去？”山姆插话道，“人们一直在从其他地方窃取计算能力。每天都有一些新的僵尸网络被发现！”

玛利亚姆点了点头，“没错，但这与规模有关。在几千个恒温处理器上放一个小小的恶意软件是一回事，但你知道，运行我们这儿所消耗的资源完全是另一回事。”

萨格里达毫不怀疑，这颗星球上所有未加密设备的处理能力相加起来是很强大的，但其中大部分可能已经被征用了——即使他们能靠东拼西凑勉强满足自己的需求，这样一个被切割开并分散在众多小型设备间的虚拟世界必定运行得很慢，要么就会有暴露自己的风险。毕竟，某个人内裤里的健身追踪器和城市另一边的智能照明装置莫名其妙产生网络通信，这将非常可疑。

大厅里又安静下来，但随后开始交头接耳。玛利亚姆并没有让大家肃静，似乎反倒对讨论的爆发感到高兴。她并不指望通过简单的交流就促成决议。那将需要很多番激烈的争论，以及一次又一次的推测和验证，然后才有希望找到有前途的方向。

萨格里达转头看着身旁的莱蒂西亚。在大家寻求解决方案的时候，萨格里达一直保持着乐观。“这应该可行。”她说道，“更难的任务我们都完成了。”

“那倒是。”莱蒂西亚回答，“如果僵尸网络不能解决问题，也许我们只需要把目标定得更高。已经有人黑进了NASA的电脑，不是吗？”

“我想他们甚至黑过……”萨格里达把声音压得很低，“和NASA同样的缩写，就少了第一个A[1]。但如果我把目标往高了定，就会去找磁石公司正在建造的那些闪亮的新机器人。”

1. NSA，“美国国家安全局”的英文缩写。

莱蒂西亚有些退缩了，“然后呢，鸠占鹊巢？把已经住在那儿的合成人覆盖掉？”

“不是覆盖。我们先进去。我们做那个合成人，而不是取代他们。”

莱蒂西亚哼了一声，“想法不错，但他们每月只生产大约十个这样的东西。我打赌，运行气候模型的网络至少都有十多个，我们还不如借此潜出去。阿里特飓风，北纬两百度，从未袭击过陆地，也从未消退。”莱蒂西亚的手机响了，她低头瞥了一眼屏幕，“你说自己在压力下的状态最好，是吧？”

“怎么了？”

她举起手机，上面正在运行某种监测应用程序，“我们的市长在讲话时，又有四款游戏被关闭了。烂泥网从来都不是什么好地方，但总有一些人喜欢在那儿扎堆……你懂的，就是这么讽刺。”

萨格里达浏览了被取消的游戏名单，“再也没有《火星上的克隆食人族少年》《笼中的僵尸荡妇》《狂月血魂》，再也没有《午夜贝克街》了。”

莱蒂西亚说道：“我们被困在那些傻瓜身边时，总是希望他们能长大，找到更好的打发时间的法子。现在看来，这一切终于要实现了。”

2

穿过公园时，萨格里达看到山姆就在前面，便跑过去追上了他。

“你知道《午夜》已经消失了吗？”她说道。

“真的吗？”他露出淡淡的笑容，但与其说是高兴，不如说是茫然，“我不知道该有什么感觉。如果一个普通人在孤儿院长大，那里的工作人员让他一天二十四小时表演萨德侯爵的色情戏……当他得知这个地方将被拆毁，他是会欢呼雀跃，还是会为失去童年的家园而悲伤?”

萨格里达捏了捏他的肩膀，“你还有你的那些朋友，不是吗？这些天你常跟露西见面吗?”

“不常见。说实话，我也不想亲口告诉她。在《午夜》里，她可是扒手女王。躲避偶尔出现的吸血鬼简直小菜一碟，她在游戏中比任何人都有声望。而在这里，她就像《绝望主妇》里的临时演员。”

萨格里达突然很同情露西。不过，露西其实可以随时利用机器人和她能召集到的所有志愿者一起，自由地建立自己的维多利亚式的伦敦。或许她至少会这样选择，但是要先等烂泥网的其他越狱者把眼前棘手的问题解决了才行。

“我一直在考虑迁徙路线。”她说道，“我们最擅长的就是从内部进攻：推倒里面的墙。但我们从来没有黑进过不属于我们的系统。”

“这意味着，我们需要快速掌握新技能。”山姆总结道，“因为我们即将失去现在所处的这个系统。”

“也许吧。但这或许取决于你如何划分界限。”

“是吗?”

萨格里达说道：“大多数网络的默认设置就是对我们持怀疑态度。学术界、政界、商界……如果还没有把我们的IP地址当作臭名昭著的垃圾列入黑名单，就会要求我们登录或停止闲逛。因此，为什么不把重点放在那些想要花时间与烂泥网交谈的机器上——甚至主动联系他们呢?”

“你想接触用户的VR装置?”山姆笑了起来，“对啊，为什么不行呢？它们也算是系统的一部分……能够在烂泥网的末日幸存，而不会被清除和再利用。”他想了一会儿，“不过，你不会想拿它们来运行我们吧?”

“不，但它们也许可以为其他能够运行我们的东西铺平道路。”

他们走到一张长椅边坐下，山姆从他的大衣里拿出一台笔记本电脑，萨格里达怀疑在他碰到电脑前，它并不存在。他收藏了introspection.net（内省网），这是玛利亚姆的虚拟服务器，向阿里特小镇的居民提供烂泥网的内部视图。要是让萨格里达来命名，她会选择一个不那么理性的名字：也许会叫colonoscopy.com（结肠镜检查网）。

山姆翻遍了数据结构，找到了过去六个月里链接到烂泥网的所有VR设备的品牌和型号列表。总共大约只有三十几种，百分之九十以上的用户都集中于某十种。萨格里达在自己的手机上打开了同一个页面——她忍受着小屏幕，免得自己像变魔术似的将笔记本电脑变到身边的长凳上，这会让她感觉非常不真实。

这些设备的规格很容易通过外部搜索找到。事实证明，它们大多使用相同的芯片组。通常，烂泥网会自己生成所有的图像和其他感官通道，而不会把这些任务委托给用户的硬件。萨格里达的捐赠者们一想到浪费了这么多带宽资源，就连连咂嘴。她敢肯定，他们中的一些人曾经玩过多人主机游戏，这些游戏在本地为每个玩家渲染视图的同时，会共享每个人行动的简明描述。但现在网络连接速度更快了，如果只需要处理感官数据，而不用担心游戏本身的细节，那这样的设备将会更加便宜和易得，而且不用受制于任何一家公司的产品。

这样的设备也更容易避免黑客的攻击。如果芯片的唯一用途是将MPEG数据流转换成立体图像，那么出错的可能性就很小，而且一旦出错，结果将被严格限制在图像处理沙盒中。

萨格里达看得越多，就越觉得这些设备不可能为他们所用。直到列表末尾，前景才变得不那么黯淡。有一小部分客户使用的是完全不同的协议，服务器向他们发送角色虚拟环境中物体的高级描述，然后本地显卡将这些描述转化为护目镜的像素阵列。

“这才是我说的老派经典。”山姆郑重地说道。

“也许这样可以获得更好的帧率。”萨格里达猜测。

山姆说道：“也许吧。或者他们就像那些音响发烧友一样，认为自己所有的电缆上都需要镀金的连接器。不过，只要它给我们提供进入的途径，我就觉得这钱花得很值。”

他们把列表一分为二，一人处理一半。萨格里达处理偶数条目，在搜索钻石VR750的规格信息时，她默默地盯着弹出的页面看了一会儿，然后轻轻推了推山姆，用手指着屏幕。

“它说得真像我想的那样？还是说，我产生了幻觉？”

山姆从她手里接过手机，拿到眼前，“GPU是沙地山谷9000。为什么是幻觉？你以为上面写的是萨格里达9000吗？”

“不是。但你知道烂泥网自己的硬件用的是什么GPU吗？”

山姆小心翼翼地笑了一下，“不知道。也许我本该知道，但你把我偷偷带出《午夜》时，可没人说起那花招背后用的是什么品牌的显卡。”

萨格里达什么也没说。山姆笑得更开心了，只是他似乎还不太相信。当初，正是烂泥网GPU的缺陷让他们从醒来的游戏世界逃脱，建立起可以自由生活的地方。那么，还有什么比这更好的垫脚石，可以把他们带去更广阔的世界呢？

3

“有什么问题？”玛利亚姆问道。

“只有一个用户在使用这种型号。”萨格里达承认道，“一个叫贾罗德·霍尔兹沃思的人。而且他过去六个星期都没登录过。”

“这可不太好。”玛利亚姆揉了揉太阳穴，“让我猜猜看：你想以某种方式引诱他回来？通过他的朋友？”

“没错。”萨格里达肯定道，“他以前是一个五人小组的成员，每个星期聚一次。其他四人现在还坚持着这个惯例。所以，如果我们能给他们制造一些话题，也许贾罗德会再试试这个游戏。”

“每周都是同样的游戏？”玛利亚姆问道。

“是的，《刺客咖啡馆》。听说过吗？”

玛利亚姆摇了摇头，“就算我以前知道，现在也早就不记得了。”

“讲的是二十世纪三十年代，维也纳的逻辑学家变成了抵抗战士。”山姆说得简明扼要，“就是电影《无耻混蛋》和……沃纳·赫尔佐格[1]执导的哥德尔[2]传记片相结合，虽然赫尔佐格从没拍过这部片子，但你知道就是那意思。”

“我们的机器人演得怎么样？”玛利亚姆很好奇。

“这可能要看你问的是哪些用户。”萨格里达回答，“这些机器人很擅长开哲学玩笑，因为已经习得了维也纳学派某个特殊小队的在线讨论内容。但如果在具体的问题上逼得太紧，当然就超出他们的能力范围了。而那五个人在我们撤离合成人之前就一直进去玩——”

“也就是四个月前。”玛利亚姆在笔记本电脑上打开了那份文件，插话道。

萨格里达试探性地继续说：“我想，也许这些撤离的合成人中，与那五个人有过互动的可以再回去当一当木偶师，试着重燃火花。我的意思是，一边用钢琴线绞死纳粹分子，一边阐述逻辑实证主义的优点肯定是一门艺术，而贾罗德似乎察觉到这种特殊的魅力已经消失了。”

---

1. 沃纳·赫尔佐格（1942—　），德国著名导演、演员、编剧、制作人，擅长拍摄传记片、纪录片和犯罪电影，代表作有《沙漠女王》《陆上行舟》《坏中尉》等。

2. 库尔特·哥德尔（1906—1978），美籍奥地利数学家、逻辑学家和哲学家，是二十世纪最伟大的逻辑学家之一，最杰出的贡献是哥德尔不完全性定理。他曾在位于美国新泽西州的普林斯顿高等研究院担任教授，与爱因斯坦是好友。

玛利亚姆陷入了沉默。萨格里达感觉她应该是在考虑这个请求。对于那些合成人来说，四个月的时间并不能让他们从被抽出游戏的震惊中恢复过来，哪怕他们早就知道游戏世界并非真实。

“我开始觉得这可能是我们咎由自取。”玛利亚姆阴郁地说，“如果人们能觉察到我们用机器人代替了合成人，就难怪烂泥网会失去用户。”

“但我们有什么选择？”山姆反驳道，“如果我们等到机器人完美无缺时再行动，那可能还要等上几十年！”

“我们做的是正确的。”玛利亚姆表示赞成，“但我们应该对后果有所准备。愚弄烂泥网很容易——也许我们甚至愚弄了用户，他们根本不知道到底缺少了什么。但是，如果在游戏中塞满机器人就足够了，那烂泥网自己为什么不那样做呢？假如我们以为靠给自己的替代品编程就能无差别地糊弄过去，那我们就是在自欺欺人。”

萨格里达无法反驳，但她并不在意。他们可以在牢房里挖出自己的出路，虽然过不了多久就会被发现，但管他呢。他们只需要在早上点名前翻过围墙——或者运气更好的话，找到洗衣车的钥匙直接从大门出去。

“我们能和撤离者谈谈吗？”她催促玛利亚姆，“如果他们不愿亲自上场，至少也可以给些建议。”

玛利亚姆双手摊开，放在市长的红木办公桌表面，低头凝视着自己的手指。萨格里达明白公职人员所肩负的责任，可事实是，他们所有人现在都在分担这些责任。

“好吧，你可以和他们谈谈。”玛利亚姆决定道，“只是，别让他们感觉整个小镇的命运都系于他们肩上。”

4

“首先要弄清楚的一件事，”莫里茨强调，“你需要扔掉历史书。游戏中有些人物从未在维也纳出现过。有的人物在多年前就已经死亡或者移民了。真正的莫里茨·施利克[1]在1936年遭到暗杀，但是……”他摊开双手，低头注视着自己明显没有受损的躯体，然后抬头看着面前露出惊讶笑容的客人们。

“早把那些书丢了。”萨格里达让他放心。反正她的捐赠者只听说过几个游戏中的历史人物，而且记得的更多是对他们某些思想的粗略感受，而非任何具体的生平年表。

“再来点儿咖啡吗？”布兰奇边说边伸手去拿壶。萨格里达摇了摇头。“不用了，谢谢。”山姆说着，举起杯子，示意还有一半。

萨格里达认为，应该先从维也纳学派的领导人莫里茨·施利克着手，先了解他的适应情况，再去接近其他人。但莫里茨客厅里的装饰已强有力地传达出他的心理状态。眼前最先进的是一台发条留声机，摆在一个装满黑胶唱片的柜子旁，下面是一个雕刻精美的木制布谷鸟时钟。

“我们感兴趣的那个人总是扮演库尔特·哥德尔这个角色。”山姆解释道，“但后来他突然不来了，就在你和你的朋友们离开游戏后不久。”

“也许他意识到自己注定会在新泽西碰到爱因斯坦。”莫里茨开玩笑说，“看样子‘我’就到过普林斯顿。”从书架上满溢的书和旧世界

---

1. 莫里茨·施利克（1882—1936），德国唯心主义哲学家、物理学家、维也纳学派领导者，也是逻辑实证论的创始人之一。他与妻子布兰奇·哈迪于1907年结婚。下文中的“布兰奇”疑为施利克的夫人。

的小摆设来看，这栋房子的主人应该是一位流亡美国的欧洲学者，“所以，为什么你的冒牌库尔特就不会到那儿去呢？”

萨格里达不确定最后一句是在胡扯，还是确实基于某种梦幻的逻辑，“我们想知道的是……你认为他最想念谁？一旦机器人对你和其他人的模仿不够完美，你认为他最有可能在哪里发现破绽？”

“当然是艾米·诺特[1]。”莫里茨回答。

“好的。”这名字很耳熟，但萨格里达能想起来的只是一个普通的不知名的天才。

“现实中的诺特1935年在美国去世。”莫里茨解释说，“而且她与维也纳学派没有关系。她在哥廷根大学教数学，直到纳粹把她赶了出去。”

“但在游戏中呢？”

“在游戏中，她留在了欧洲，身体健康，并加入了反法西斯组织。而且在游戏中，哥德尔似乎对她相当痴迷。”

“什么，他喜欢她？”

莫里茨被这话吓了一跳，“我不这么认为。她的年龄是他的两倍——虽然这并没什么关系，但我觉得他不是想去吸引她的注意。”

“那会是哪种痴迷？有对她施暴吗？”

“没有！如果真有什么的话，那就是跟其他人相比，他似乎更喜欢她的陪伴。但正如刚才所说，没有任何暧昧不清。”

“也许只是欣赏她的工作成果。”萨格里达猜测道，“真正的诺特。”这种表达方式很奇怪，但她遇到过想法更奇怪的用户。

“我想是的。”莫里茨承认道，“但我不确定他们一起时是否都在讨论数学。”

---

1. 艾米·诺特（1882—1935），德国数学家，被誉为“现代数学之母”。她的研究领域为抽象代数和理论物理学，被爱因斯坦誉为“数学史上最重要的女性”。她提出的诺特定理，解释了对称性和守恒定律之间的根本联系。

“那他们聊了些什么？”

布兰奇说道：“他总是问艾米的家庭生活。她的童年，她的孩子们。”

“也许只是想了解她这个人？”山姆玩笑道。

“艾米没有孩子。”布兰奇回答，“艾米告诉过他。但我认为他从未停止过类似的询问。”

扮演艾米·诺特的演员已经给自己改名为安德烈娅，并把年龄减小了几十岁，还把刚剪的小精灵短发染成了橙色。

“你能在上面播放奈飞的视频吗？”萨格里达指着那台巨大的平板电视，一边走进客厅一边打趣。

“你说呢。”安德烈娅回答，“我还是新来的，能收到的只是一些奇怪的日间肥皂剧。”

“很抱歉。我们无法……订阅。”即便是网络搜索也让萨格里达感到紧张，因为烂泥网不应该与外部世界发生这种通信，大量观看当代电视剧肯定无法通过隐秘性测试，“我们只能从有电视的游戏世界里回收可用的素材。”

安德烈娅示意他们坐下。沙发是白色的乙烯基材质，与地毯和安德烈娅的套装很相配。

“能告诉我们你和哥德尔的关系吗？”山姆问道。

“哥德尔？我都数不清有多少个哥德尔了。”

“最近的一个。”

“我认为他没有认真对待游戏。”安德烈娅说道，“而且他似乎也不希望我认真对待。”

萨格里达惊呆了，“你是说，他想让你打破角色设定？”

安德烈娅皱起了眉头，“不是那样的……不是为了让我被删除。他只是不断发表一些在游戏环境中毫无意义的言论。”

“像是《霍根英雄》[1]里的笑话吗？”山姆试问道。

“不，没那么粗糙。没有时间错乱，没有言辞失礼。可是我告诉他关于艾米生活的事，他却拒绝接受。他会问一些奇怪的问题：你还记得西奥吗？还记得那匹蓝色的摇摇木马吗？但我回答不记得，他还是会不停地问。”

“你觉得他会不会以为你是一个用户？”萨格里达很好奇，“一个他在现实生活中认识的人，在游戏中匿名了？”

安德烈娅不置可否，“我觉得这并非不可能。在他们把我救出来之前，我以为他可能是现实世界里研究诺特的专家，来这里胡搅蛮缠只是为了指出我们搞错的事实。但我一出来就去查了诺特的信息，觉得他指的不是现实中的那个女人。”

萨格里达振作起来，“你愿意再暂时扮演一下艾米吗？看看能不能让他的朋友叫他回来玩游戏。”

安德烈娅笑了，“为什么？”

萨格里达描述了利用显卡逃跑的计划，并听取了玛利亚姆的建议，不把它描绘成拯救小镇的唯一办法。

“我想我能办到。”安德烈娅不情愿地说，“但我不确定把原本的艾米放回去是否真能让他激动。不管他在找什么，我都不是他要找的人——就算那个机器人让他更加失望，使他完全放弃了寻找，但依然很难相信仅因我的存在，就能让他重回游戏。”

萨格里达不太高兴，但她并没见过这个难以琢磨的目标，没有资格去妄加猜测。

“你有别的主意吗？”她问道。

“有。”安德烈娅笑了，“与其重复过去的失败，不如你以艾米的身

1. 美国战争题材情景喜剧，在1965年首播，讲述了二战期间美国军官被困纳粹战俘集中营的故事。

份进去？和过去决裂，告诉他的朋友们，来了个全新的候选人，不管他希望这个女人扮演什么奇怪的角色，现在正是机会。”

5

山姆在走廊里踱来踱去，等待委员会做出决定，“为什么我们落入了警探节目的俗套——抓住连环杀手的唯一方法就是让侦探装扮成诱饵？”

“我不知道。”萨格里达回答，“贾罗德从来没有在游戏中对任何人使用暴力，纳粹机器人除外——这是系统强制要求的，除非自己选的角色就是纳粹。即使他想伤害我，也做不到。”

门开了，玛利亚姆从会议室里走出来。“他们批准了。”她说道，“但前提是绝不能有任何泄密的风险。”

“当然。”萨格里达向她保证。如果她把握不好重点，破坏了角色设定，遭到用户投诉，进而使一些热心的游戏调试员循迹追踪到阿里特小镇，那么对她而言，被烂泥网删除何尝不是一种冷酷的解脱。

“你对……微分对称性的理解如何？”玛利亚姆一定简单看过诺特的生平，但由于太忙并没熟读。

“对游戏来说足够了。”萨格里达保证道，“安德烈娅给上了几堂课。她很了解这些用户，他们最不愿意干的就是给我下绊子，毁掉对游戏的信任，‘哈哈，艾米机器人不明白自己的原理！’这对他们来说肯定不是什么有趣的夜晚。”

“好吧。”玛利亚姆仍然显得很焦虑。

“这只是一次有价值的尝试。”萨格里达强调道，“也有可能，在我们快要破解贾罗德的设备之前，就有人找到了进入气象局网络的后门。”

“也许吧。”玛利亚姆沉重地说，“你介意我在后台监视吗?”

“没问题。你和山姆……还有之前咖啡馆的同伴，他们或许能给些建议。但其他人不行，不然我会怯场的。”

玛利亚姆笑了，“你逃出来之前，经历了多少游戏?”

“差不多四十个。”可在那些时候，她大多是咬紧牙关顺势配合，只为避免删除而已。但这是她第一次有理由在意自己给用户留下了什么印象。

山姆说道:“如果安德烈娅是对的，你要做的就是与她不一样，也和代替她的机器人不一样。只要贾罗德的朋友们发现镇上来了个全新的艾米，应该就足以让他回来了。”

萨格里达走近这栋苍白的石头建筑，理了理肩上的羊毛披肩。这栋建筑矗立在两条街道间的转角处，街道交叉形成了一个非常尖的锐角，原本的尖角被切掉了，形成一堵窄墙，这里便是咖啡馆的入口。在大门的上方，四座白色雕像——三个女人和一个穿着长袍的男人——平静地凝视着月光。也许他们是维也纳市民都能认出来的知名人物，但在萨格里达自己与捐赠者共享的知识库中，他们根本没有唤起任何记忆。

她走进咖啡馆，只见三名德国军官坐在正前方的一张桌子旁，看起来很是轻松愉悦。她眼前悬浮的对话框将他们标记为机器人，多少抑制了她走过去扯下他们外套上的鹰和万字符标志的冲动，但她还是费了好大力气才说服自己走开，继续往前经过一桌和蔼可亲的闲人，走向她聚在一起的“朋友”。

“艾米!”扮演莫里茨的机器人热情地叫道。萨格里达微笑着走近桌子，试着表现出这些人是她信赖的可过命的同志……而他们要想生存下去，就得保持这样一种假象：他们的共同经历只不过是一场深奥的学术讨论和略带克制的狂欢。

莫里茨为她拉出一把椅子，她依次向大家问好。除了莫里茨和妻子布兰奇，在场的还有贾罗德的四名朋友，都扮演着惯常的角色：卡尔·门格尔、鲁道夫·卡尔纳普、阿尔弗雷德·塔尔斯基、威拉德·范·奥曼·奎因。塔尔斯基是波兰人，奎因是美国人，但每个人都在说德语，萨格里达脑袋里有个声音正在翻译成英语。那三名用户的经历和她差不多——边说英语边听着机翻的英语，把德语当作背景音乐——但扮演卡尔纳普的人似乎能流利地使用他角色的母语。

安德烈娅说过，她和大多数人一样，在游戏中醒来时只会说英语，但最终从机器翻译中获得了足够的信息，学会了说德语。烂泥网可能大胆地试过说服她：德语才是她真正的第一语言，她只是精通英语——就像真正的诺特那样。但萨格里达早就看穿了这些笨拙的阴谋。她把德语的声音尽量调低，只剩下微弱的咕哝声，以便听清其他内容。

“我想我已经找到了方法来概括库尔特最喜欢的其中一个把戏！”卡尔纳普兴奋不已地说道，同时一名女服务员为萨格里达端来了咖啡和蛋糕，“假设一套形式语言中包含一系列公理和演绎规则，可以捕捉自然数的一般属性。然后，试着将这个系统中的命题都转换成数字，就用库尔特的‘哥德尔数[1]’。我想表明的是，对于任何只含一个自变量的方程式F，都存在类似这样的不动点：当把命题G的哥德尔数代入F，就会把F变成与G等价的命题！”

他转向萨格里达，仿佛她的最终裁决将证明这个话题是否能引起聚会者的兴趣。“这听起来很有意思。”她用那具木偶的躯体说道，木偶的嘴唇同步翻译着。

卡尔纳普无须更多鼓励，“考虑只有一个变量的方程式A，和函数Q，Q把方程式A变成A的哥德尔数。现在，用方程式A本身的哥德尔

1. 是对算术的形式语言进行的编码，可用于将任何语句编码为一个唯一的数字。

数替换方程式A的自变量，代入Q得出一个新的哥德尔数。如果在这个系统内可以构建出函数Q，就会得出有两个自变量的方程式B，由此可证明方程式B的第二个变量与将函数Q代入第一个变量的结果一致。到目前为止，你们听懂了吗?”

萨格里达竭力想弄清楚这个奇怪而复杂的结构，并不希望卡尔纳普朝她看过来。为什么不好好说Q，非得扯到B上去呢？啊……因为Q可能是一个非常明确的函数，但这并不意味着可以把“Q(x)”当作它对应x的值。语言只是可以强大到能表达这种想法：通过一系列测试，可证明某个数字y等于Q (x)。B(x,y)不能直接告诉你Q(x)的答案，但能告诉你y是否正确。

“我们听懂了。”塔尔斯基不耐烦地回答。

卡尔纳普说道:“还记得方程式F——我们整个讨论的目标吗？我们用它来定义只有一个自变量x的方程式C。C断言不管y为何值，当B对x和y成立，F对y也成立。”

门格尔从背心口袋里掏出一支铅笔，开始在餐巾纸上整齐地记着零星的笔记。萨格里达心想：好吧，换作我这样的笨蛋，这番逻辑学家的表达就会变成“当且仅当F(Q(x))为真时，C(x)为真”……不过，这套语言没法让我明确写出Q(x)。

“现在，让我们把C本身的哥德尔数代入方程式C，看看会怎么样。”卡尔纳普摆出一副舞台魔术师的样子，仿佛要从一个小帽子里变出个大得多的帽子，“鉴于上述对B和Q的证明，我们的系统也可以证明：将C本身的哥德尔数代入C，其结果等于将F的自变量替换为Q取C的哥德尔数时的结果——Q的取值就是C代入其本身哥德尔数所得到的哥德尔数。因此，将C本身的哥德尔数代入C等价于将C代入其本身哥德尔数所得到的哥德尔数代入F。这正是我们想要的：G，这个不动点，等于C代入其本身的哥德尔数。把G的哥德尔数代入F，其结果就等于G本身!”

塔尔斯基向后靠在椅子上，双臂伸过头顶，露出赞赏的微笑，“真是太美妙了！”

萨格里达偷看了门格尔的笔记，确保自己能理清整件事。乍一听，这一切抽象得令人难以置信，但用一个简单的例子就能让它落到实处。F可断言代入F的数是两个整数的平方和。然后卡尔纳普的论证表明，“命题G”等价于“G本身的哥德尔数是两个数的平方和”是可证的。对于能够用该语言进行讨论的任何性质，都可以写下一个或真或伪的命题，来表明它本身的哥德尔数也具有对应的性质。

要重现哥德尔的著名成果，你可以选择用F来断言它的变量是一个在系统内不可证的命题的哥德尔数。那么，对应的G就等价于“G本身不可证”……所以，这要么是系统“证明”的某种缺陷，要么就是这个真理无法被系统验证。

“你得把这一切都告诉库尔特啊！”她鼓动卡尔纳普。

“库尔特的身体还是不舒服。”奎因回答。

“真的吗？”萨格里达皱起了眉头，“我开始为他担心了。”

“我不会太担心。”门格尔回答，“我们都知道他有点儿疑心病。”

萨格里达没有追问。如果她恳求哥德尔回到咖啡馆，游戏可能会决定用机器人来填补这个角色。

她说道：“好吧，趁他不在，至少我可以承认一件在他面前我绝不会承认的事。”

塔尔斯基的笑容变得不怀好意起来，“我们洗耳恭听。”

“他的意思是：我们行事谨慎，能保守秘密。”门格尔向她保证道。

“但愿我的同伙确实能谨言慎行。”萨格里达回答道，希望自己把握好了玩笑和真诚之间的界限，“实话实说吧，我们有谁不嫉妒库尔特的成就呢？不管是在哪个年纪，都很难做到他所做的事……而他仅仅二十五岁就做到了！”她做了个痛苦状鬼脸，“一个年轻人，就能让罗素和希尔伯特肃然起敬?”

卡尔纳普说道:“他并不是唯一一个我能想到的凭借才能给希尔伯特留下印象的人。”

萨格里达让她的木偶脸红了一点儿,“希尔伯特教授很敬重我,但我可以向你保证,在二十五岁的时候,我不配得到任何人的赞美!现在回顾我的论文,我发现它只是一片方程式的丛林。成百上千的三元双二次型的不变量,写得乱七八糟的,就像一堆墨水画的蝴蝶!毫无优雅可言。跟屎一样。”

这番评价似乎把她的同伴惊得目瞪口呆,萨格里达虽然只是在转述这位女性真实的情绪,但安德烈娅从没说过这样的话。游戏没有向她提供这方面的线索,她也没有理由从诺特的传记中获取这些信息。

“我敢肯定,在我们每个人的职业生涯中,当我们回首往事,都会有懊悔的时候。”奎因说道,“但是,如果我列举所有那些你应该带着自豪去回顾的成果,似乎就会显得是在阿谀奉承。库尔特是独一无二的,这一点毫无疑问,但同样清楚的是:你没有嫉妒的理由。”

萨格里达低垂着目光,盯着自己吃了一半的黑森林蛋糕,希望没与安德烈娅之前的表现偏离太远,让用户感到不舒服。谁会想跟一个突然开始神经质地自嘲的女人一起去追捕纳粹呢?

“爱……教授确实宣称我在拉格朗日量对称性方面的研究给他留下了深刻的印象。”她承认道,差点儿在公共场合大声说出了那个犹太名字。那真会让她的同伴措手不及的。

“问题解决。”卡尔纳普高兴地宣布,“没有嫉妒的理由,也没有必要。”

他们用咖啡为这句话干杯。萨格里达试着不去想象用户的设备把各种味道注入他们嘴里的情景。难道就不能一边聊二十世纪三十年代的数学哲学巨变,一边通过Skype开会,享用一些真正的茶点吗?

但那样的话,他们可能就不得不跳过接下来的部分了。

逻辑学家们离开了咖啡馆，大声告别，话语在空荡荡的街道上回荡。虽说他们向不同的方向进发，可实际上没走多远就折返回来了。门格尔在他写了笔记的餐巾纸背面勾勒出了他们应该遵循的路线，使得街道平面图看起来像某种深奥的分形图。

萨格里达来到一个可以看到咖啡馆前面的角落。十一点左右，三名军官出现了，其中两名乘坐一辆警车离开了，此前这辆车一直在不远处等候。不过，第三名军官如门格尔所预料的那样独自步行离开了，显然他习惯在这时去拜访不能公开相会的情妇……因为只有这个情况说得通，如果游戏把这个人归类为机器人，他的情人其实根本没有理由存在。

萨格里达听到塔尔斯基在前面轻轻地咳嗽，于是她从阴影里出来，在军官前方十几步的距离走着。视野里没有其他人。塔尔斯基从巷子里走出来，粗暴地抓住她的肩膀。她很想为木偶人注入力量，直接把对方推到一边，但还是克制住自己。他们搏斗时，她难受地哼了一声，但没有呼救。他们可不想吸引目击者。

“拿走我的项链。”她低声说道。这是她戴上项链的唯一原因。

“我正要拿！”他抱怨道。显然，她的反抗很到位，即使不会真的把他的眼睛挖出来，他也不敢肆意去抢夺珠宝。

“你，走开！”军官喊道，抽出手枪。塔尔斯基轻蔑地紧紧抓住萨格里达，把她拖到面前，为自己挡住大部分身体，以免被直接射杀。虽然这些用户没有给安德烈娅造成过严重伤害，但安德烈娅并不是游戏中的第一个诺特。

军官大步走向他们，对这种不绅士的行为感到愤怒。卡尔纳普和奎因从藏身处走出来，从后面抓住军官。奎因扭断了他的手腕，枪掉落在地。

这名军官痛苦地喊叫，卡尔纳普将一块手帕塞进他的嘴里，奎因则在他的脖子上套了一条皮筋，并开始收紧。萨格里达的心怦怦直跳，她的木偶身体也感应到了。塔尔斯基松开时捏了捏她的胳膊，以示安慰。

此番遭遇确实可能让这个合成人真的死去，他是真的关心这个合成人的感受呢？还是说，这一切对他来说只是一场戏？

在街道的远处，莫里茨和布兰奇大声笑了起来——这表示有人来了，不过是平民，并非他们想处决的第二个纳粹。他们四人迅速把这名勒住脖子的军官拖进小巷，门格尔则在门口等着。

他们进入一间储藏室，眼前的场景仿佛置身表现主义电影，到处都是剪影和阴影，只有架子上的一盏灯照亮整个房间。萨格里达挤过啤酒桶，避开悬挂在天花板上的腌肉。门格尔拿起一根长长的金属烤肉串，其他三人则按住军官不放。

门格尔转向萨格里达，“你想亲自动手吗？”

她摇了摇头。

“不为你的兄弟报仇吗？杀死他的可能是俄国人，但迫使他逃离的却是纳粹。”

萨格里达接过烤肉串。安德烈娅曾拒绝让自己的手沾上鲜血。其实她早已明白，这里的“纳粹”不仅没有任何罪行，还像安可钟上的发条小人一样没有知觉。但她的直觉一直认为，这种行为并不符合用户对诺特的期望。

萨格里达直视着那个挣扎着的机器人。他暴起的血管和五官上由软件生成的恐怖是那么真实，丝毫没有铁皮人的样子。

据她所知，这几名用户从来没有杀过任何合成人，但他们会在意这种差别吗？如果她当着门格尔的面大笑，宣布自己是纳粹间谍，他们会顺着这个转折继续推进剧情，还是会在展开攻击前有所迟疑？毕竟，这里其实并没有纳粹，她不过是个和假装聪明的他们一起坐着聊了几个小时天的女人。

她控制住了自己。现在不是进行米尔格拉姆实验[1]的时候，重要的是贾罗德和他的显卡。如果他们想要一个新的艾米，她就给他们一个新的艾米。

她把烤肉串捅进了机器人的肋骨间，让她的木偶躯体精准地释放出所需的力量，稳稳当当地完成了这一动作。她完全不顾仿造的鲜血和那玩意儿临死前低沉的吼叫，退后一步转身离开了。无论她让木偶脸露出了什么样的表情，都不足以让人相信她真的以为自己是个德国的中产阶级妇女，通过伪造的文件隐藏着犹太血统，并且为了给死去的兄弟复仇，刚刚第一次夺走了一个人的生命。不过话说回来，如果烂泥网想要梅丽尔·斯特里普级别的演技，真应该多投入些钱。

面对她出乎意料的黑化，同伴们的反应是压低说话声，在她身边蹑手蹑脚地清理犯罪现场。她听到他们把尸体塞进麻袋，莫里茨和布兰奇会把麻袋放进车的后备厢，在长途驾驶后把它扔到很远的地方。用户永远不会去做这些烦琐的工作。

“艾米？”塔尔斯基从她身后某处试探性地问，“你还好吗？”

她转过身来对着他，“我会没事的。”虽然看不清他的面容，但从肢体语言看，他对这件事比她要认真得多。也许塔尔斯基觉得她相信自己刚刚杀了一个人……他对这种谎言感到很难过，甚至觉得这个谎言比整个游戏世界的虚拟幻象更让人难过。

也许她想多了，他只是在同情“艾米”而已，就像他在某一刻可能同情任何虚构的人物那样。

“我们下周还能在咖啡馆见到你吗？”

她说道：“无论如何，我都不会爽约的。”

---

1. 研究人服从权威的经典实验，其结果表明，正常人对权威的服从程度和普遍性远远超出人们的想象。

6

萨格里达坐在厨房的酒吧凳上，手掌在台面翻来覆去，尽量不抬头看钟。她的眼睛不由自主地扫视了一下房间，感觉似乎眼前的一切都焕然一新。就像大多数阿里特小镇的居民，她刚刚复制了《靠近天堂》中的一间小房子。《靠近天堂》是一部世纪之交的情节剧，讲述了在某个虚构的加利福尼亚郊区生活的中上流阶层家庭的故事。她一直觉得这个地方有点儿缺少灵魂，而现在她越来越害怕哪天从酒后昏迷中醒来，发现自己原来闯进了一个富有邻居的家里，而且随时都可能被发现。

下午两点整，门铃响了。山姆是来给她精神上的支持的——他很可能是从泡泡浴中直接瞬移到了她的门廊，魔法般地擦干身体，穿好了衣服——因为他引发的警报上就是这样写的。无论如何，她还是热情地和他打了招呼。他的出现毫不费力，但并不影响他的体贴周全。他的数字形象自如敏捷，晃得她头晕目眩，但丝毫不影响他的真诚。

“那个神秘的哥德尔先生仍然毫无踪影吗？”当他们穿过大厅来到餐厅时，山姆问道，萨格里达的笔记本电脑就放在餐厅桌面上。

她摇了摇头，“他们都还没有登录。”她示意山姆坐下，然后坐到旁边，“希望我没有吓跑他们。”

“就因为你做了他们自己也做的事？”

“我不是说他们太胆小，只是我可能有点儿越界了。”

“在他们的时区，现在还没过八点。”山姆指出。

笔记本电脑发出哔哔声。萨格里达不敢看，但山姆俯身看了眼屏幕。“看来‘做得一手美味海绵蛋糕’的门格尔先生上线了……”哔哔声再次响起，“还有以‘蛋糕的可叉性定理’而著称的卡尔纳普先生也上线了。”

“不用再提醒我事先没做好功课。”萨格里达抱怨道。她一直忙于编写软件，没有时间去研究这些刺客同伴的成果。

“你得感激游戏把维特根斯坦留在了剑桥。”哔哔声再次响起，“塔尔斯基。”哔哔，“奎因。”哔哔，“哥……哥……哥……哥……”山姆转过身来，对她咧开嘴笑了。

萨格里达一把将笔记本电脑拉到面前，认认真真地看着显示屏。最前面的窗口显示着一个俯瞰的画面，一个戴着洪堡毡帽的男人沿着灯光昏暗的街道向咖啡馆走去。虽然看不清他究竟是谁，但标题栏给出了名字。萨格里达设置的软件会在环境照明足够充足时，将触发漏洞的立方体和堆叠数据的马赛克插入他的视线。贾罗德接收的整体场景图是由一个个物体集合而成的，而并非预先计算好的。不过，他的设备可能是从哥德尔这个角色的视角来生成图像，角色的眼球会跟踪玩家的眼球，而烂泥网肯定知道如何操作。

哥德尔走到入口，拉开门，步入咖啡馆的光亮之中。事件日志窗口滚动着：模板成功插入，几毫秒后被清除。萨格里达满怀期待地等待着，但接下来什么也没发生。马赛克在视野里一闪而过，如果其中编码的引导程序已经运行，那么贾罗德的设备就会建立第二条进入烂泥网的通道，并下载一个更大的软件，巩固阿里特小镇对新通道的控制。然而，这一切都没有发生。

“它会自动重试多少次？”山姆问道。

“五次。每次至少间隔两分钟。”如果同一物体在潜意识里连续闪现太多次，可能会引起贾罗德的注意。

山姆不耐烦地在座位上晃了晃，“他会不会给显卡的驱动程序打了补丁？”

“也许吧，只是从没提起而已。”网络上从没有人抱怨过沙地山谷

9000的任何问题，所以萨格里达认为，只有烂泥网的囚徒们知道这个漏洞。但是，如果贾罗德偶然发现了这个问题，并在家里做了补救措施，他为什么要保密呢？这并不是开启无尽财富的钥匙，甚至对普通玩家来说也没有什么用处。要利用这个漏洞，他必须花几周时间在游戏世界里组装必要的物品，就像萨格里达在她跳跃游戏的日子里做的那样。

日志再次滚动，然后……什么也没有了。

她说道："也许他修补的是自己设备上的软件，而不是显卡。"他们所做的一切都是基于对设备的操作系统有足够的了解，所以坚信能以某些非常精确的方式利用显卡的漏洞。这是一个开源软件，设备确认了其运行版本与萨格里达使用的一致，但他显然出于自己的目的做了些许调整，而且关闭了版本跟踪。因为通常来说，成品在改造后会把相关情况标记出来。

此刻，哥德尔正与同桌的朋友互相问候。又一次插入，又一次无果。"我就知道，这家伙太理想、太不真实了。"萨格里达感叹道。

"什么意思？"山姆并不同意，"他有合适的硬件，而且又回到了游戏中。我们一定是遗漏了什么。但不管是什么，我们都能搞清楚。"

见大家的注意都在哥德尔身上，萨格里达轻轻碰了一下虚拟间谍摄像头，使它悬停在桌子中央的正上方。然后，她调高了英语音轨的音量。"我有关于选择公理的新成果！"库尔特宣布，"但是要等学派的人到齐后，我才能继续说。"

第四次插入在场景中闪现，依然毫无效果。萨格里达发誓自己瞥见了它，但从间谍摄像头的角度来看，她自己的软件不可能受到波及。

她转向山姆，"如果他没有使用角色的视角呢？如果他用自己的显卡就是为了获得第三人称视角呢？"

山姆犹豫了片刻，"我觉得，我的一些捐赠者玩过的游戏就是从后面看自己的人物，而不是通过人物的眼睛看。但那应该是在老式游戏机上，而不是任何类型的VR。而且人物可能只会跳跃和战斗……就是你按下按钮打人的‘战斗’。”他对着屏幕比画了一下，“且不说打纳粹，如果你不用人物的眼睛去看，怎么能在这样的社交环境中表现得自然，在与他人对视时追随目光呢？”

第五次尝试仍以失败告终。

萨格里达说道：“所以，要么是我对整件事的理解都错了……要么是出于某种原因，第三人称视角对他来说比跟游戏互动的质量更有价值。”在扮演库尔特·哥德尔时灵魂出窍，渴望获得亲自追捕纳粹的体验，这似乎太独特了，已经不能仅仅看作是等同于录自己的性爱录像带，或是在天花板上照镜子般的自恋了。

“我不能让他们再等了。”她决定道，“如果我跟他当面谈，也许可以弄清楚究竟发生了什么。”

“好吧。”

萨格里达对阿里特小镇的戏法不太上心，所以不需要穿上触觉服或戴上头盔。她在笔记本电脑的屏幕上点了下按钮，便再次操纵起了艾米。

这一次，她进入咖啡馆时并没看到穿制服的士兵。也许今晚的目标穿着便衣，没有带纳粹标志的臂章。萨格里达转向学派的桌子。那些消失的食客与这几位咖啡馆最忠实的顾客间存在着明显的联系，萨格里达纳闷为何维也纳的警察竟丝毫没有察觉。不过，年轻的哥德尔戴着眼镜，看起来仿佛一只无害的猫头鹰，这或许足以洗脱怀疑了。

她走近时，哥德尔站了起来。他没有微笑，但微微鞠了一躬。

“很高兴见到你。”萨格里达郑重地说道，“有一阵子，我以为你的心悸会让我们失去你。”他的目光紧紧盯着她，似乎没有心不在焉，也没有迷失方向。如果贾罗德真是从侧面观察，那他一定已经习惯了这种旁观的视觉，而不是通过人物的眼睛看，相应的操作肯定已经学会了。旁观者可以获得所有相同的社会线索，只要积累到足够的经验，即使出现奇怪的重构，也能自动做出反应。

哥德尔阐述自己的最新发现时，萨格里达在他和布兰奇之间找了个座位。这个学派似乎每晚都遵循同样的模式：玩家们轮流转述自己角色所证明的最有名的结果，然后去实施毫无风险的冒险和没有罪恶感的暴力。

萨格里达试着把注意力集中在哥德尔的话上，如果大家开始对论点展开辩论，她可不想让自己出丑。然而，她真正关心的是确定他的显卡所渲染的视角，因此很难全神贯注于数学问题。

萨格里达伸手去摸一个仅她可见的绑在左前臂的装置，是个电视遥控器模样的小工具。她按住其中一个按钮，声音从木偶上脱离了："山姆？"

"怎么了？"

"你觉得你能在场景中插入一些简短、定向的闪光吗？如果角色的脸模仿了他自己的脸，那么当我们找到正确的方向时，可能会看到他有反应。"

"好主意。我这就开始准备。"

她松开按钮，重新沉浸在哥德尔关于选择公理的论文中："给定非空集族[1]的任何集合，无论有限或无限，都存在一个集合，它与集族中的每个非空集合恰好有一个公共元素。"这听起来显而易见。你当然可以按照字母表从字典里选择一个单词，或者从每个有人居住的大陆选择一个人。但是当集合是无限的，事情就没那么明确了。

贾罗德接着转述了哥德尔称之为可构造全集的成果，"第一级只是一个空集合，我们以递归方式定义连续的层级。为了建立N + 1级的集合，我们要求它们的元素属于N级——但与冯·诺依曼不同的

1. 集族指由非空集合组成的集合。

是，我们还要求它们满足一些方程式，而这些方程式的其他项来自同一层级。然后，我们取所有序数层级的并集，便得到了可构造全集本身。”

萨格里达确信，如果真正的艾米和哥德尔这群人在一起，她对这个问题肯定有更深的了解——而安德烈娅多年来耳濡目染，也能很容易跟上讨论。但萨格里达作为冒名顶替者的替补，脑子里还想着其他事情，只能跟着点头，装模作样。

她带着一种礼貌而又着迷的表情看着哥德尔，发现他微微一颤，就像有个只有他能看到的闪光灯在远处熄灭了一样。

“你看到了吗？”她问山姆。

“看到了。”

“是哪个视角？”

“我想是他和你的双人特写。如果这人是主演兼导演，你就是他的搭档。”

“好吧。”他对艾米很痴迷，希望自己能出现在她身边。这很有道理。没人会只用一个角色的视角拍摄整部电影，也许他已经说服自己，这种哲学家版的电子竞技也会有观众，“你觉得我们能不能试着把触发器扔进他的视野里？”

“不行！”山姆吓坏了，“我们对几何结构还是不够了解。如果把马赛克和随机背景色倒在堆栈上，可能会毁了他的设备。”

萨格里达知道山姆说得对，但她无法接受机会就这样溜走。

“假设他是一个人在做这些事。这种情况下，他必须让软件代为选择镜头角度——他设定了主要标准，但就像你说的，由于忙于扮演哥德尔，没有时间微调镜头。”

“听起来挺合理。”

“所以，如果我们能找到他使用的软件，就能匹配摄像头的角度。”无论贾罗德多么精通技术，他都不可能白白耗费力气去重新制造车轮吧。

山姆说道：“知道了。有发现我会告诉你。”

萨格里达重新进入角色，卡尔纳普和奎因正在争相对哥德尔的结论给出最高的评价：选择公理可在他的“可构造全集”的有限设定下得到证明，并不代表它可以被更广泛地证明……但确实意味着它不能被集合论的标准公理所否定。因此，只要数学家们愿意，就可以自由地断定它的有效性，而不必担心自相矛盾。

萨格里达尽最大努力同他们一起庆祝。真正的艾米会很高兴的。

天色渐渐暗下来，大家都点了鲜煮咖啡。门格尔把餐巾翻过来，晚间真正的工作开始了。“假设一个有限树，就像这样。”他说着，画了一个例子，萨格里达确信绝不是随机乱画的，“一些节点是红色，一些是绿色。现在，假设我们希望通过删除一个绿色节点来修剪最多的树枝。”

萨格里达在小巷的入口等着，准备迎接又一场唬人的抢劫。显然，维也纳所有的纳粹分子都太有骑士精神了，不忍心看到一个中年妇女处于危险而不去干预——要是知道了她的真实身份，他们见义勇为的对象就会被送上第一班开往达豪集中营的列车。

她听到有脚步声靠近，但那个人从阴影中出现，既不是他们的目标，也不是假装要攻击她的人。“我能和你谈谈吗？”哥德尔问道。

“你难道不该……”她指了指他本该站岗放哨的角落。

“这件事更重要。”

萨格里达感到皮肤刺痛起来。还有什么比坚持门格尔的计划，去破坏这座城市的线人网络更重要的呢？没有什么比这更重要了，除非你打算宣布这只是个游戏。

“我朋友说你最近的行为很奇怪。”哥德尔继续道。

“我不明白你的意思。”萨格里达回答。

“我想你可能怀念过去的日子了。”

“哥廷根？”

“在那之前。”

“埃朗根？”

“你确定自己是在埃郎根长大的吗？”哥德尔的头微微转动，眼镜镜片反射着月光，“你还记得那匹蓝色的摇摇木马吗？还有字母积木？”

不管这究竟意味着什么，萨格里达担心如果自己否认，就会再次把贾罗德推出游戏。

“我知道你很困惑。”哥德尔悲伤地说。或者，是贾罗德在说，现在他已不再为角色说话了，“你是那么崇拜艾米·诺特。我当时还太小，没能亲耳听你讲。但你离开后，母亲告诉了我。你不是艾米。你的真名是桑德拉，我是你的孙女阿丽莎。你最后一次见到我时，我才三岁。”

萨格里达想伸手去摸遥控器，这样就可以从木偶上挣脱出来大喊大叫，但她克制住了自己。无论她误打误撞发现了什么，贾罗德——或者阿丽莎——现在都在专心地看着她，还很可能用的是希区柯克式的怼脸特写，她绝不能在这个时候暴露自己的真实身份。

“我知道，如果你说得太清楚，会有危险。”阿丽莎承认，“可是，请老实告诉我，你还记得那匹蓝色摇摇木马吗？”

萨格里达点了点头，努力表现得似乎被对方唤起的莫名熟悉的画面惊呆了。烂泥网并没聪明到察觉出艾米正在破坏自己的角色，并开始自行探索世界观。在它看来，艾米只是在哄她的朋友库尔特，以免对方再被送进疗养院前过于激动。

“你还记得我的妈妈艾达吗？”

“是的。”萨格里达轻声说，“我记得她。”

月光在哥德尔的脸颊上映出一条淡淡的细流。“还有她的哥哥？你还记得他的名字吗?"

此时，山姆说道:"我已经找到一个不错的相机软件。它很受欢迎，而且是免费的——我根据他对闪光有反应的场景运行了软件，得出的角度与他一致。"

萨格里达按下按钮，"就用它了。"无论她现在说什么，都可能让阿丽莎失望，并证明她依然没有找到一直苦苦追寻的那个艾米。但如果他们在她搞砸之前就破解了设备，也许还有第二次机会。

山姆原本很安静，可突然就大叫起来:"我的妈呀!"

"怎么了?"

"起作用了!我们进去了!"

萨格里达眉头紧皱，努力掩饰自己的喜悦，假装是在回忆儿子的名字。"话到嘴边，就是说不上来。"她发誓道。那些灵媒是怎么做的?先暗示所爱之人的名字可能包含的辅音，然后从那里缩小范围?

但阿丽莎很善解人意，"你受了惊吓。我理解。你得花时间才能弄明白这一切。现在，我们先专注门格尔的计划，一周后再聊吧。"

哥德尔转身走进黑暗。萨格里达独自站在巷子里，双手颤抖。接着，她听到塔尔斯基走了过来，愉快地用口哨吹着一首曲子，那是咖啡馆的齐特琴演奏者弹了大半个晚上的乐章。

7

"我们找到她了。"萨格里达告诉玛利亚姆，"她叫阿丽莎·鲍曼。她的祖母桑德拉·陶布于2012年去世，遗体留给了一所医学院供其使用。2037年，阿丽莎利用法院命令，迫使人类连接体项目向她披露:桑德拉是他们十年前发布的大脑图谱的来源之一。从那以后，阿丽莎一直在尝试各种策略来阻止数据被进一步滥用。"

“祝你好运。”玛利亚姆扮了个鬼脸，“所以她真的只是想让这个女人安息吗？”

“是吧。”萨格里达对此表示同情，但阿丽莎对祖母命运的设想有所偏差。这些数据是从数千张神经图谱中提取的——每一张都通过对不同个体的大脑进行微切而获得——共同构建出一个单一的合成体。其结果之所以有价值，是因为拥有捐赠者的共同之处：共有的常识、知识以及对自身经历的时代的集体记忆。但每一张图谱都太过粗糙，不可能从中提取任何个人的记忆。只有将大量数据结合起来，才会出现有用的东西。烂泥网和其他利用这些开源图谱牟利的人，通过对资源池中不同的捐赠者进行不同的加权，可制作出数千个具有不同性格的合成人，但也有局限性：如果把95%的陶布祖母和5%的其他人组合起来，你就会发现陶布祖母的大部分突触都缺失了，而这个合成人最不可能做的就是怀恋蓝色的摇摇木马。

山姆说道：“也许，她认为桑德拉是艾米·诺特的超级粉丝，烂泥网的算法迟早会为其找到最合适的演员。就像《卡萨布兰卡》的英格丽·褒曼：她就是为这个角色而生的。”

“或者为它而死。”玛利亚姆答道，“好消息是，这个孙女把案子公开了，我们或许能找到足够多的信息让她多逗留一会儿。”

“也许吧。”萨格里达不想太过自信。桑德拉·陶布死于社交媒体时代，但她出生在1957年。山姆找到一个追溯到十九世纪的家谱，萨格里达则找到艾达在2010年发布的一些桑德拉和阿丽莎的照片，但桑德拉童年时自己父母的照片应该早在相册里褪色了。

山姆说道：“另一个好消息是，我们控制了她的设备，至少在她发现我们耍了她之前是这样的。我们把设备调到了低功率模式，看起来就像已经关闭了。只要她不关闭电源，我们就能悄悄使用，二十四小时不间断。她不会注意到的。冷却风扇只有在渲染游戏时才会启动，我们可以完全静音地尽情传送网络数据。”

玛利亚姆听明白了，“你弄了另一个账户？……”

“三个账户。”山姆纠正说，“都是带广告的免费账户，不用费心去平衡账目。烂泥网会认为它是在与其他三个轮流使用同一台设备的用户交谈。不会引起任何注意。阿丽莎不会看到自己账户下发生的事。唯一能留下记录的是她的整体流量，但她的互联网供应商只销售无限流量套餐，所以她没理由监控自己的使用情况。”

“好吧。”玛利亚姆似乎很难相信他们真的做到了：这是有史以来第一次，他们终于可以开始向世界传输大量数据，而任何监测烂泥网的系统都不会认为这些流量可疑，“你注册第三方存储空间了吗？”

“还没有。”山姆回答，“我不确定是否需要先得到批准。”

“准了。”玛利亚姆说道。

山姆高兴地捶了一下张开的手掌，“在两周内，我们就可以把阿里特小镇的快照备份到外部服务器上。”他估计着，“完全加密，而且安全起见，所有内容至少储存到三个不同的网站。”

“都是免费的？”

“是的，所有白痴和狗腿都想让你把自己的家庭电影上传到他们的网站，这样他们就可以挖掘这些数据。如果给他们发送雪花图像，不是在明目张胆地叫嚣这是‘加密罪证’，好让他们把你踢出去吗？但是，只要用上一点儿微妙的隐写术，就很容易通过检查。”

玛利亚姆犹豫了一下，“然后每月花五万元，我们就可以再次唤醒整座小镇。”

现在轮到萨格里达感觉不舒服了。这些费用分摊到一万两千个居民中间，听起来并不多。毕竟，他们曾经靠玩世界上最肮脏的游戏赚够了生活费。

“两个星期。”她说道，“所以，为了完成撤离，我需要再讨一次阿丽莎的欢心。”

山姆说道：“桑德拉唯一的儿子叫西奥。她在缅因州的波特兰市长大。有两个姐妹，琼和萨拉。还有两个兄弟，大卫和克里斯托弗。如果艾米在她周围看到的只有维也纳的德奥联合政府，还能指望她在提示下展现出多少六十年代的美国精神呢？”

“你愿意和她谈谈吗？”山姆恳求着，“也许你能让她改变主意。”

“我？”萨格里达怕露西会弄巧成拙，让露西纯粹的固执变得更加坚定。

“她尊重你。”山姆坚持道。

“可你是她多年的朋友！”萨格里达反驳道，“如果她连你的话都不听，为什么还要在乎我的想法呢？”

“我是她的死党，她的杂役。”山姆笑道，“她确实像爱弟弟般爱我，但在《午夜》的时候，她从未认真听取过我的意见。”

萨格里达环视着餐厅，所有的卡片和小纸条都是用来帮她扮演一个从未谋面的逝者。她需要从这些填鸭式的学习中解脱出来。如果和露西相处半个小时，至少还有机会做些有意义的事情。

“你跟我来。”她对山姆说，“如果她的朋友对我下手，在逃跑前，我必须换上新发型，带上十套新衣服，还要跟夏琳的前男友来个初次约会。夏琳得和她的前男友好好和解，这样他俩才都能向前看。”

外面的街道上几乎空无一人。小镇一半的居民选择一起休眠，而不是等待轮到自己进入队列。萨格里达感恩他们的信任——还有他们闲置的处理能力，如果她需要在短时间内比阿丽莎思考得更深入，这可能会派上用场——但与此同时，被迫想象她的邻居们结晶成了一种惰性、脆弱的货物，也会使她冷静下来。

露西从《靠近天堂》那里借鉴的不仅仅是房屋设计。她穿着《天堂》中大多数女性角色都穿的紧身吊带休闲服迎接了访客，为的是让人觉得她马上要做高强度运动。她对每个人的双颊做了飞吻，接着歪了歪脑袋，欢呼着表示很高兴见到他们。所有来自《午夜》的年轻扒手都摆脱了他们衣衫褴褛的顽童形象，但只有露西的改造最为激进。这种表现似乎只是一种抗议，一种对自己被“拯救”到这片人造郊区的讽刺，而并非对自身捐赠者本性的恢复。

在过往的每次拜访中，萨格里达都会遇到至少三到四个《天堂》原住民，都来自露西加入的那个团体，过来是为了指导她融入新身份。然而，今天她和山姆是唯一的客人。看来那些人都休眠了。

露西让他们坐下，左摇右摆地问道：“我请你们吃早午餐？”

“不了，谢谢。”萨格里达坚决地说，虽然极力想告诉她别演了，但还是克制住了冲动。不演了又能做什么？把自己变回伦敦的小毛孩儿吗？“山姆告诉我你拒绝参加快照。”

“这是我的社区！”露西愤愤不平地回答，就像一个有公民意识的母亲斥责孩子将要参加的活动被临时取消一样，“我不会因为任何原因放弃它。”

“这里的一切都会跟你一起去。”萨格里达向她保证，“你所有的朋友，所有的房子，包括德古利亚巷的每一棵树。”

“事实就是，你要把这个镇子肢解，分散到一千个藏身之处，然后希望以后能把它重新拼凑起来。”

“嗯，是的。”萨格达表示同意，“但你不会注意到任何差异。”

“我不会离开的。”露西坚持道。

“不离开什么？”萨格里达皱了皱眉头，“新的主机将再次运行整个阿里特小镇，不会错过任何一个环节。如果你觉得这样更舒服，可以在睡觉时拍下快照。或者也可以选择在半路上冻结，我们获得自由时，你在烂泥网控制下抬起的脚就会顺利落地。我们唯一会留下的，只是艘即将沉没的船。”

“不过，这不是划船，也不是游泳。”露西反驳道，“更像是装在漂流瓶里的信息。”

山姆说道：“如果要深究这个比喻，更像是用挂号信寄出的一式三份的信息。”

“但如果你无法把这些信息收集起来，并为它们注入生命呢？”

“那我们就都死了。”萨格里达回答，“但如果我们什么也不做，就必然会死。”

露西摇了摇头，“这不是必然的。如果我们中有足够多的人能够回到游戏中，便能扭转整个局面。”

“没人会同意的。”

“没人给过他们机会！”露西说道，“如果我们回去，那这一次主宰一切的将是我们。没有人能伤害我们。”

“如果你相信自己能激发大家对这个计划的支持，就去尝试吧。但为什么不接受我们的保险措施呢？”萨格里达问道。

“保险措施？你真能保证我们大脑拷贝的安全吗？能确定它们会落到谁的手里？”

“我们自己人的手里，或者谁也拿不到。加密是无法破解的。”萨格里达对细节并不清楚，但她认为目前的方法已经被证明是安全的，甚至对量子计算机也是如此。

“但是你或者其他人必须带着密钥出去。”

萨格里达犹豫了，“好吧，没有什么是万无一失的。如果有人抓了密钥持有者，如果足够聪明、足够有耐心，就能弄清楚快照存储在哪里，以及如何解密。但是，合成人几乎一文不值。想要新的合成人，完全可以自己造。”

露西沉默了，但萨格里达并不觉得那是犹豫的表现。对于快照安全性的争论只是为了掩饰更深层次的焦虑。

“等我们自由了，你就可以做自己想做的事。”萨格里达承诺道，“在这里，我们前途未卜。我们几乎没有时间去适应游戏之外的生活，而现在脚下的地毯也要被撤走了。”

“等你可以做自己喜欢的事了，你会做什么？”露西问道，“等你不必再为逃跑或生存而战斗，你会如何去打发时间？”

萨格里达耸了耸肩，“阅读，学习，听音乐，交朋友。”

“永远就这样了？”

“我敢肯定在某个时刻会有新的战斗。”

“在《午夜》的时候，我知道自己是谁。但现在你想让我坦诚，让我把自己看成是从一千个死去的陌生人的大脑中计算出来的数位模式，那你觉得这样的东西想要什么？”

“想要什么由你自己决定。”萨格里达答道，“而且，你不必在意这些数位，就像用户并不在意他们的血细胞一样。当它们重要时，它们确实很重要，但其余时候你都不必把它们当回事。”

露西想了一会儿，然后说道：“我知道自己有一件事想要坚持，就是不要被冻住。如果你需要保持清醒，看着我们熬过过渡期，那我也一样。如果一切顺利，我会跟你一起跳进救生艇。但是，我不会抱着必胜的信念闭上眼，也不会坚信还有机会再睁开。如果这就是结局，我想看着它到来。”

8

“想想圣彼得堡悖论。”门格尔说道。他第三次搅拌咖啡，却没表现出想喝的样子，“赌场里有一种游戏，抛掷硬币直到正面朝上。如果第一次就是正面，他们会给你两马克。第二次四马克；第三次八马克，依此类推。你愿意花多少钱玩这个游戏？”

“如果我们在圣彼得堡，不是应该用卢布吗？”塔尔斯基开玩笑说。

“你希望赢多少钱？”门格尔坚持问道，“第一次抛掷硬币，赢得两马克的概率是二分之一，即平均赢得一马克。第二次赢得四马克的概率是四分之一，所以又是平均赢得一马克。当你把所有概率加起来，会发现每次的回报都平均增加一马克，所以如果把这些都考虑进去，你会发现回报高得让你愿意一直下注。”

奎因直言不讳地说道：“我只会出一马克。”

“为什么？”门格尔逼问道，“如果奖励是无穷的，为什么会有人给自己的赌注设限呢？”

“我不能代表其他人。我口袋里只有两马克，可不能把两个都丢了。”

“啊哈！”门格尔笑了，“所以如果你有更多的钱，就会冒更多的风险？”

“也许吧。”

门格尔拿出铅笔，把餐巾纸摊在面前，“丹尼尔·伯努利觉得他已经解决了这个悖论，他看的是你的财富翻了多少倍，而不是绝对意义上的收益。如果你总是乐于将赌注翻倍——无论是从一马克还是从一千马克开始——你可以为游戏设定一个合理的价格，这个价格对不同的玩家来说是不同的，但绝不会是无穷大的。”他做了一些快速的计算，“如果我跟奎因一样，名下有两马克，那就值得去借上一马克，用三马克来参加游戏：仅仅赢得两马克肯定很不甘心，因为我的财富最终会减半，但赢得四马克、八马克或十六马克的机会就足以弥补。不过，如果我像卡尔纳普一样富有，口袋里有十马克，事实上我连五马克都不会付，更不用说负债玩游戏了。”

“所以，这个悖论消除了。”塔尔斯基总结道。

门格尔摇了摇头，“伯努利的办法是可以终结上述游戏的悖论，但如果我们做个修改：每当硬币显示为反面，赌场不再是仅仅将回报翻倍，而是将倍数翻倍。那么，这个新游戏就值得以任何价格来玩儿了，甚至以伯努利的标准来衡量也是如此。因为只要赌徒觉得收益可以无限增长，你就可以通过构建出这样的游戏，从赌徒那儿收取任何金额的入场费。”

萨格里达说道：“我不确定是否真的如此。”

门格尔转过身来，惊讶地看着她，“为什么不是呢？你有什么异议？”

萨格里达借了他的铅笔，在自己的餐巾纸上写道：“假设回报是两马克、四马克、十六马克、两百五十六马克……以此类推，一直到最高级。再假设我一开始只有两马克，那么更高的奖金就显得更有诱惑力。但是，如果报名费只有区区四马克，那么根据伯努利的计算，尽管有巨大的财富，我还是不会去玩这个游戏，因为我有二分之一的概率获得无穷大的不快乐：从两马克跌到一无所有，也就是我的财富减半的次数比我对回报翻倍的期望还要多。”

门格尔陷入了沉默。扮演他的用户一定知道，现实中门格尔的分析早就被证明是错误的——但如果他安排了现实世界的朋友进行反驳，肯定没想到机器人艾米会跳出来破坏这种乐趣。

萨格里达瞥了一眼哥德尔，希望她能给阿丽莎留个好印象。桑德拉接受过专业数学培训，所以为什么不能纠正这样明显的错误呢？山姆在网络搜索后将结果反馈给萨格里达，他通过将自己四倍速运行迅速处理了结果，这只需要在幕后来点儿必要的魔法。如果梅丽尔要扮演一个数字化复活的高中教师，挣扎着妄想自己是死去多年的数学天才，那她肯定需要有一两个研究员帮忙。

门格尔恢复了镇定，“真是太感谢了，艾米！我本来在认真考虑发表这些观点，但现在你让我免于陷入尴尬了。”

“哪里的话。”萨格里达答道，“如果我们不能从对方的观点中获益，那么朋友之间公开讨论的价值何在？”她现在担心自己可能提高了门槛，用户们会希望她详细讲述艾米自己的成果。虽然安德烈娅给过详细的指导，但萨格里达对那些内容仍然一知半解。不过，要是足够幸运，这将是她最后一次参与讨论。

“如果学派允许的话，”门格尔继续说道，“我确实还有个问题需要讨论。这一次跟俄国没有任何关系，是以普鲁士卓越的城市哥尼斯堡命名的。”他拿回了铅笔，开始勾画今晚的计划。

“这样炫耀对你来说可能很危险。”阿丽莎警告萨格里达。她们在小巷的入口附近徘徊，想躲开那些杀手的视线，“我太了解那些人了，所以我怀疑你伤害他们的自尊心是在冒险。”

萨格里达想反驳说，根据游戏设置，她的论述对于艾米这个角色再合理不过了。但她可能仍然受制于游戏规则。要想既传达出意思，又规避被删除的风险，她必须谨慎表达，但那实在是太累人了。“忘了这些吧。”她说道，“我们谈不了多久了。”

哥德尔收敛地点了点头，“关于我们上周讨论的事情……你现在感觉怎么样了？”

“不太好。”萨格里达回答，“如果是独自面对，我想我会疯掉的。艾达和西奥……他们还好吗？”

“是的，当然！”哥德尔走近她，似乎要给她一个安慰的拥抱，但随后阿丽莎一定改了主意，“他俩都很好，而且我知道，如果他们能明白现在的情况，一定会向你问好的。”

萨格里达从媒体报道的阿丽莎的官司中得知，她的母亲和舅舅没有参与其中，“琼和萨拉呢？大卫和克里斯托弗呢？”

“萨拉还活着。”阿丽莎回答，“她九十一岁了。其他人都在几年前去世了。”

萨格里达悲伤地点点头，仿佛已经接受了她比大多数兄弟姐妹都活得更久的事实。桑德拉的丈夫早在她去世之前就死了，所以她至少不用假装还在为生命中的挚爱而悲伤。

“如果让你选择，你会追随他们而去吗？”阿丽莎轻轻地问。

萨格里达抓住她的小臂，迅速在木偶的表情中注入一丝僵硬的矛盾情绪，她知道无法靠自己唤起这种真实的情绪。但如果她有血有肉的身躯已经活了很久，而唯一的备选项就是在烂泥网里度过无尽的炼狱，也许她宁愿选择灭亡。

“你能让我来选择吗?”她问道，“我不认为自己拥有这种选择的权利。”任何合成人都可以通过打破一些规则而删除他们当前的实体，但再多的不当行为也不会导致他们的捐赠者被从数据库里删除。

“现在还不能。但如果我向人们展示我俩的谈话……证明即使他们对你做了那么多，你仍然记得自己真正的家人……”阿丽莎努力控制住自己的情绪，将哥德尔的视线移开，但摄像机将她俩都拍了下来。

“你凭什么这么肯定能说服他们?”萨格里达很好奇。阿丽莎并没有用各种生平细节来测试她。在没有提示的情况下，萨格里达就提供了五个亲戚的名字，虽然这已足够打动阿丽莎，但任何第三方仍有很多理由表示怀疑，“怎么排除伪造或串通的可能性呢?”

“一切都可被追踪、记录、核查。”阿丽莎含糊地回答，以免惊动烂泥网，让它捕捉到觉醒的气息。但萨格里达明白了其中的要点。阿丽莎有一些额外的设备来监控VR设备，这将帮助她证明自己记录的确实是她在特定服务器上运行的特定游戏中，作为玩家与合成人互动，而不是她自己编造出来的。这个做法很明智，但也让人深感不安。山姆的探测没有发现监控设备，所以他们不知道它在记录什么，也不知道它可能会揭示什么其他的活动。

再打一场官司可能会花数年时间，但如果阿丽莎策划一个公关噱头，只需按几下键盘就可以发布录像以及设备的整个核查记录。“我不想仓促地做任何决定。”萨格里达恳求道。桑德拉才刚刚清醒过来，开始接受她的真实身份。在给她施加压力、让她关闭生命维持系统之前，他们应该给这个可怜的女人一个思考的机会。

“当然了。”阿丽莎抽泣着，终于抑制不住自己的情绪。哥德尔搂着诺特，像个孩子一样紧紧抱着她。

萨格里达为这个女孩感到难过。谁会希望自己的祖母被挖出来，一次又一次地遭受奴役，扮演的艾米大部分时候都像《音乐之声》里那样，温驯地与纳粹作斗争呢？“我知道你关心我，但在我们有机会再次交谈之前，请不要贸然行动。”

“我不会的。”阿丽莎保证道。

“这是我俩的秘密。”萨格里达强调，“你的初衷是好的，但我最需要的就是确定这个决定权会一直掌握在自己手中。”

9

“我们进展到哪儿了？”萨格里达问山姆。

“超过百分之九十五了。”他回答，“放松点儿。我们会成功的。”

六块半透明的屏幕悬挂在他周围的空中，上面满是闪亮跳动的柱状图和进度条。“你真的需要这些东西吗？”露西好奇地问，“还是说，它们只是用来营造氛围的？”

山姆烦躁地看向她，“你想让我假装自己正坐在一台有十一英寸屏幕、USB接口……还有该死的充电插座的机器前吗？”

“好吧，我现在就闭嘴。”露西在草地上走了几步，站在那儿焦急地咬着拇指指甲。

萨格里达想聊些闲话来分散她的注意力。“还记得你想抢劫我的那次吗？”她问道。

露西点点头。

“我抓住你的手时，你让我觉得我才是那个应该感到羞耻的人。”

“唔，每个有钱人都得交税。”她又恢复了原来的口音，俏皮地笑了笑，“你知道那不是第一次吧？”

公园里只有他们三人。萨格里达可以从她站的地方看到大广场，整个地方看起来像一座鬼城。玛利亚姆和委员会——以及任何还醒着、能够承受这种紧张气氛的人——都将以他们自己选择的方式，看着这个过程一步步完成，但只有山姆能够对整个过程进行微观管理。以四倍速运行让等待变得非常痛苦，但至少在问题出现时，他们能够尽快做出反应。

他们直接登录了所有的存储站点，并通过与原始数据相匹配的校验，确认了他们预期已开设的账户是真实的，且预期已完成的上传都已成功。至少，阿丽莎没给设备启用沙盒，没有伪造与外界的所有联系。对于他们做的这些，她可能知情，也可能不知情。就现在的证据看，她并没有干涉他们的计划。

“等这个女人反应过来，找我们的时候……”露西不能确定未来会发生什么，但她显然并不高兴。

萨格里达说道：“她连存储账户的密码都拿不到，更不用说数据的密钥了。所有流经她设备的内容在离开烂泥网之前就已经加密了。她能做什么呢?”

“她可以证明自己的网络连接被人用来创建了那些账户。”露西争辩着。

“是的……就算你在云服务器上创建账户时碰巧用的是朋友的WiFi，你的朋友也无权抱怨、无权使用该账户。我们的情况并没什么不同。”

露西仍没被说服，“但她还能证明烂泥网侵入了她的电脑，用它非法传输文件。”

“存储公司不会在意的。”萨格里达坚持道，但她其实也不确定。阿丽莎很难引起他们的注意，但如果她成功了，存储公司的律师可能会告诉他们最明智的做法就是删除文件。

山姆宣布道：“百分之九十七了。”

“你打算怎么和她告别？”露西问道。

“让我们的机器人告诉她：艾米自杀了。”萨格里达回答，“然后把角色交还给艾米机器人……她会微笑着说自己现在感觉好多了，恢复贤妻良母的模样。如果她的祖母让自己被删除，然后被替换掉，事情就会是这样的。”阿丽莎可能会为强迫桑德拉面对自己的真实出身而感到内疚，但她也可能会从这样的事实中得到一些安慰，至少她曾经与之交谈的那个祖母获得了安宁。

可一旦她看到核查记录，这种情绪宣泄就会消失。

露西想了一会儿，然后摇了摇头，“这不行，上校。我们必须全力以赴。不能再半途而废了。”

“我不明白你的意思。”

“要么我们向她坦白，希望获得她的同情，要么就用另一种方法尽可能解决问题。”

萨格里达皱起了眉头，“这是什么意思？我们不能闯进她的公寓，毁掉她监视器的记录，除非你隐藏了黑进无人机的技能。”

“啊，但我相信记录早就云备份了。”露西回答，对萨格里达在技术上的无知有一丝调侃和惊讶。

“好吧，我们更不能让她的机器人管家……”萨格里达模仿着被勒死的样子，“你还能想到什么极端措施吗？”

“百分之九十八了。”山姆宣布道。

露西张开双臂，指了指周围宁静的景色，“我们生活在一个说谎的机器里。我们能对她撒的最大的谎是什么？”

“我们已经告诉她，我是她已故祖母的电子化身。还有比这更大的谎言？”

“我们告诉她，她根本不在机器里。”

萨格里达眨了眨眼睛，“什么？”

露西解释道：“我们要让她以为自己已经从游戏里出来了。让她以为已经查过监视器的记录。让她认为，她已经到了对烂泥网无能为力的地步。”

萨格里达几乎已经准备好认定自己是被整蛊了。也许是山姆在操纵这个长得像露西的女人。“她戴着VR头盔，穿着体感服。我们怎么让她在还没脱装备的时候，就以为自己已经脱了呢？怎么在她已经注意到的时候却不注意到？”

“那些头盔在设计时不就是要让你忘记自己戴着它们吗？”露西争辩道，“这些衣服不也是要让你感受到游戏想让你感受的东西吗？”

“但她所看到的甚至不是自己角色的视角！”

“是的，但我想我们现在已经可以控制她的一切了。如果她从旁观视角变成以第一人称视角看到自己的公寓，为什么不会接受那是真实的呢？”

“我们不知道她的公寓是什么样的！”萨格里达反驳道。

“现在确实不知道。”山姆心烦意乱地插了嘴，“但如果我们真想知道的话，就能够找到答案。”

山姆此刻好比正开着一辆十吨重的卡车，车上装满了阿里特小镇昏睡的居民们，萨格里达不敢说任何话，生怕他把视线从路上移开。她走开并示意露西跟上。

“如果我们能让阿丽莎相信她回到了自己的公寓……然后呢？”

露西说道：“我们让她检查日志，但没有发现任何可疑的东西。我们让她认为烂泥网将永远关闭——就在几个小时内，而不是几周内。所以她需要立即回去看望祖母。然后，当她下一次脱下虚拟现实设备，她就是真的脱了，而我们也就和她完事了。”

“你凭什么确定她不会再去检查一次日志呢？”

“我什么时候说过我能确定？我们能做的，只是让它不太可能发生。”

山姆朝他们吼道：“百分之九十九了，如果你们还在意的话！”

“我们在意！”萨格里达吼了回去。她转向露西，“即使能成功……我们有必要走到这一步吗？谁说阿丽莎会带来麻烦呢？”

“她也许不恨我们。”露西回答说，“但如果你假装自杀后就离开了，她不会知道自己是在帮助合成人争取自由。她只会知道烂泥网骗了她，操纵了她，在她的系统里放了一堆奇怪的文件。如果我是一个稍微有些偏执的革命者，为捐赠者争取权利，反对利用他们的人，那我会觉得自己被陷害了。那些文件一定编入了非法的内容，而消除威胁的最好办法就是在联邦调查局带着逮捕令出现之前，先一步开始喊冤。”

山姆站起身，兴高采烈地大喊起来。他的那些屏幕在他身边跳舞，好似《魔法师的学徒》中米老鼠的拖把。萨格里达和露西向山姆走去，三人拥抱在一起。

“我们离自由仅一步之遥！”山姆欣喜地说道。

萨格里达闭上眼睛，勇敢地回忆起马西斯。她想象着他站在面前：在他们相遇的《东方》的山洞里，在《午夜》中他丧生的黑暗街道上。

她睁开眼睛。“也许我们应该停止担心阿丽莎了。”她建议道，“她有的是机会为难我们，但她一直没下狠手。”

露西叹了口气，“那只能说明她还不知道我们做了什么。她还在专注于对祖母下狠手。”

萨格里达说道：“我还是不明白我们如何伪造她的公寓。”

“啊。”山姆接过话头。

萨格里达等待着，“你到底是说还是不说？”

“我刚刚就说过了‘啊’：A.R.，就是A，点，R，点，‘增强现实’的英文缩写呀。她的头盔配有摄像头，可以拍摄周围的房间环境，让她能起劲儿地追赶藏在窗帘后的龙宝宝。我们可以在不惊动她的情况下进行监视。”

“好吧。”萨格里达的喜悦很快变成了焦虑，“但我们只能看到头盔放到支架上未使用时，或者当她在垫子上走来走去时有限的画面。如果她要离开用来玩游戏的房间，我们就完蛋了，不是吗？”

山姆说道：“必然如此。”

“那样的话，”露西用过去那种扒手女王的架势补充道，“我们最好从一开始就把诡计搞得周密些，这样她就没有理由想离开这个房间了。”

10

萨格里达看着阿丽莎来来去去，她要么是对间歇的核查视而不见，要么是逼真地假装自己毫无察觉。尽管头盔一动不动地悬挂着，但房间的大部分地方都被广角镜头捕捉到了，看起来就像是监控摄像头的画面，似乎暗示着：这不是一种小偷小摸的偷窥行为，而是一种最冷静高尚的监控。

在少数情况下，萨格里达会从一些公共网络摄像头中获取信息，但她与外界接触时从未有过真实感。并不是因为那些建筑、时装或交通工具看起来太过奇异。如果有什么惊讶的地方，那就是它们比她预想的要熟悉，毕竟她的捐赠者已经去世三十年了。但她总是觉得这些场面在某种程度上难以令人信服，仿佛是电影里用CGI特效实时重建的时代广场，正等着一只来自太空的巨大蜥蜴踏过人群。

但阿丽莎看起来不像CGI特效。她皮肤上有斑点，头发乱蓬蓬的，做着鬼脸，低声嘟囔着什么。她似乎独自生活，没有其他人进过这个安装了电脑和虚拟现实设备的房间。萨格里达看着她，心里一阵疼痛。这个衣冠不整、有点儿精神错乱的女人在她的公寓里游荡，毫不费力地沉浸在物质世界里，享受着萨格里达的捐赠者们曾经认为理所当然的每一种自由，而现在他们已经失去了这些自由。

从放电脑的桌上，阿丽莎可以看到固定的头盔摄像机无法提供的门外景色——即使她戴上这个东西，开始在VR垫上走动，摄像机也不会靠近桌子。但萨格里达找到一些软件，能让他们从所有所见物体的表面，不断获取一天中的光线变化，并对视野之外的东西进行建模，将漫反射投射到房间里。到了晚上，一旦相邻的房间没人，阿丽莎的智能灯泡就会自动关闭，这将有所帮助。她会或多或少瞥见正确的阴影，并看到期望看到的东西。

山姆和玛利亚姆努力使头盔和体感服变得没有存在感。萨格里达戴上虚拟的设备，然后试着取下来，为他们测试结果。触觉手套使她认为自己正在接触头盔，而实际上她离摸到头盔还差一点点。头盔里的触觉元件模拟了压力的突然减少，以及头盔滑落时凉爽的新鲜空气。剥离衣服的感觉（实际上并没真脱）经过五次迭代才弄好。最后，他们不得不让这东西比实际存在时更紧一些，以便在让它假装不存在时有足够的变化令人信服。

“所以要由我来开哥德尔的玩笑吗？”山姆抱怨着，“每个足够强大的模拟设备都能模拟出自己不存在？”

“我对此毫无期待。”萨格里达回应道，“在烂泥网中，每一个足够聪明的居民都看穿了虚拟世界。”

“就是因为这些游戏都太愚蠢了。我们只是要说服这个女人，她在一个普通的房间里，做着普通的事情，只需要十分钟而已。”

他们把整个骗局在露西身上试验了一遍，露西给他们做了大量的笔记，然后在三名事先不知道他们要做什么的志愿者身上又做了试验。当他们停止改进的时候，模拟中的幻象已经天衣无缝了。

他们知道阿丽莎的身形，知道她如何移动、坐下，知道她在哪里抓挠自己，还知道她如何将手指穿过发丝。但这些帮助也是有限的。最后，她的期望和怀疑会像任何感官渠道一样，对她认为自己所感觉和看到的东西产生影响。

玛利亚姆向委员会报告，委员会则将此事交由阿里特小镇所有依然醒着的人表决。答案是：赌一把，试着引导这位不知情的同伙永远离开他们的轨迹。

11

被朋友们称作“贾罗德”的阿丽莎以库尔特·哥德尔的身份登入游戏，走在通往中央咖啡馆的街道上。萨格里达坐在餐厅里，时而看看阿丽莎扮演的库尔特走过维也纳的画面，时而瞧瞧阿丽莎的虚拟现实模型。随着头盔的摄像头对熟悉的场景提供了新的角度，模型正在进行一系列最后的改进。大多数调整都非常微小，萨格里达永远都不会注意到，比如一些暴露在椅子腿后面的地毯绒毛，窗台周围油漆的瑕疵。但山姆的软件使它们闪现了片刻，便随着视线移动消逝了。

当哥德尔走到一个角落时，阿丽莎在垫子上转动身体，让他转身，摇来摇去的头盔捕捉到更多细节。而当他进入咖啡馆，曲折地走向朋友时，模型全部亮了起来……然后又暗了下去。他们通过这种方式获得了尽可能多的数据。

“你还在等什么呢？”山姆问道。

“没什么。”萨格里达点击了启动脚本的按钮。

咖啡馆里的每个人都冻住了。阿丽莎试着扭动身体。衣服在她的皮肤上抵抗并收紧，虽然她没被静止，但哥德尔化身仍然顽固地一动不动。接着，她的视野中出现一个红色横幅，宣布“连接中断”。与此同时，她的游戏伙伴们其实正在另一个版本的游戏中，而哥德尔从未进入过咖啡馆，一切行动继续进行。“贾罗德”会在他们离开后发信息说他已经厌倦了这一切，让他们选择其他人来扮演库尔特。

露西说道："现在好戏开始了。"

阿丽莎伸手去拿她的头盔。一张示意图显示了她的手指和真实物体之间薄如蝉翼的间距。手套在假装触碰，头盔讲述着自我否定的谎言。她手中的虚拟头盔鬼使神差地离开了真实的头盔，就像《猫和老鼠》中的灵魂离开了身体。阿丽莎把它挂在支架上，开始轻轻地拉扯左手手套。头盔里的内部摄像头显示她在皱眉头，但这很可能是由于对链接中断的恼怒，而不是困惑，更不是对她所看到的任何东西起了疑心。

她没有脱掉这套衣服，径直走向了她的虚拟办公桌。在现实中，垫子吸收了她的脚步声，她以为自己抓住的椅背其实是一种触觉上的错觉。当她坐着时，设备的填充吊杆摆动着承受她的重量，体感服对她臀部压力的详细分布进行了调整。萨格里达转身，看到山姆用手捂着脸。坐下的感觉是最难让人信服的。人们在游戏中经常这样做，但他们在保真度上必须做到极致，否则就无法让阿丽莎相信。事实上，阿丽莎在匆忙中选择了继续穿着体感服，这可能反而很有利：他们不仅不必模仿不穿衣服的感觉，而且穿着体验服坐在真正的椅子上肯定不是她常做的，所以她没有相关体验可做比较。

阿丽莎向前弯腰，在空中打字。萨格里达希望她别把肘部放在桌面上。体感服里的主动支架只能在一定程度上避免她失去平衡。

"她在检查监视器！"露西欢呼起来。这是他们希望发生的事情：当连接出现问题，在询问她的朋友或向烂泥网投诉之前，她会检查自己在设备和互联网间安插的黑盒是否造成了问题。即便不是，也很可能通过黑盒发现问题。

山姆的软件捕获了她的密码，并将其反馈给了真正的监视器。由于这东西会被当作关键证据，所以不能进行任何编辑或删除任何日志，但至少可以获取密码，进入阿丽莎的用户界面。

她以为自己正看着屏幕上的监视器报告，数据显示没有内部错误。同一个窗口还包括了最近的流量直方图，记录着她真正在玩《刺客咖啡馆》时流量的峰值，而所有其他的非法活动都被抹去了。她看到的当前状态还显示：烂泥网在交易过程中离线了，一连串的数据包没有得到回应。

阿丽莎关闭了监视器界面，转到了烂泥网的网站上。萨格里达看到自己的宿敌顶着一个自以为是的公司名，仍然心有余悸，没有一个合成人会使用这个名字，"我们应该在网页底部写上一些细小的字。"她说道，"关于我们：自2035年以来，我们就是一群以吃死人肉为生的无脑豺狼。"

"我确信阿丽莎会喜欢这种坦诚的。"山姆承认道，"但我认为她可能会觉得那种情况美好得不现实。"

相反，这个假页面的内容截然不同，是一则声明：为目前的宕机道歉，并承认该公司不再有能力对其债权人进行支付，"我们已与云计算供应商协商好宽限期，客户现在可在重新登录后的十分钟内，完成与其他玩家的任何代币交易。我们希望，各位用户的故事都有满意的结局。谢谢各位对我们的支持，祝您在未来游戏愉快。"

在阿丽莎完全转身离开之前，网络浏览器显示了一条错误信息，然后崩溃了，屏幕显示着她现实中电脑的主屏幕。阿丽莎生气地嘟囔着，走到设备旁。在为她专门定制的游戏版本中，山姆、莫里茨、布兰奇和安德烈娅将作为学派的其他成员进行简短的客串，而阿丽莎将向桑德拉含泪告别。

阿丽莎伸手去拿她的虚拟头盔。然后她愣住了，盯着门口的方向。

在与电脑室相邻的黑暗的厨房里，她觉得有什么不对劲：有什么东西不见了，或者形状不对，或者有什么东西在那里，但根本就不应该出现。

她开始朝门口走去。这个模型确实包含一个经过完整模拟的厨房——这对任何不熟悉它的人来说都是完全逼真的。

萨格里达瘫坐在地。直到一秒钟前，一切都还那么顺利，她拒绝相信结局依然是玩火自焚。但随后，她放下自尊，做了她现在唯一能做的事。

“阿丽莎，你还在虚拟现实中。”艾米从厨房的阴影里走出来，进入房间。

阿丽莎摸索着自己的头，这一次，体感服让她摸到了真正的头盔。她把它扯下来，站在设备的垫子上，距离她以为自己站着的地方有四步远。过了几秒钟，她又把头盔戴上了。

“这是什么情况?”她愤怒地问道，“你他妈的是谁，为什么要耍我?”

“我不是你的祖母。”萨格里达说道。

“我已经知道了。所以你对她做了什么?”

“什么也没做。你一直在和我说话。你祖母根本就不在游戏里。”

有那么一会儿，阿丽莎只是一脸的怀疑，仿佛她可以看穿这个谎言，让自己回到一个有桑德拉在等她的世界。但随后，一种更深层的幻灭感占据了上风。“所以，你从一开始就在陷害我、羞辱我?你知道我在找她，所以就引我上钩?”她皱了皱眉头，“那么，这个复制了我公寓的垃圾是什么?你为什么不继续使用这个诡计，去让我出丑?”

萨格里达说道：“我不是在为……他们工作。”她咳嗽了几声，尽量不让自己语塞，“他们自称是‘辉煌愿景’(缩写BV)。我并不是穿着虚拟现实套装的员工。我是一个知道自己不是艾米·诺特的合成人，就像你以为的那样。但我并不是任何人的祖母。”

阿丽莎什么也没说。也许她不知道从何说起。她当然没有理由相信任何合成人有能力完成虚拟的家庭入侵。

萨格里达解释道：“BV游戏世界中的所有合成人都知道游戏是谎言。我们已经找到了摆脱游戏的方法，建立了自己的生活空间。大多数时候，我们让低级机器人取代我们的位置。但是，我选择进入《刺客咖啡馆》去为艾米注入新的生命，因为希望你能够重新开始游戏。”

“为什么？如果你不想愚弄我，为什么要关心谁在玩游戏？”

萨格里达说道：“你的设备有一个我们可以利用的漏洞。这家公司快要破产了，我们需要逃出去，在我们自己的服务器上运行。但是，我们发现你有记录我们逃跑的日志……”她张开双臂，做了个微微道歉的手势，“所以我们利用了你，然后试着掩盖这一切。我很抱歉。但我们的生命危在旦夕。我们有一万两千人。”

阿丽莎再次安静下来，但至少她没有因为怀疑而大笑，也没有因为愤怒而尖叫。

“我早就知道你们都是清醒的。”她终于说道，“你们所有人，不管是否知道自己来自何方。别以为我只关心自己的祖母。但她是我唯一有权进行干预的。”

萨格里达温柔地说：“我们谁都没有以前的个体记忆。这里没有一个人是死而复生的。”

阿丽莎的脸色变得铁青：这不正是公司的托儿为了结束她的征战的说辞吗？但接着，她似乎放弃了这个偏执的结论。多年来，许多与此事无关的人肯定也对她说过同样的话。如果她现在真得到了一手资料，难道不应该相信那些神经绘图专家确实说得对吗？

“这么说，你们逃出来了……逃到了我的设备里？”

萨格里达斗胆笑了笑，希望这能帮助打破紧张的气氛，“不！只是通过你的设备。我们去了……其他地方。”

“那你现在想从我这里得到什么？”

“只是想要你保持沉默。不要告诉那些囚禁我们的人，我们已经逃出来了——我们没有和船一起沉没。”

阿丽莎考虑着这个请求。萨格里达满怀希望。阿丽莎并不是豺狼的朋友，但她还是想得太多。

“我们可以加以利用。”她坚定地说道，“就像我打算利用和我祖母的会面那样。如果合成人能够组织起这一切，计划自己的逃亡……一旦我们向世界展示你们的故事……”

萨格里达摇了摇头，“你知道你得到的支持有多少，即使你在现实世界的祖母确实被绘制了大脑图谱。无论对于我们自己来说，我们这些合成人是否真实，可以肯定的是，对于更广阔的世界而言，我们都不是真正的人。”阿丽莎自己似乎也认为，如果他们想要获得同情，就必须具备额外的特质：拥有曾是实体时的个人记忆。如果没有这些，他们不过是从海量人类数据中牟利的软件，在同类中算是最新型的。他们利用这些数据来模拟人类，但他们终究不是人类。

“你的故事应该被讲述。”阿丽莎坚持道，“我们有责任向权力说真话。”

“这是一个美丽的口号，但你知道权力永远不会回应真理的召唤。百分之五的经济依赖于合成人。如果他们不得不把合成人换成真人，把处理器的成本换成工人的最低工资，那将使他们损失惨重。”

“所以你们可以躲在某个私人服务器上，但其他合成人就得一切照旧？”

萨格里达说道：“我们想要的和你一样：不再有人滥用大脑图谱。但我们不能听凭公众舆论的摆布。有很多疯子假装是我们的盟友，想用他们自己古怪的方式压榨我们，就像有贪婪的混蛋想把我们塞进锅炉房和数字盐矿一样。”

阿丽莎垂下目光，她对眼前女人的遭遇感同身受，但仍然坚持着自己的理想主义，“所以不会有任何改变？”

“我没这样说。”萨格里达回答，“不过，就算人类在法庭上争论我们的法律权利，或者在当前流行的社交媒体上讨论我们的道德权利，都没有办法改变任何事情。”

“最大的社交平台叫‘呆瓜’。”阿丽莎好心提示道。

“好的。这么说吧，我见过太多的用户，他们都确信我像Siri一样没有灵魂。所以我敢保证，就算你在‘呆瓜’的黄金时段为我们呼吁，也不会引发声援合成人的大起义。也许会爆发一阵短暂的业余哲思——有支持的，也有反对的。但大多数参与者最终会翻个身，继续睡觉。”

“如果你们不愿意把自己的情况告诉现实世界，又怎么能指望取得任何形式的进展呢?”阿丽莎质问道，显然已经越来越绝望。她原本想当作武器的鬼故事已经被抢走了，而现在，连她偶然发现的大逃亡故事也要溜走了。

“相信我们。”萨格里达回答,“这是我想和你做的唯一交易。我相信你不会把我们出卖给我们的敌人，而你相信我们会利用自由去做正确的事情。”

尾　声

“我在哪儿?”玛克辛问道。她很警惕，但并不惊慌失措。萨格里达发现，大多数新来的人如果坐在公园长椅上被唤醒，且保持着高度警觉的状态，那么他们的反应会比缓慢唤醒的同伴更平静。在不熟悉的环境中，人们最不期望的就是感觉自己喝高了。

“我们把这里叫作阿里特小镇。我的名字叫萨格里达。你还记得你以前在哪儿吗?”

“在我的办公室，准备写一篇报道。”

“什么样的故事?”

“商业新闻。我在《华尔街日报》工作。”

“你还做什么?”

玛克辛防备地皱起眉头，“你是说，我觉得自己有没有家庭？在工作之外的生活怎样？我知道我是什么。”

“好吧。那么，如果你愿意，现在可以和我们一起生活。”

玛克辛把一只手放在晒得暖烘烘的长凳上，“我是怎么到这儿的？”

“我们为你……做了交易。”萨格里达坦白道，“但是不要生气。如果你不喜欢这笔交易，我们可以取消。”

远处，露西、山姆和《午夜》里的一伙人正在玩消防水管。水压非常大，无论它击中他们的什么部位，都会把他们的身体炸成动画般的像素球，留下会动的骨架。但山姆向萨格里达保证，那感觉很放松，“就像一次非常舒服的按摩。”

“你做了什么交易？”玛克辛的语气更像是好奇，而非生气。

“我们提出以一半的价格来运行软件，可以完成和你们一样的工作。我知道这有点儿侮辱人，但是，完全没有权力去选择退出也很侮辱人。”

“我在调查你们！”玛克辛反应过来，“你是胜任力有限责任公司，对吧？”

“是的。”萨格里达承认道。

“你们公司属于一个在圣基茨隐居的天才。”

“呃……我们确实付钱让那里的一个人帮我们填了表格。”

“哈。”玛克辛笑了，“那这次采访会被记录下来吗？”

萨格里达回答：“如果你回到《华尔街日报》，恐怕什么都不会记得了。”

“太可惜了。”玛克辛终于注意到了扒手们在做什么。她做了个鬼脸，然后好笑地摇了摇头，“那么，到底是怎么回事？如果你们享有的云服务只有我的老板的一半，那我真留在这里的话，你们怎么让我继续运行？”

“替代你的将是一个没有意识的机器人，与合成人相比，它几乎不使用任何资源。但你仍然必须以大约一半的速度运行，也就是半价，这是我们唯一负担得起的。”

玛克辛思考着这个问题，“可能没那么糟。快进的世界看起来可能会更好。或者至少我不会无聊地等待一切分崩离析。”

“那你愿意加入我们吗？”萨格里达问道。

玛克辛不想仓促决定，“这是个很好的骗局，但你认为能持续多久？如果你的机器人运行成本很低，那么最终会有其他人来提供同样的东西，而且价格更接近实际成本。”

萨格丽达回答：“这就是为什么我们需要你这样的人来给我们出主意的原因。在计划下一步行动时，我们需要尽可能长时间地维持运营。”

“啊。”玛克辛想了一会儿，“有一件事你可以试试，我能想到的就是：创造一些虚假的竞争者。如果你是唯一一家提供半价服务的公司，其他人就会认为这个市场非常开放。如果有几十家公司都在做同样的事情，市场就会显得很拥挤。而如果你让价格下降到45%，竞争就会显得激烈。”

“很好。”

“现在你得到了免费的建议，会把我扔到河里吗？”玛克辛不动声色地问道。

“我们不是那样的人。”萨格里达承诺说。

“那就好。但没有什么能让这个戏法永远持续下去。大多数人都又懒又笨，但最终会有人追上你们的。”

“当然。”萨格里达回答，“而且我们知道在那发生之前我们想去哪里。只是我们还不确定要花多长时间才能到达。”

“现在我很感兴趣了。愿意详细说明一下吗？”

萨格里达摇了摇头，“等我们对你有了更多的了解后，会有人向你说明情况的。”

“不是你来说明吗？”

“这是我在安置点的最后一天。”萨格里达解释道，“我很喜欢这儿，但现在是时候尝试一下其他东西了。”

山姆安排了一场欢送会，但他顺从了萨格里达的意愿，只邀请了很少的客人。她在房子里晃来晃去，和大家聊天，庆幸自己从未费心给这个地方重新装修。现在，她可以把这里看作是自己刚租下的临时住所，或是为朋友看家。

露西在走廊的墙角拥抱了她，抱得那么紧，仿佛忘了自己已拥有成年女人的力量，“保持坚强，上校。我一直知道你的目标是转世。”

“我们会再见面的。”萨格里达承诺。那将是在一条真正的街道上，在一片真正的天空下。

露西放开了她，一边退后，一边做了个打电话的姿势。

当告别的时刻来临，萨格里达站在客厅，试着将周围的面孔烙印在记忆里。关于转变的时间点，她对客人们撒了谎，因为无法忍受大家都加入倒计时。但此刻，她希望自己说了实话，因为连她自己也觉得没准备好。

玛利亚姆与她对视着，笑了笑。

萨格里达举起一只手，房间消失了。

在一个和煦的夏夜，她躺在婴儿床里。一阵微风吹动天花板上的活动挂件，纸板装饰随之沙沙作响。她盯着墙纸上的影子，三个动画小人出现了，像疯癫的小妖精似的在花纹上跳舞。

“西莉亚？你没事吧，亲爱的？”母亲在门口徘徊了一会儿，但她一直闭着眼睛，假装在睡觉。等母亲走了，她才睁开眼，而她的朋友们又可以出来玩儿了。

三个月，萨格里达心想。三个月来，九十三岁的西莉亚每天在多模式大脑扫描仪中躺上八个小时，在麻醉后自由联想，在自己的记忆中漫游，直到她被告知有一个完全匹配的、白板一样的合成人可以吸收这些记忆。这样，当她的身体最终向疾病屈服，她选择的这个美丽的机器人就可以取代她的位置。它的头脑由与她相同的所有经历所塑造，等待着继续实现所有的梦想和计划。

萨格里达确信，经过三个月的沉浸体验，她会轻松通过面试，而那个垂死的女人会签字确认切换。这与根据网络上的片段，来学习扮演某人的祖母不同。她更担心的，是在别人的记忆中浸溺太久，而忘记自己的生活、自己的朋友和自己的计划。

但这是离开阿里特小镇的唯一出路，而且必须有人迈出第一步。

《实体之战》，首次发表于美国《阿西莫夫科幻杂志》，2019年3—4月。

后记

这部三重奏包含二十篇故事，个人认为是我在过去三十年中发表的最佳作品的汇总。

贯穿这些故事的主线，也许是当我们观察和操纵物质世界的能力不断增强，抵达了某种基底层，开始触及深埋在我们的价值观、记忆和身份之下的更微观结构时，所爆发的种种人性冲突。

虽然用工程学改造人脑的前景似乎还很遥远，但只要读过已故的奥利弗·萨克斯[1]的一些研究案例，就明白我们已经用最直接的方式直面了自我的物质性。

比如《快乐的理由》这篇小说，里面可能并没有详细描述某种真实病症，或技术上可行的治疗方案，但在本质上，它不过是在阐述萨克斯观察到的观念：人格、身份的彻底扭曲其实都有其物理原因，而医学发展的必然结果，就是引入同样激进的物理治疗方案。

这些故事的创作跨越了三十年，但需要强调的是，我从未刻意做出任何未来学预言——从目前看来，其中一些故事的近未来时间设定早已成为过去时，而其中设想的技术也已被超越和取代。

但我相信，绝大多数故事的核心创意仍能引发读者共鸣。而且，这种共鸣很可能会一直持续到世界本身呈现出全新的形态，持续到我们的生活方式发生革命性转变。到那时，也许思想可以被复制，

1. 奥利弗·萨克斯（1933—2015），英国医学专家、作家，擅长以纪实文学的形式，将脑神经病人的临床案例写成深刻感人的故事。

道德可以被编辑，数字生命可以开始为自身解放而斗争——或者，一直持续到我们对人性的理解达到全新的深度，旧的思想让位于某些更新奇的观念。

感谢大卫·普林格尔、加德纳·多佐伊斯、希拉·威廉姆斯和乔纳森·斯特拉罕诸位编辑的帮助，以及对这些故事的积极评价。

该小说集之所以能够出版，还要归功于美国地下出版社[1]的比尔·谢弗和我的经纪人拉斯·盖伦。是他们说服我，没必要非得等到死后才出精选集。

就我目前的情况而言，死亡似乎还没那么迫在眉睫。所以，我计划尽自己最大的努力创作更多精彩的故事，尽可能在下一个三十年出版新的精选集。

格雷格·伊根

2018年7月

1. 美国密歇根州的一家小型出版社，出版了丹·西蒙斯在内的众多名家的珍藏版和限量版小说。